s u h e i

爱并不需要等待另一半，爱就在这一刻，即每一个愿意活好的当下。

爱情是让我们在和别人相处时，借着面对欲望和利益冲突时彰显自己的真面目、看清楚自己的工具。

在你要求对方明白你的同时，你也要知道这可是一种苛求。

疗愈的过程肯定是会痛的，这是常态。就像涂药膏会痛，喝药会苦一样，可是，疗愈以后，便是放松和解脱。

如果你问什么是爱，第一个答案就是你的身体，你的生命。你要感谢自己的身体，因为它从来没有因为你的自我放弃而放弃你。这是真正伟大的爱。

处变不惊，哀而不伤，乐不忘形，能做到这样，该是做人最大的成就了。

只有真正做到成熟自处后，才能看穿和体验爱和生命中的秘密。

虽然每个人的路还得靠自己走，但别人从前走过的路和现在走着的路，可以是我们的明镜。

当你能把喜悦掏出来跟大家分享，当你没有了埋藏的自我，当你变得透明时，你便会快乐，甚至达到平静的境界。快乐就是这样。

面对负面记忆，重点不在于如何忘记或抗拒，而在于正面接受的心态，

让它来去自由，不做干预，观照它，让它自动消失。

内在的神性一直守护着你，你做过什么都接受你，没有停止爱你，

像你的心一样跳动，养活你，给你滋润。这是内在的慈悲。

彭浩翔（香港著名导演）：素黑是带领读者穿越爱情红海的摩西。别人有感情问题，都写信来问我；我有问题的话，就会问素黑。

郝蕾（著名演员）：素黑的文字就如她的名字一样，干净中的干净，透彻中的透彻。

深雪（香港著名作家）：素黑角度的爱，灵性与实用兼备，爱自己、爱他人，读素黑，看自己。

伊能静（台湾演员、歌手、作家）：素黑的文字，是在心灵阴暗无助时，连自己都想遗忘的角落里，唯一引领你前行的那束光。

梁文道（香港著名主持人、作家）：大约二十年前，在我们都还是激进青年，追逐欧陆新思潮的年代，素黑就已经是这副模样了，永远的黑，从头到脚的黑。只不过我要说句老实话，当年的她并不快乐，老是在路过的地方投下一道暗影。然后她消失了一段日子，再回来，就渐渐变成现在大家所认识的这位“元素黑”了：自在、安定，并且快乐。她身上究竟发生了什么事呢？我想，她的文字就是答案，正如她的人见证了她的文字一样。

沈星（凤凰卫视著名主持人）：素黑的书我读了数遍也买了数十本，也会继续买下去，手袋里总放着一本。许多朋友在看我埋头翻阅时，会忍不住借来翻看，手不释卷，多么好！她们看得入神，我便赠予之。书与读者的共鸣，最难得。素黑的每一个句子，只要读下去，都是一个新起点；从任何一个章节开始细读，都是向更美的心灵出发。

欧阳应霁（香港著名慢活饮食人、漫画家、作家）：如果没有爱，一切无法想象。如果没有分享，一切停顿终止。吾友素黑敢作敢为，就是爱的分享。

李欣频（台湾广告创作天后、作家、北京大学客座讲师）：素黑是“爱”的成道者也是传道者，她对“爱”有着如鹰般锐利洞察之眼，亦同时有着极慈悲深广的耐心，向着所有为爱而苦而恼的芸芸众生，给予醍醐灌顶的箴言！

曾子航（主持人、畅销书作家）：看素黑的书，就像看一个个有关爱的微博，短小精悍耐人寻味，从中可以感受到一个女作家对爱的理解、宽容和修为。

杨幂（著名演员）：看素黑老师的书，让我明白爱情原来不只是那么狭隘、那么简单的事情。爱情并不只使人受伤，我们学习受伤，才能学会成长。素黑老师真的是一位能读懂我们心灵的大师。在此我推荐给像我一样尚在爱情中会有期待和迷失的男孩女孩们，期待能和你们一起成长，一起感受爱情的美妙。

存在的核心是孤独

一个人不要怕

素黑

CNS PUBLISHING & MEDIA 湖南文艺出版社 HUNAN LITERATURE AND ART PUBLISHING HOUSE 博集天卷 CS-BOOKY

目录

附录

自序

爱，我不怕

在爱中孤独

曾经，旧爱对我说：“有一天，你尝试把自己的情史写出来，由小时候开始，由最初相识开始，写你的感情经历，写你为何曾想做男人，写面对女性虚弱无助的深刻体会，写你一直承担着爱我的痛苦，写你作为治疗师作家面对自己内在脆弱时的挣扎，写你还不愿放弃的原因，应该会打动很多人。”

也许这会是情感治疗史上最激进的治疗方法之一。总有一天，我会写，但，不在今天。

曾经对这份爱是多么的庆幸，一直千万分珍惜，可它的背面同时又是偌大的绝望，幸庆也早已舍得放下了。深深体会的是女性面对爱时某种无力与无助的交煎，即使一直以为自己是世上最坚强的女人。

多强悍的，多软弱的女人，大抵都孤独地经历过这样的时刻：因为爱人又笨拙又粗心又自以为是却同时非常虚弱蠢猫一样看不清楚的时候，教女人承受无声辩驳的委屈，体会男性政治（不）正确的暴力，承担他任性妄为的超龄孩子气。唉，怎能原谅？也许他是对的，也许他的缺陷同时也正反映女人自身的盲点。唉，如何体谅？在这些难受的当下，我也会问，怎能抽离绝望看清楚？观照得越深，越发现那是超越所谓女人软弱、不安、多疑、嫉妒或小事化大的惯性，超越性别本身。怎么说呢？那原是**纯粹作为一个人的存在被孤立的感受**：一种无法用任何语言、意识形态或理论说得清楚，甚至无法分享的虚弱状态，抛到半空狂抓空气无法自处的失重和跌堕。

女人经常处于这种虚弱的状态。我无须为女性维护或辩护，也没什么可怜或可耻的，**性别自有它自己的执着和美丽**。讨厌性别二分和定型的判断，反而觉得女人因此更须活在自己的性别中，亲身承认它，拥抱它，观照它，释放它。

伤痛是真也不是真

只有自己才能真正爱抚自己，拯救自己，不要等待外援。倒不如学习包容理解 vs 感受、接受 vs 适应之间的矛盾和冲突。所有的**伤痛是真也不是真**，尤其是跟爱的本身无关，那只不过是思维惹的祸。我宁愿承认，女性有其无可避免的软弱和感情胶着，正如男性也有他们逃不掉的死穴一样——欲望与自尊交叉感染、不懂善后。是的，这也许是男人最大的弱点：不懂得处理感情，管理好自己（女人又何尝不是？）。男人无论有多温柔细腻，在男性既成的肉身和意识上，或多或少无法明白女人在承担爱时，只能抓住空气的臂弯阵痛，幻想慰藉的颠簸处境。

可这并不是女人沉溺于受伤，不能自拔、自救和自爱的借口。小心！

多年来活得太累时一直这样想：也许，我一生都太清醒了，没有让自己糊涂一下，依赖一下。假如有个人叫我跟他走，我会不顾一切，跟他到哪里也愿意。这种想法很女性吗？不，我却越来越发现，这可能反而是非常男性的倾向，很多男人甚至付诸实行。女人，原来最终一直被跟着走。总之，这么多年来，我不愿（哈，有人真的开过口，我却马上掉头走），也没有跟谁走，却被一大堆人跟着自己走，黑色失去了隐藏自己的功能。

所谓性别的意义

人为什么要分男和女呢？这是很有趣的问题，尽管不同的神话、科学和宗教有不同的诠释，我却宁愿认为，**所谓性别的意义，大抵是为每个人此生修行路上提供的方便工具和资源，同时也是最大的阻碍和考验，**不能跨越它，回到生命能量的本身，到达最纯粹的爱的状态，我们将被性别带来的诸多假象和局限困死一生，男女关系永劫回归地纠缠下去，为了考究谁负了谁的是非黑白，穷一生力量捍卫自己，教生命无法承受地沉重和浪费。

爱是可以从容和平静的，这是投入爱起码的信念，只是我们都太自以为是、太糊涂了。

我今世是个女人，我蛮坚强，我极虚弱，我很聪明，也相当愚蠢。必须在矛盾的角力中救赎爱的信念，甚至决心放弃自辩和分析，绕过并谢绝不断诱惑和煽动负面自我意识的思维层次，回归最沉默而非默默承受或哑忍的自省方位上，返回心性观照的境界去参透以感情、爱恋之名所发生的一切内心活动，到底给性别、存在、生命和爱传达了什么启示。

爱是很巧妙的，它是喜乐和悲伤，放开和占有，关怀和自私，孤独和相伴的同体。执着时全部都叫人受罪，看破时全部都是感谢都是爱。爱到底是怎么一回事？能不能超越性别、关系、情绪、前世今生的种种业障，纯粹地启发自己，感染别人？因为只有这样，我们才能将业已发生的、谁是谁非、谁受伤害的处境放下，不再执着，不再否定，面对当下，对生命真正宽容，融化所有二元思维的角力？爱能不能提升至更高的层次，以至于我们就纯粹地活在爱的本身？

你只能经历

没有对爱深刻的体验和经历，不可能写出真诚的爱；吊诡的是因为爱在不断散失，还未被真正触及，才要被社会谈论，被需要，甚至被消费。**爱在我们的时代严重贫血。**我在面对自己和众多苦情治疗中，体会非常深邃，而我只能写的，就这么一点点，羞愧还未碰及爱的大道理。

人在孤独面对自己时容易迷惘和害怕，要不害怕，便只有提升能量爱自己。但能量又容易因为思维的执着流失掉，尤其是从丹田的位置，这是武术和灵性大师提醒我们自我观照和自疗的智慧。

女性特别倾向流失能量，也许和生理结构有关，所以女人很坚强，却活得越来越虚弱，失去自爱的动力，宁愿埋怨。那天我提醒一位抱怨男友不专一，问世上为何没有天长地久关系的女受疗者：**最长久，最真实，最不离不弃的爱，永远是自爱。**她却不愿意接受，还藏在思想的角落继续埋怨，心里不甘。**爱，是要上路的，不能待真理搞清楚，性别政治最正确时才迈开付出的第一步。**我们从来是在跌跌碰碰中成长起来的。

正如我在书内一个讲座中说过："当你面对爱时，你可以观照自己，观照所发生在爱者身上的东西，嫉妒的、喜乐的、悲伤的、执着的，看着它们，尤其是你的情绪变化，不要认同它，让它发生和离开，穿过自己，向它说再见，所剩下的便是爱。你不需要再多问到底是怎样，**当你还没有经历过时，你没有条件去问或否定，你只能经历。**每个人的经验都不相同，每个人的前世今生都无从查证，只有面对，观照，让它穿过自己而去。就这样已经足够了。"

我还坚持一直地走着，一个人，不害怕。

我可以不再恋爱，我可以继续深爱，我是有选择的，但不阻碍我义无反顾地坚信：生命最高的价值，人性的尊严，对爱的坚持和信任。**世上不可能有完美的爱人，但应该有完美的爱，**这是我不管拥有多少盲点和执着，还愿意相信的价值，也许是生命最后也最宝贵的价值。因为这个，我永不放弃，我愿意押上一生去维护这份尊严和价值，让它开花，微笑，回归平静。

六年后，再版的感言

《一个人不要怕》这本书，自2007年首次出版后，曾引起很大的回响。去年在广州华南师范大学演讲前，主持人同学告诉我，一位心理学教授曾向他们推荐过两本书，一本是克哈特·托利的《当下的力量》，另一本是我的《一个人不要怕》。有读者说，我的两本书改变了她的一生，一本是《一个人不要怕》，另一本是《好好爱自己》。有修行的朋友告诉我，修行圈子里有不少同修和僧侣对此书给予高度的评价。多年来一直有读者跟我分享说，他的人生的变革就是从《一个人不要怕》开始的。也有读者说，感谢这本书在她最难过的日子陪她走过。

六年后的今天，在我也经历过人生最大的喜乐和悲恸，抱着人类最谦虚的自爱力量完成这书的心性演讲系列第二回即《爱在136.1》后，遇上中南博集天卷，欣然让此书升级再版。两本姐妹作，总结了我这十年来的心性成长史，虔诚地跟希望提升爱的力量的人分享。你不是一个人，不要怕，一起爱上去。

素黑

2007年5月原稿

2013年5月修正

壹 谁是另一半

人是不断自我分裂和自我重生的。
爱并不需要等待另一半，
爱就在这一刻，
即每一个愿意活好的当下。
我们不要再花精神和能量等待另一半的奇迹出现了，
这只是执着，
反而应准备一个可以随时去爱的身心。
简单地说，
就是自爱。
你失落了的另一半，
并不需要向外找，
而是要向内找。

先反问自己

你知道自己的心吗？我们常说，应该用心去聆听。为什么听要用心而不是耳朵？

我们都容易“想”到爱。

爱是很抽象的概念，没有人够资格说他能充分证明、解释和感受爱。但爱同时拥有比概念更实在的素质，即使我们无法实证爱的存在，我们都感受过爱，甚至一直追求爱。那到底爱是怎么一回事？

让我们先做一个试验，了解自己对爱的理解：

试想一个跟你最亲的人，可以是丈夫或妻子、爱人、亲人、朋友等。

想到了吗？**你想到他时第一个感觉是什么？你会用什么形容词去形容他呢？**

不用细想，马上回答，用你的直觉。

想好了吧，让我再问另一个问题。

提到“爱”，你第一个想到的形容词是什么呢？不用细想，给一个即时反应就行了。

你现在应该有答案了吧。我问你们，到底形容最亲的人较容易，还是形容爱容易呢？

应该是形容人吧，因为人比较实在，你无须经过大脑思考也能随口说出最亲的人的特质，和你对他的感觉。这个问题不难回答。因为你跟这人有很深刻的记忆和感觉。

不过，一谈到爱，你便凝住了。爱这个字，似近还远，似是而非，原来望尘莫及，很难掌握。爱无法让你马上勾出一个清晰的影像，但你对爱却有很多感觉和幻想，只是，这些感觉很复杂，爱恨喜恶同时出现，令你无法确定爱的具体。

为什么会这样呢？原来，爱这个概念一出现，我们便立即想到“道德”，即说，我们马上会有正负两面的判断，似乎正面的东西才算是爱，负面的东西都不应列入爱内。我们总不会把爱等同谋杀、血案、不幸、灾劫等吧。爱，应该是我们梦寐以求的宝贝。

爱是很抽象的感觉和概念，但我们却经常想到它，提及它，甚至想抓紧它，固定它的方位。例如，我们每天写很多情书、博客、短信，都说到爱，都关于爱，每时每刻都需要爱，谈论爱，交流爱，交换爱，甚至，制造爱。

而我经常收到来自海外、内地和香港读者的来信，大部分都表示自己欠缺爱，很需要爱和被爱，不知爱何时出现，爱溜到哪里去了。

我们先不讨论这些关于爱的问题，现在，我想再问另一个问题。

你知道自己的心吗？刚才你有没有想到最亲的人就是在心里的那个人呢？所谓“在心里”是什么意思呢？

心，是不是很抽象的东西呢？我们都知道心脏的位置，但问你是否知道自己的心时，你又似乎感到奇怪，像抓不着边一样虚无。心是在跳动，可你却对它的认知甚少。

你的心在哪里呢？

我们常说，应该用心去聆听。为什么听要用心而不是耳朵？我们也经常骂人家没心肝，没心没肺，心不在焉，都是指我们的“心”。我们以为已经很清楚是指什么，但再追问下去，却感到不知就里。假如你说“我会把你放在心里”，到底是指什么呢？你会答：“我知道是什么呀，因为我真的很挂念他，我真是很爱他啊，所以把他放在心里啊。”

其实，**你是否了解自己的心呢？**这个问题很难答，我也没有答案。有人可以说，这个问题是问：“你知道你的心意吗？你知道你正在想什么吗？你的心里有什么呢？你的心里还剩下什么呢？”

你满意这个答案吗？不，你还是觉得了解自己的心是很复杂和很困难的事，不是单凭知道它所想便足够，虽然我们最初都以为很容易。原来，我们都不了解自己，有些人甚至因为心乱不安而影响健康，影响他人，甚至影响全世界。人心舛乱的后果可以很恐怖。而这些，都跟我们的心紧密地联系在一起。

再问另一个问题。

你知道他（她）的心是怎样吗?

现场有位男士答：连自己的心也不知，怎知对方呢！这位男士真可爱，很直接。对，连自己也不了解，怎知对方的心呢?

可是，很多女人并不是这样想的。她们特别爱思考，常常抱怨说："你根本不了解我。"很多女性都曾经或经常这样向爱人或朋友抱怨吧，是不是?

现在再问你：你知道你的心在哪里吗？你知道你的心在想什么吗?

可能你根本不知道。

再问你：你知道他的心在想什么吗？你有和他谈话吗？你知道他的心意吗?

大概你也不知道！不过可笑的是，你会埋怨对方不知道你的想法和心意。是不是很奇怪呢？是不是有点不公平呢?

我们经常都有迷失的感觉，连自己也不知自己想要什么，真正所想是什么！可是，太多女孩因此而发脾气："都这么多年了，你应该知道我想要什么呀！"男士们只会回应："你那么善变，我怎会知道你想要什么呢？说出来吧！"

表面上这是两性之间的沟通问题，但绝对不只这个。再问一个问题：**你最想改变自己什么？**把自己的缺点列出来，想想要改变难吗？你感到很难是吧，假如能容易改变的，便不是缺点了。

再问你，**你最想他（她）改变什么？**难吗？

大家都听过这四个字吧：**将心比心。**

这个词是什么意思呢？简单来说，就是将别人的心和自己的心比较一下。当我们对别人有要求时，不论是物质上、生理上还是心理上的需要，也应事前问问自己，比较一下："你想别人怎样对待你？你自己是否可以先做到？"然后你才有资格走下一步，提出要求。

当你不知道自己的心想怎样，或者对别人有诸多要求时，这正是你精力或能量在下降，或者是思想上、心态上有所欠缺，觉得需要补充的时候。**在你不自知而要求别人时，便会产生不切实际或过分的幻想，期待人家给你一个你希望看到的反应，慰藉自己的欠缺。**可是，别人不能满足你时，痛苦便会出现，感到缺失没有得到修补。

男女感情关系上最常遇到这种心虚空而有所要求的状况。这早已超越了爱情的范畴。

我们每天都顺理成章地要求别人。说说我的经验吧。我每天接触不同地方的读者来信，发现香港的读者要求特别多。这大概是香港人的文化习性。香港人总是要求多多，不论是合理的或是不合理的要求都有。他们对别人有很多要求，结果每天在要求的欲望中翻滚，试想大家怎会过得快乐呢？缺失又怎能得以解决呢？

到底问题在哪里？为什么我们每天产生那么多需求呢？我们到底缺失了什么？

原来，我们都没有问最根本的问题：**问心，将心比心。**

比如，你希望别人帮助你，你以为是理所当然、天经地义的。可是，反问你自己，你又是否愿意反过来帮助别人，为别人付出呢？你会理直气壮地说不，理由是："正因为我没有才向你要求。"

不过，为什么别人要满足你的要求呢？

我们应该多反问自己，才可以看到自己的心胸，看看自己的心可以承载多少担子，能包容多少爱恨。假如我们的心够开放，便可以无条件付出很多，因为我们不会感到亏蚀。当然，如果对方向我们打主意，我们便要狠心一点，不要令对方以为理所当然。我们不要提供免费午餐，因为一来别让别人浪费我们的时间和心神，二来对方会不愿意独立和长大，三来我们在纵容对方的同时容易忘记和失去自己。

双输的局面，要不得。

必须认真评估自己是否有能力付出。

举个例子吧。我有时会基于不同的原因，免费替人做治疗，但又不希望提供免费午餐，我会要求对方做一点事。做什么呢？对方有什么可以付出的就付出吧，不论是替人家补习，还是做义工，不能出钱的便出脑力或劳力。这是帮助他们**转移能量**，否则，他们只会坐享其成，只晓得怨天尤人，埋怨别人不满足自己，于是堕入自我割离的圈套，让身边的人全部成为他们割离的“另一半”，即是说，不论是治疗师、作者、朋友、亲人，甚至是你的子女，都会成为你死命抓着害怕失去的另一半，你会渐渐对他们提出诸多要求，并以此作为亲近的条件，你变得 over demanding（要求过多），要求对方满足你。

这就是所谓相爱的陷阱：由相爱变成相害。

○　○　○

另一半之谜

当我们找到像样的对象，又生怕找错了，或者对方会跑掉，所以整个寻找另一半的过程既漫长也充满焦虑。

再问几个问题：

你每天上班、上学，离家、回家，是不是不时感到害怕、担忧和焦虑不安呢？

你每次见到爱侣、老公、老婆，是不是不时感到害怕、担忧和焦虑不安呢？

你每天照镜，看着自己的影像，是不是不时感到害怕、担忧和焦虑不安呢？

你是不是很希望出现完美的、匹配的爱人，找到完美的工作，拥有完美的命运呢？

于是，我们都相信：我们需要寻找一个伴侣，一个伙伴。于是，我们相信另一半的存在，会问谁是另一半。

到底我们为何有另一半的需要呢？

原来有另一半很重要，甚至“性命攸关”。《英国医学期刊》曾发表过一项研究，指出年老鳏夫的平均寿命，比起妻子仍然健在的男人远远为短。另一项研究显示，有心血管疾病的男人，如果太太能对他表达爱，其症状比其他人要少一半。认同太太不爱自己的男人，患上胃溃疡的机会比其他人多三倍。所以男人很需要女人，不然恐怕会短命，甚至丧命！至于女人呢？很多女人视爱情为一切，为爱生为爱死，结果影响工作、家庭及个人自我的成长！

我们常常听人说，或者自己也喜欢用“另一半”代表我们的爱人。大家知道“另一半”的来源吗？它来自古希腊一个神话，哲学家柏拉图的著作《对话录》亦有提及，他认为太初之时，人是没有男女之分的，大家都是hermaphrodites（雌雄同体）。但天神要将雌雄同体割开，分开了男女，让原来的整体变成分裂的两半，各散东西，各自不知道另一半在哪里，于是，人终其一生就是要寻找他们失落的另一半，以求重整自己成为一个完整的人。

这个神话有什么启示呢？

大家会将这个故事视作自身爱情故事的比喻，因为这样便可以名正言顺地确证自己本来是完整的，可惜分裂了，非要找寻另一半不可，所以爱情是命定的“天理”，无法逃避。

西方哲学的源头是以分裂作为基础的，如灵魂与肉身、形式与内容等，这是二元对立概念的思维产物。对，必须强调这是“思维”的产物，是可以无须对应生活和体验的纯粹抽离概念。这是哲学（理性）的游戏，我们可以思考，可以创作，但不要等同这就是存在的本质和实相，或者相信这就是生命的终极意义了。在发掘自我和平衡情绪方面，可以被构想的理论、观念、想法等，并不一定具有正面的意义。

不过，其实另一半的故事还未讲完：为什么本来好端端的雌雄同体需要被分开，需要寻找另一半呢？

谜底有两个。

谜底一：因为性能量令人分裂了。

我们不妨先问一个小孩子最喜欢问却又最被压抑的问题：人是由什么开始的？原来人一开始被割裂的不是男和女，而是我们自己的 sex energy（性能量）。性能量是很有趣的一个话题，别以为我在谈 sex（性）。性能量是我们最核心的动力，会影响我们决定什么、有什么行动。性能量具备很强大的推动力，亦是我们往往忽略的重要能量。

做爱其实没什么大不了，只是一种身体运动罢了。但性能量是很重大的，其重点不是做爱，而是 creativity（创造性）。生物学认为交合为衍生下一代，这是不能否定的，人类透过性行为而繁殖新生命，可想而知这不是简单的身体活动，当中蕴含强大的能量。所以，某些宗教会以性能量修行，达至灵性的更高境界。我不是鼓励大家乱混，而是希望说明每个人出生时都附有很多能量，为何我们现在这么疲倦？因为在出生时我们都拿了一半能量出来，就像退休保障金供款一样，把自己一半可以制造新生命、向前推进、提升的性能量分出来，移到另一个能量中心，即更高层次提升心灵、精神的潜能库。于是，人有心灵、精神进化的可能和需要。人生的价值亦在此。动物做爱纯粹为了性交、繁殖，甚至舍弃性命也在所不惜，但人类不同，我们要找回那股失去的能量，在灵性和精神上有所进化，人才有生存下去的价值。所以，人的性欲跟其他动物不一样，不单只为繁殖下一代，也有自我满足的需要和自我提升的索求。结论是：性能量能补给我们的不足，令我们精神上可以进步，维持开放的心，避免执着。寻找另一半，跟对方性交合，是增强性能量，丰富人生意义的方法之一。

谜底二：因为人在活着的过程中产生烦恼和焦虑，变成人格分裂。

于是，人想象一个散失的自己，将之简化成对另一半的追求，假设一个能整合自己的爱人或伴侣，兴趣或工作，这样想会好过一点。所谓寻找另一半，大抵是生命走得太累了，借助寻找别人时转移视线，变得忙碌起来，可以暂时忘记面对自己的疲累。

总之，“不完整”的概念日渐强化，而“另一半”的信念更趋巩固，让我们相信天下只得一个“原配”，譬如 A 要寻找 A_1，不能选择 B 或 C。

当我们找到像样的对象，又生怕找错了，或者对方会跑掉，所以整个寻找另一半的过程既漫长也充满焦虑。我们希望这样的寻找终归会成功，把过多的精力集中在寻找上，而没有留意过程中忽略了自己身心的其他变化，也忘记了自己。结果，找来找去，经常自问：“他（她）是不是我真正的另一半呢？”然后越来越担心，又开始质疑这个可能不是真对象，于是试探对方，查看对方手机通话记录，紧张地追问“她到底谁？为何她会给你发这种亲密的话？”“这么晚归你去了哪儿？为何打电话给你你关了机？”

或者，经常问：“你到底爱不爱我？”“你爱我有多深？”“你希望我先死还是你先死？”“你妈和我同时掉进海里，你会先救哪一个？”

烦死人！

不同的质疑问题此起彼伏，因为你相信只有一个人才能跟你匹配，而且他是天衣无缝的绝配，假如面前这个是假货，便必须尽早确定并且马上离场重新寻找。就这样，我们耗损了很多时光，陷入无底的矛盾之中，不断寻找，七上八下，这就容易出现以下两种心态：

1. 横竖不知对方是不是自己的另一半，于是宁滥毋缺，经常要有人陪伴，经常更换男女朋友，一旦发现不对劲或厌倦便转身离场，离开前还要伤害对方，报复他误你青春的冤孽。又或者，心知爱得太泛滥，怕真命天子出现时，因为自己已惯于不懂珍惜伴侣而白白让他溜走掉。

2. 宁缺毋滥，完美主义，要求过高，总觉得出现的对象不是百分百的伴侣。觉得一生只有一次机会找到最适合的伴侣，因此更怕输不起，于是越等越心慌，遇上了又质疑，即使找到品格不错、脾性良好、外表不俗的对象，仍然犹豫不决，甚至暗地跟最要好的朋友进行《欲望都市》式的全女班圆桌会议，经过一轮商讨后，决定姑且一试，或者不如放弃。

足以把天下男男女女玩死是吧。寻找另一半的神话，可能是古代智慧的**最大陷阱**，也是有史以来最长寿、最吊诡的玩笑。

无论你属于哪种类型，都表明你在爱情上根本不知道自己的真正需要。

又或者，会有人以年岁、经济能力、物质指数决定去爱还是不爱。如此计算还算爱吗？这只是有限度、有条件的爱而已。到底是哪一种层次的爱呢？答案涉及你所追求的究竟是感情还是爱情。

○　○　○

感情爱情有何不同

每个人都希望得到爱，体验爱，可是失去“爱”的能量，最终只能谈“情”而已。

我相信每个人都有爱，心是开放的便会涌现爱，关键在于你是否能发掘内在爱的能量，愿意付出，懂得量力去爱，不浪费。

昨天我约了一位受疗者会面，她是专程从上海来找我的。她拥有美丽的外表，高学历，优秀的工作，美好的婚姻。问题是她欠缺自信，对丈夫不信任。我透过 heart coherent machine（心率协调仪）测试她的定心状态，电脑屏幕上的图表显示她的心果然很杂乱，意念纷舛，表面刚强，内里虚弱。这个先进的 bio-feedback（生物回馈）仪器是最客观的佐证，如实反映她的内心世界。她原以为自己很理性，原来所谓刚强意志其实压抑了内心的焦虑和不安。我教她从心和腹式呼吸的方法提取能量，结果不消一刻，她便马上感到心很扎实，信心返回来了，心率图由混乱转向协调状态。

情绪和心有着非常密切的互动影响力，心虚的人容易多疑不安，捣坏情绪，失去自爱和他爱的力量，于是爱得很累，很虚弱。其实大部分人都拥有爱的力量，可惜不懂得到哪里发掘，甚至用不得其法，结果便泄气了，所谓心力交瘁，有心无力，当中尤以女人为甚。男人的能量活跃位置比较低，在丹田或以下的地方，女人则在丹田和更上的心轮位置。女性应多为自己留气，不要老是透过坏情绪泄气，气一泄便心乱，心一乱便惊恐不安无法爱。丹田的位置是充满能量的地方，这点很多研习武术的人都知道。我们必须懂得储备能量，爱的能量才会提升。心胸的位置是爱的位置，这是爱的心轮，心脏也在这里。每个人都能提取自己潜藏的能量，那是很丰富的宝藏，只要我们肯定自己，相信自愈的力量，我们就会懂得自爱，他爱。可心气一旦经坏情绪外泄出去，覆水难收，那便不要谈提升，更莫说爱了。

每个人都希望得到爱，体验爱，可是失去“爱”的能量，最终只能谈“情”而已。所谓谈情说爱就是这个意思：爱，只能沦为说出口的emotion（情感）表态和渴求。sentiment（感情）是情感表现的一种，不等同爱。感情跟爱是有分别的。

简单而言，**感情是脑细胞产生的化学活动，爱却从心而来，是一种修养，甚至可以说是修行的结果，而非一般生理反应。**心不只是一个控制血流的器官，它更是个掌管情绪反应和灵性修养如爱的地方。感情即中医所谓的七情，例如喜、怒、忧、思、悲、恐、惊，是情志的变化，亦即西方人说的情绪。当我们感情用事时，其实是指情绪的过分流动，扰乱了心的安宁，因为心率活动过分敏感而产生错觉。有个很常见的例子是，你会这样问：“一看到他我便心跳加速！我对他真怀着特殊感觉呢！这表示我爱他吗？”

情绪是最先流动的，让人错认为是爱，于是，爱情世界存在太多疑幻似真的假象，让我们追赶着海市蜃楼的美丽假象，渐渐失去气力和方向。最终，我们还是无法肯定这是不是爱，却已筋疲力尽了。

心眼未打开，我们只能一辈子在爱的幻影中，爱得营营役役很泄气。

有人也经常会问：“喜欢”跟“爱”是否一样呢？I like him or I love him（我到底是喜欢还是爱他呢）？

要回答这个问题，应首先问究竟感情是什么。

刚才说过，感情是情志变化的一种表现模式。人的感情很杂乱，女人尤其容易感情用事，因为这涉及她们的脑结构。简单而言，影响我们情绪流动的部分叫脑边沿系统（limbic system），可以不经大脑，直接指挥由情绪产生的身体反应。例如，我们看电影时，往往会被煽情的情节勾起眼泪，这种感动的反应，实际上跟我们真实的心情无关。我们哭，只是因为某部分剧情或对白勾起了我们过去的情绪记忆，那个记忆甚至可以是集体的记忆，借其他人的情绪转嫁到自己身上。悲剧的重要功能就是这个：勾起我们同情共感的悲伤，借此净化心灵，发泄完就像洗涤心灵一样舒服和清爽。所以，作为一个编剧高手，当然会知道观众的情感弱点，击中要害便能赢取认同感和收视率。好莱坞电影在这方面最精确，能专业地计算每一个情节应如何带动观众的情绪，每隔多少分钟便要来一个笑位、一个惊险场面，到哪里应有高潮或反高潮，务求在百多分钟内刺激观众的情绪细胞，像做梦一样精彩真实，有笑有泪，戏如人生。

人的感情很容易流露的，因为它可以独立于大脑的控制，所以无须理性和真实的支持也能出现，让我们在看悲剧时产生“真实”的难过感觉，深信自己确实很伤心。所以，感觉、感情可以很真实，同时可以很虚假。

我们现在可以一起玩一个游戏：先合上眼睛，想一件最令你伤心，哭得死去活来，甚至是一生最不幸的事。仔细想想发生时的情景，听到的话，看到的表情……

瞧，不消一分钟，眼泪已经涌现了，心在抽痛。真的好伤心是吗？历历在目的伤痛像复活一样逼真。

原来人的情绪是那么脆弱，容易失控也容易催生。只是一个实验性的游戏，我们的痛苦记忆或想象已经足够让眼泪不受控地流出来，心在抽痛，勾起不快乐的情绪。事实上，刚才想到的那件事情没有再次发生，我们也很清楚那是过去的事，现在活得好端端的，可是我们会马上把那件伤痛的事扣紧在当下的心情上，觉得自己真的很可怜，真的很痛苦，不应发生的事却发生在自己身上，到现在还是无法放下，情绪马上被这刹那的坏记忆打扰了。喂，醒来吧，这只是情绪记忆发挥作用罢了。

我们知道，我们明白，可我们就是做不到放下，看现在，向前看。

感情本来是中性的，但我们要求过多，依赖过多，便会变成欲望，难以得到满足，所以感情会生病。最容易在感情上体现病情的便是在关系中。性别要求、婚姻、家庭、子女、权力、性欲……大部分的爱情问题都出在关系上，而非爱。

必须先搞清楚我们表露的感情是爱还是欲望。爱是包容，欲是占有、剥削、要求、判断、计算和功利。感情和欲望都是脆弱的，执着的，缺乏自信，容易受伤，也容易去伤害。

感情用事很容易，坚定地爱却很难。

○ ○ ○

另一半就是你自己

每个人都有自己的人生，you live your own life, die your own death（你生你的生命，死你的死亡），没有人会跟随你，所谓“另一半”是虚无的。

寻找另一半一个最讽刺的结果是，当我们以为找到另一半时，又迫不及待要对方变得和自己一样，变成自己的一部分，合二为一，**这是爱情辩证法**：将“你”和“我”正反合一，融合成新结晶。当你不再是你我不再是我时，悲剧才正式开始，因为在整合的过程中，我们一厢情愿把两个一半都毁坏了，各自都受伤，为的只是追求“完整”的概念。

我们只关心另一半神话的上半部，却忽略了下半部。让我把鲜为人关心的神话下一半说完：当人找到最合拍的另一半，忘形地要把对方合并到自己的缺口上去时，却发现老是合不上。

当你想找一个以为配合自己的另一半时，其实忽略了一个重点：你已随着岁月发生改变。十二岁的你跟二十岁的你，三十岁的你跟四十岁的你不会追求同一事物！人长大了，品味、要求、需要都会改变，你所追求的东西也会改变。原来，人忘记了在寻找另一半的过程中，自己那一半以自己的方式和命运过着自己的生活，另一半也跟随他自己的方式和命运过着自己的生活。你十年前需要的另一半跟现在需要的另一半条件已经不一样。大家都在各自改变，已无法变回等候复合的所谓“原来”的那一半了。

归根究底，这是自我分裂的问题，每个人都一样。要找一个人迎合自己当下的需求，满足自己当下的欲望，弥补自己当下的缺失，一旦以为已经找到了，爱情悲剧便吊诡地展开。因为，你忘记了你每一刻在变，你的要求也在变，你的改变却不可能跟对方的改变同步，于是，你们开始矛盾，你开始不断向对方提出要求，甚至希望对方为你改变，迁就你的意愿。你将自己放在中心位置，而对方则要为你改变，成全你，符合你的要求。人是充满变量的动物，你却幻想有个永恒不变的匹配对象缝合你失落的另一半。这是你思维逻辑上的谬误。

另一半的真相大白了。真正的自我整合是自然的，所有要花思考劳心劳力强挤出来的真理，只是对另一半的迷信。生命中大部分的困扰和痛苦，都是想出来的谬误。

另一半，还不就是你自己的变脸！

每个人都有自己的人生，you live your own life, die your own death（你生你的生命，死你的死亡），没有人会跟随你，所谓“另一半”是虚无的。**你的另一半原就是你自己**。

一切都是自我中心、自我执着的结果。你希望全世界迁就你，否则就是所有人的错，却不曾考虑是否自己也有问题。最后双方都活在痛苦中，你不是你，他不是他。双方胡胡混混互相折磨地走在一起，浪费了不知多少青春岁月，因爱之名，岂不可笑！

人是不断自我分裂和自我重生的。爱并不需要等待另一半，爱就在这一刻，即每一个愿意活好的当下。**我们不要再花精神和能量等待另一半的奇迹出现了，这只是执着，反而应准备一个可以随时去爱的身心。简单地说，就是自爱。**

你失落了的另一半，并不需要向外找，而是要向内找。

○　○　○

面对自己很困难

清醒很孤独，迷失很不安。你宁愿迷失还是清醒？

可是，面对自己是困难的。大部分人都宁愿选择糊涂，也不想清醒面对自己，为活坏的生命负上责任。因为，清醒需要很高的能量。不时有读者问我，我面对大量读者的负面问题，是否跟他们一样经常感到痛苦呢？也有读者表示自己很糊涂，因为看不清自己的问题，然后反问我如此清醒，难道不感到痛苦吗？

到底清醒痛苦多一点，还是糊涂痛苦多一点呢？你希望自己清醒还是糊涂？

赤裸面对自己是很辛苦的，所以宁愿不动，不改变，继续沉沦。我们表面上都以为自己很愿意接受治疗，不过我告诉你，大部分人其实都在逃避，甚至假借治疗来证明自己是没得救的。人喜欢问卜，需要信神，心安理得。这种心态很荒谬是吗？

你信神吗？假如神约会你，说五分钟后会出现，解决你今生最困扰的烦恼，告诉你应做什么，让你知道你的问题在哪里，你要依他所说改变自己，你将得到永生，你会赴约吗？我们经常祈祷，希望神聆听我们，帮助我们，可是如果神真会出现，指正我们的问题，我们会如何反应？会愿意放下目前的执着，听他的指示拯救自己吗？

我想，大部分人都会宁愿退缩，也不想面对神，更不会留下来跟神见面，除了保险从业员外，因为他们永远积极，活在信念里，即使是自欺欺人也好，也会挺下去，不会错过任何机会。神出现很好，即使他不能拯救自己，说不定可以说服神替自己买一份保险，坐下来谈谈也不坏，世事无绝对嘛。瞧，神大抵因为世人逃避面对他而气急败坏，买份健康保险也是可能的。Let's sit down and talk（让我们坐下来谈谈）！

保持清醒需要很大的意志和能量。不是每个人都能做到，或者需要每一刻都不犯错误，保持清醒。**佛也有火，圣人也有错，天才也有低智的时候。不要太介意自己曾经糊涂，做过很愚蠢的事。**我可以告诉你，我见过天下最清醒、最聪明的人，他们大部分时间都在做愚蠢到没得救的事。你信不信？

糊涂是推卸责任，要人家承担自己的生命。举个例子，男朋友向女朋友借钱总不记账，待女朋友追问时他竟反问有借过那么多钱吗？又例如，女人喜欢装蒜、扮可怜，要男朋友哄，替她做这做那，乱发脾气，到分手时哭哭啼啼已太迟。自食其果！当她们自我放弃一心依赖，甚至制造弱者角色博取同情时，身边出现多少好男人、贵人或神去爱她们也是徒然的，最后只会是耗尽能量，大家都爱到很累想放弃。

世界是圆的，上帝也有公平时候。

清醒很孤独，迷失很不安。你宁愿迷失还是清醒？别纠缠在这问题上，因为这是假抉择，两者都只是执着的想法。或者其实你宁愿像孩子般，不去做选择，却天天嚷着要这要那不肯长大呢？

要清醒还是糊涂，在于你的决定。

○　○　○

自爱，从心出发

由自爱开始整合分裂的自己，不要从思想开始，也无须向外在寻找。须从心出发，观看自己的心性状态。

由自爱开始整合分裂的自己，不要从思想开始，也无须向外在寻找。自爱须从心出发，观看自己的心性状态，这正是我做治疗的目标。我从来不做表面安慰的工作，让你发泄情绪，吐苦水，事后舒服一点，这不是治疗，只是花费时间的行为。治疗的基础是信心和决心，并且明白最终必须靠自己的内在力量，洗心革面改革自己。

我们经常身处乱局，诸多埋怨，同时将自己的需求、欲望投射在伴侣身上，以为对方便是自己的另一半，自己也是对方的另一半，彼此相爱才能完整地活下去，所谓“只有我才明白他，没有人比我更明白他”，从来是一厢情愿的自欺。

例如有位女读者告诉我：“我和男朋友已走到亲情的阶段，没有激情关系了，但彼此互相了解多年，结婚应该是唯一的选择吧！但结婚前几个月，我认识了另一个他，他简直是我的真命天子。虽然他是有妇之夫，但他确实非常吸引我。原来那位有妇之夫跟他的太太感情也已出现问题。”于是，她便母性大发说：“我相信他很需要我，只有我才能令他感到舒服和快乐……”她在这个他身上找到满足自己散发母爱的欲望，对方的缺点正好符合她滥发母爱的要求，满足只有她才能令他感到快乐的自大欲望。这里还有女人更深一层的欲望投射：要成为他最后的女人。

她为何已有男友还要爱上有妇之夫的原因最明白不过了——拥有情人的满足感远比拥有早已得到手的男友大。

这就是爱情吗?

我们也经常错用能量，错用心神，以为自己可以成为别人的另一半，制造自我认同，但这只是美丽的误会，现实却事与愿违，结果影响了情绪、感情和工作，浪费能量。

例如我认识的一位女秘书患上了“秘书妄想症”。她总以为天下只有她最明白上司的需要，知道哪家餐厅最适合他洽谈生意，代他买哪种礼物最能讨他的太太欢心。她同时又患上“一厢情愿症”，以为另一个部门的 Peter 一直在暗恋她，自以为对方经常以特别的眼神望她，沾沾自喜到处向其他女同事“示威”。可最后发现原来他已有女朋友，她竟然给他发电邮骂他：“去你的，全公司上下都知道你喜欢我，你现在居然公然跟另一个女生约会！你有没有顾及我的感受呀？你在玩我吗？浪费我的时间，你打算怎样向我交代！”相信像她这样的女人在很多人的职场中都会出现。天，为何女人总喜欢妄想，以为自己很美丽，有很多人垂青自己？事实却是——自己正活在绮梦里不省人事。

必须记住：我们急于寻找另一半，只是因为太害怕孤单一个人。就以我刚才提过的那位来自上海的受疗者为例，她接受不了丈夫出外花心，留下自己一人的寂寞。但是，一个人跟寂寞是两回事。一个人可以不寂寞，假如你乐在其中，享受宁静和独处的话。两个人也可以很寂寞，当你们无法沟通，无法欣赏彼此存在的价值，无法分享爱与关怀时。

我们也许会问，既然另一半便是我自己，那为什么我还未找到自己的那一半，还感到欠缺呢？

答案是因为我们还未把心安定下来，找不到生命的定位。必须先从身心协调出发，学习自爱，平衡情绪。

情绪的英文是"emotion"，来自拉丁文，"e"解作远离，而"motion"解作流动，因此，"emotion"引申解作远离正常的行动，偏离了正常的生理、心理状态，就是指情绪乱了章法。最乱的位置当然是我们的心。心乱了，容易不经大脑，直接爆发情绪反应，跟人家吵闹，不知如何修好，只有一股怒火，每每指责对方的不是，都失去自我反省的能力。原来是我们自己动了气而不自知。

要达至身心协调，心定神闲，不只要做到放松身体，更要让整个人内在发生改变，包括让血压、心跳、情绪激素回到健康水平。当我们回想一生或近来最不幸的事时，即使只想五分钟，我们的白血球抗体便已经随着负面记忆的出现下跌，抵抗力骤减，心跳加速、血压上升。可以想象，如果经常处于负能量的状态，身体便会变得病弱，尤其是女人，肠胃和子宫会首当其冲受到影响，出现妇科疾病。经常情绪低落的人，患上癌症的概率很大。英国曾经有项调查，丧偶的男人较没有丧偶的易患上癌症。女人亦然，有调查发现，当女人感受不到伴侣的关心和爱意时，患上乳癌的机会比能感受到爱的女人高百分之一百[1]。

我们都知道必须平衡情绪，必须自爱，可惜捣乱自爱的敌人偏偏是挥之不去的负面记忆。

为何我们都容易记起伤心事呢？不开心的事都是心理的负资产，为何还要留给自己呢？原来我们不愿意放弃它们，只顾拥抱这些伤心事，不敢面对自己。到殡仪馆去走一趟，你便会发现很多纸扎大屋或其他模拟真实的财产，准备烧给先人享用。这反映了什么？正是我们“连死也要抱住不放手”。那为何我们不放开，要如此执迷不悟呢？

科学上的解释是，我们的大脑分为不同部分，不同部分具备不同的功能。负面记忆是由情绪勾动的，所以属情感的位置。快乐的事所需要动员的情感较少，只有喜乐，所以记忆不是最深，人的七情中，六情都是负面的，所以容易勾起深刻的负面记忆。经历过严重创伤的人是很难医的，但运用心的力量，从正面的情绪能量入手，效果却可以很好。我曾见过一位童年受过性侵犯的男孩，他是个穷学生，很有决心改善自己，我给他免费做了一次治疗咨询。我的治疗风格是以开心、轻松为基调，调动他快乐的情感记忆，这样的效果很好。那夜我们谈得非常开心，像姐弟聚餐一样，互相说笑，过程中我教他自我催眠，正面化思维和语言的自疗方法。例如我拿“性侵犯”跟他开一些无关痛痒的玩笑，例如问他“刚才吃过什么？”吃饭啊，吃性侵“犯”（“吃饭”的“饭”跟“侵犯”的“犯”同音）。再问“味道好吗？”他已晓得笑着回答“味道很好呢！”对曾受过的创伤由紧张、执着到放松，到能对它进行调侃，带来快乐，这也是一种开心的自疗方法。如今他告诉我自己不时也会拿“性侵犯”来开玩笑，觉得已没什么大不了了。以往他会质疑自己是否无能，是否失败，辅导员也只会教他忘记过去，却从来没有去正视创伤，没有用心去观照“性侵犯”和“道德”之间不必要的关联。

人若能把情感记忆的本能运用在正面的学习上，会有意想不到的优良效果。我曾经采用情感记忆的方法教学生温习，只要把要学习的内容扣紧在他们熟习和记忆深刻的事情上，他们会很容易记上心头。情感记忆的负面效应也同样强人，甚至不是每个人都可以承受得起，因为我们的大脑会将情绪变成记忆储存起来，为它编一个程序，像处理和管理其他讯息一样，方便日后让我们能轻易地提取再运用，不用重新认知、学习和习惯。情感之所以很快地跑出来，当中涉及这个程序的自然机制，可以让脑袋不费吹灰之力把与之相关的旧记忆提取出来。此举一边可以节省回忆时间，但另一边却导致我们经常陷入痛苦记忆中不能自已。

偏偏，我们总容易记起不愉快的事，开心的事却难以记起。很多读者告诉我他们难以忘记的伤心事，要求我替他们催眠洗脑。他们的痛苦是可以理解的。因为有医学研究已证明，原来负面感觉一经注入脑部的感情区域，是没法流掉的，所以负面情绪的记忆是没法忘记的[2]。说一个例子。向我寻求治疗的读者，都会先填写一份表格，当被问及“最开心／最有成就的经历”一项时，逾半都漏空未填。相反，关于“最不开心的经历”，却可以详细描述，细节记得十分清楚。

我有一位客户，她只记得她丈夫的所有缺点，可以不间断地诉说两个小时，对所发生的日期时间也记得十分仔细，她完全未察觉自己只会记恨。我有意让她诉说，没有中途打断她。两个多小时后，她终于说完了，我便跟她说：“你记得刚才所说的重点吗？”我简要地列出约十个要点让她重温，原来所有内容都是负面的，所有要点都是针对她丈夫的。

她告诉我丈夫说跟她相处感到很大压力，但她却断然否认，并不停表示生活上任何大小事情都为丈夫着想。如说："我真不明白我这样对他好，他为什么还要去花天酒地？"我跟她说，其实在这段关系上她已得到不少好处。我告诉她："试想想，当你是你丈夫，每天回家，你的太太都会把你的一举一动记在心，向你抱怨，数你的不是，你怎会没有压力，怎会感到快乐呢？"这位客户其实开始时只想跟我说她和丈夫之间的感情问题，怎料一开口便收不了，大数丈夫的缺点。我问她："你知道你共说了多久吗？是两小时四十分钟，你现在看到自己的问题了吗？你有什么感受？"她目瞪口呆了，终于，她惊觉到自己让人感到讨厌的一面，她只想我判断她的丈夫是罪人，却忘记将心比心。

我们都可能像她一样，不自觉沉溺在负面记忆中，所谓为爱情付出的，只是一大堆情感烂账，没有爱。不论男女，大家总爱说"我已付出了很多"，大家都认为自己真的已付出很多。其实我们以为自己所知道的，跟我们内在的感觉往往是两码事！

刚才你不是被勾起伤心往事而流泪吗？那些眼泪很可能是为自己曾经付出而流的吧。当然，我没有否定你的付出，只是提醒你，你大可能是错用了付出的方法。你因为执着而穷尽所有精力、心力，对方又怎会感受到你的温柔呢？和你在一起又怎会舒服呢？你真的认为自己爱得很伟大吗？说白了，其实你连改变自己的力量都没有，又怎能改善关系呢？

面对负面记忆，重点不在于如何忘记或抗拒，而在于正面接受的心态，让它来去自由，不做干预，观照它，让它自动消失。我们越是不关注它，它在我们身上能吸取的能量就越有限，它得不到能量的补充，便会自动离开。

我曾给为人父母的读者一些建议，他们问我孩子老是在捣乱找麻烦，令他们感到很累，为应付孩子消耗很多精力，可毕竟是自己的孩子，难道要打要骂吗？如果用惩罚的方法，只会影响孩子的潜意识，后患无穷，长大后让他们留有负面记忆，打击他们的自信和对爱的信心，那该怎么办呢？孩子不断吸引父母的关注和能量，所以令父母很疲累。父母应安静下来，不要顺应孩子，以静制动，不作声，默默看着他们。起先孩子可能会变本加厉惹你注意引起你激动，但慢慢会自然地静下来，好奇父母为何不动情，是不是另有文章。小孩子其实喜欢看父母发怒，惹怒父母是很刺激的游戏，但当父母表现平静时，小孩子便会安静下来。

当我们肯安静下来，不动，用心观照一切的发生，心便会先静下来，周遭也会因应而安静下来。这是能量互相交换和感染的神奇力量。只要我们学习平静自己，观看而不回应，问题将会被凝固下来，不再打扰我们。然后，我们才有空间冷静地思考解决问题的方案。**我们的理智要在心思冷静的时候才管用，在情绪激动的时候，任何结论、想法和感觉都是心乱的结果，不可信。**

再说那位从上海来找我治疗的受疗者吧。她是跨国公司的主管，我见到她时，她一脸疲惫，也承认自己是感情上的自卑者。我十分欣赏她为求改变自己特意来香港找我，因为很多人相对地连想改善自己的动力都没有。我用心率协调仪测试她的心率状态，教她打开自己的心，从心出发去爱。她起初不相信，惯性质疑，问测心对她的实际婚姻问题有什么直接关系，为什么要先做这测试，为何不直接跟她分析她的问题，教她如何处理婚姻。最后她还是愿意依我的教导静心，在短短十分钟内，她便能够透过丹田呼吸法，加上初步的自我催眠指引，心跳和呼吸均匀，情绪跟身体协调起来。虽然只是短短的静心过程，但她已可以把原来凌乱的思绪平复过来，把能量由思维转移到心，成功地平静自己的心。注意，她原初对返回身体去静心的建议十分抗拒，她只相信分析和理性，只愿意运用自己的头脑。待她亲身经历了静心的神奇感觉，亲眼看到仪器上显示的心率数据由凌乱到优化，她才相信定心的好处，明白自己的问题在哪里了。原来她的心太乱，无法平衡爱，处理爱，发挥爱，留住爱。

我们喜欢说“不”，抗拒别人，因为我们宁愿自己当作弱者、受害者，否则怎么有理由向外求助呢？她最初不肯接受这一点，总觉得错在丈夫处，可在看清楚自己的心后，才明白自己也要对恶化的婚姻关系负上责任。自己的能量那么负面、那么坏，怎能调好一段关系呢？

传统的心理治疗忽略了处理“认知＋情感”的完整系统，只集中在病人的感觉或所谓“心理”上下功夫，将治疗的重点完全投放在脑部，让病人无法体验定心、平静和爱的力量，只教人从认知、思想上“说服”自己必须感到舒服、平静，不许、不应再伤心。在理性上勉强说服自己、制造某种感觉不难，我们都有过自我鼓励，自圆其说的经验，如告诉自己“其实很多人比我更不幸，我应该知足”“其实他不是真的那么差，我应该忍受下去”“时间可以冲淡一切”等等。甚至在坊间流行的自信提升课程中真确地感受过重获自信的快乐，觉得已充满力量，甚至事后迫不及待推荐亲友参加，证实自己已经得救了。可是一旦情绪低落，鼓舞的力量很快又返回原点，重复的疑虑、失落、迷失、不安再回头，能量再度掉下去，比以前跌得更伤痛，更否定自己，对自己更失望，马上又流泪伤感了。

○　○　○

如何提升正能量

先返回内心，把流往思想的能量、精力分散，转移至我们的心，让她平静，变得温柔。

“知道”跟“能做到”是两回事。我们知道应该忘记伤感开心做人，但情绪老是返回原点不合作，令人感到绝望无助。认知跟内在的心情往往是南辕北辙。

要真正达到自疗的效果，离开负面情感记忆的控制，必须先返回内心，把流往思想的能量、精力分散，转移至我们的心，让她平静，变得温柔，爱才能实实在在地真正出现，爱才不会只是感情的幌子，爱才能摆脱痛苦和记忆，散发正面力量。

我们要做的是提升能量，保持观照和觉知，不要认同和沉溺。这是自爱的重点。

如何提升自己的能量呢？有两个选择：

一、要求别人奉献能量给你，这是自私的欲求。我们身边总有不少痛苦的朋友，一边喊着活不下去，一边经常粘住我们不放手，贪婪地吞取我们的关注和爱心。他们不肯接受劝告，一心只想占有别人的时间和关怀，结果，一人病变成两人病，问题反而恶化得不到解决。别人不可能给予你所需要的能量，当然，懂得向别人求助是不错的自疗方法，但要知道别人不一定能帮到你，你也不应只懂一味向别人求助，从而演变成惰性和依赖，结果把痛苦传染给别人。

二、在平常生活中储备能量，收心养性，才容易令自己心定气平，避免动气，这是非常关键的态度，不动气，能量便得以保存。其实我们与生俱来便有定心的常识，知道何时要换换气，停下来，出去走个圈，可惜我们变得执着，渐渐不晓自得其乐，自我安慰，所以必须重新开始爱自己，协调自己的身心状态。很多动物都有天赋自爱的本能，生病时自然懂得断食、饮尿，自行排毒，转换能量。可惜我们的自疗本能却退化了，有需要重新启动它，自疗自爱。

我们必须保持觉知，知道自己正在做什么，从心开始改变自己。当心能定下来，不再散失能量，扰乱心智时，我们将不怕一个人的孤独。

修养自己有很多方法，我们可以自己去寻找，可以透过别人的经验反照自己，亦可以和朋友、伴侣一起探索。在过程中**注意保持觉知和清醒，当情绪出来时，不要抗拒，让它出现，观看它，不回应。**如果我们懂得这样照顾自己的心灵，便可以看清自己真正的需要，将不会过分要求，不再只想改变别人来满足自己。

拥有觉知之心是很重要的，这是让我们看穿自己的问题的关键，如果连自己的问题也看不见，我们便不知如何着手处理自己的困扰。我们要学习接受自己，看到自己的强点和弱点，知道自己的心想要什么，最需要什么，工作上如此，感情上亦如此。

你的另一半便是你自己，找回散失的自己，保持清醒，拒绝糊涂，你将是个自主自重自爱的人。

最后一点是，**追求快乐是否便是自重和自爱呢？**

那位上海的受疗者，纯粹靠自己内在的协调，只花了短短十分钟，便平静了自己的心，感觉心定得多了，不再乱想。她最后问我一个问题："人是否应该追求快乐？定心是否等于快乐？"你能回答这个问题吗？

我经常被问及："素黑，你快乐吗？"我会呆住，实在答不出这个问题，因为这不是我的问题。**快乐不过是情绪的反应，让它自然出现和消失好了，无须刻意追求或记住。刻意希望过得快乐，找到幸福，反而容易在情绪的梯级上徘徊，助长欲望，消耗能量。**

我们没有抗拒追求快乐的需要，但**追求平静比追求快乐可能更有意思。**追求快乐重要，但懂得抓紧快乐更重要，不过最终不要执着快乐。将快乐转化变成增强内心能量的追求才更关键。快乐的情绪状态是高涨的，但凡高涨就有下滑的时候，快起快落，所以若快乐是狂欢程度，狂欢过后的空虚感便很厉害，这感觉我们也经历过吧。上山难，到山巅看到眼前景观无尽，可一下子跌落山脚，快到像没开心过一样。快乐就是这个意思。

我们追求的心灵状态不以快乐为目的，它可以是过程，甚至是手段，但最终，还是应该从保存及增强能量方面着眼，提升自己的心灵质素。

○ ○ ○

1：详细资料可参考 Servan-Schreiber, David, *The Instinct to Heal*（USA: Rodale, 2004）

2：这个机制叫“知觉重编神经回路”，其具体的运作模式，请参考本书第三章 115 页。

贰 背负，宿命，自我

当你能把喜悦掏出来跟大家分享，
当你没有了埋藏的自我，
当你变得透明时，
你便会快乐，
甚至达到平静的境界。
快乐就是这样，
如果你真正快乐的话，
你不会有个自我去把它刻意记起，
所以拥护自我的你对快乐都记得不太清楚，
心里只有伤痛。
这是你的选择。

一直以来，有很多读者和找我做情绪治疗的客户，对前世的问题都很确信和依赖。例如一位内地的读者写信给我说："我很冷血，什么都不在乎，也很难去喜欢一个人。可是遇上他就觉得他是前世命定的，很深爱。"接着就像很多爱情故事一样痛苦收场，关系完了仍无法放下。她深信他是前世的爱人，现在没理由白白让他走，可她又能做什么呢？"我应该再爱别人还是怎样？我已不可能再跟别人相爱或喜欢别人了，因为他是前世命定的。"

究竟前世是什么，命运是什么？为何有些人非要在一起但又不开心？明知有问题不合拍，但为何仍在一起不离开？分明合不来的，甚至有些是很差劲的伴侣，问他们："你为何不离开他呢？"他们答："我不能离开他。""为何？""总之不能，我不可能离开他，因为我爱他呀！"

瞧，最后便会说到爱。

我们好像经常这样：又说爱，又说恨，接着又说前世，又说命定。爱情以外，生活中其他方面也有这样的困扰。比如，"这种公司，为何我仍会留下来？"当然也有很强烈的理由，因为生计啊，但为何要放下感情好像特别困难呢？更厉害的是，放不下自己的执着，和自己过不去。

例如我有一些客户或朋友，他们非常偏执，就是跟自己过不去，希望被世界毁灭，甚至想把自己或其他人杀掉。可他没有这样做，大部分原因是没有勇气，变得十分鼓噪，负面，毁灭性很强，认为整个世界没有好人……都毁灭了又如何？不知道，好像总会好过一点吧。这到底是怎么回事？有些人可能认为是“冤孽”。爱情、感情、人与人之间的关系，为何会变成这样呢？

都是自我执着的问题，把爱活坏了，还要背负过去或者用更极端的所谓前世，解释现在的执着，没完没了。

人到底应该如何面对盲目的迷执呢？

人面对这些问题，很自然会从自我、存在、宿命、自由等概念思考下去，尝试寻找出口。我不打算用哲学的角度去解释什么是“我”，什么是“存在主义”，什么是“抉择”“自由”等概念，反而想从心理、思维习性的角度了解自我，返回最重要的目的：我们该如何自处？如何跟自己好好在一起？如何和自己沟通、修和？

○　○　○

爱，并不容易处理

“爱”字可以轻易说出来，但说完后想变成有意义的话，则需要去“修行”。

我想着重讲“思维”的运作。为什么我想说思维是怎样运作呢？因为在替别人治疗的经验中，我深深体会到一个很大的问题：我们常说现在很痛苦，无路可走，没有选择，我很想改变，但可以怎样去做？有些人很想改变，却只知道想而不实行。例如徘徊在一段感情上，对方差劲了，可自己又甩不掉他，无法离去，到底为什么呢？结果推出一个很伟大很美丽的理由：因为“爱”。然后解释过去，毁灭现在。

爱可以是一样很可怕的东西。

爱并不容易处理，或者说我们很容易说“爱”这个字，甚至很容易感觉爱，但感觉以后，说完过后，内心有什么改变吗？当我们用时间来回忆感觉便觉得“受骗”，因为我们和对方都曾经说过“我爱你一世”，现在感情出现了问题，你却埋怨他，恨他，那“恨怨”和“爱”是相同的感情吗？好像是，又好像不是。瞧，人与人之间的感情关系多么复杂。

我常在我的书和专栏中提到一点：我们得分清楚，一个“爱”字可以轻易说出来，但说完后想变成有意义的话，我们是需要去“修行”的。

爱可以只是一个陈述句，如说“我爱你”或“我很有爱心”……正如某些人会说：“我很爱国家。”这里的爱是什么呢？如果我说我爱国家又代表什么？跟我说我爱身旁的那人有什么分别呢？或者我说我爱他的时候，内心到底处于什么状态呢？是情感上的一种激情吗？那是不是没有激情便不叫爱呢？会不会欠缺某种强烈的感觉便不够爱，爱便不够深呢？我们应质疑我和他之间算不算爱情吗……

很多很多问题，其实个中有些东西是我们没有处理的，就是我们不太懂得观察自己的思维，惯性的思维，日常的想法，不清楚情绪是怎样运作的。大部分人都不了解情绪和情感如何运作，我们做了一些行为或是勾起了一种特殊的情感，我们以为它很真实，将它称作“爱”。我爱吃雪糕，我爱你，我爱热闹……到底我们爱着什么？

○ ○ ○

业，很好的借口

前世、“业”、历史都可以是很好的借口，把自己该承担的责任推卸给他人，分明是否定别人，纵容自己的懦弱。

我们也许会把解释不来的东西归咎于“karma”（业）这个想法。例如，为什么我会这么负面？为什么我会这么痛苦？是前世注定的吗？又例如，经常有人告诉我们他和某人有前世因缘。

我有一位男朋友时常有女孩缠着他。我问：“你不管她们就没问题吧，你喜欢她们吗？”他答：“不，是我欠了她们，我能感到前世欠了她们，所以一定要去帮她们啊，不能不理。”这种想法你或许会觉得很可笑，但其实很多人，尤其是女性，时常都觉得：“我不能离开他，不会放下他不理的，因为他很需要我。”很多女孩子也会这样想：即使他要我替他刷鞋，煮饭，讨我的关心我也不计较，因为世上只有我才最了解他……我这位男朋友也这么说：“唉！她们不能没有我，缘分要我帮她们渡过这一关，那我们的业便会化解……”

世事有一些东西是无法解释的，比如某些人出现了，进入你的生命，就是那种“我前世跟你有渊源”的说法，结果你逃不掉，要面对。其实哪个人有足够的智慧去面对，看得透？斩不断理还乱。两人在一起往往只是延续纠缠，结果越理越复杂，一个人乱变成两个人更乱的困局。

我们也许会这样想：如果“业”来了，我不处理的话，其实也会带到下一世的；又或者今世不处理的话，始终也会有问题的，不如早点面对吧！立刻，英雄主义，或者是自我在煽动，要去勇敢面对。

当我们还没有能力看清楚到底是怎么一回事时，是否真能面对呢？结果一个在哭，一个不知所措，两个人两份孽。一个说："我没法忘记，不要离开我。"就这样便执着一世。即使结束了，不消一会儿，某方不忍心，某方放不下，某方忍不住说："我又不行了，你可以出来见见我吗？"然后又重复纠缠下去了，一如既往。

很多人就这样过一生，尽管两人纠缠十年、二十年，还是继续下去，大家都舍不得结束。

另一位女朋友，她本身修佛，参加一个"reiki"（灵气）的课程。有同学在习练过程中打开了所谓"中脉"，其他同学又说看到了观音和其他所谓灵性的东西，大家都很紧张，很重视所"见到"的东西，把整件事情变得很神秘，整个心态像是为修炼特异功能一样。本来"灵气"是感应能量的能力，用宇宙的能量来重整身体的能量，令身心得到平衡，可一旦附上了神秘色彩，整件事情便变得神化起来。然后，我这位女朋友一次看见了她自己的前世，是个被火烧死的巫婆，叫她非常惊惧，无法平静，真的承受不了，结果需要花很长的日子修行才能稍为平静下来。她说："原来看前世未必是每个人能承受得来的。"

前世、“业”、历史都可以是很好的借口，把自己该承担的责任推卸给他人，如有客户说过：“我承继了妈妈的紧张和啰唆，其实我并不想这样的。”“前世注定我是不爱自己的，so what（那又怎样）？”分明是否定别人，纵容自己的懦弱，没有人需要可怜你。谁都要对自己的生命负责任。

我们在“业”和前世的概念中自我纠缠，像在迷宫里一样找不到出口，却坠入万劫不复的痛苦中，这是“业”或所谓前世给现世最大的讽刺。

○ ○ ○

痛苦，自制的游戏

我们需要了解痛苦的真相，然后选择离开或沉迷。

我们常常感到活在痛苦中，跟痛苦共存，每一秒都好像在折磨自己或被人迫害，一直要承担，背负它，承担不起。不是说你不中用，而是痛苦这东西本身不需要这样存在，只是我们在助长它而已，雪球效应地滚下去，最后令我们受不了。

所以我们需要了解痛苦的真相，然后选择离开或沉迷。

我认识一个女子，非常病态，她身体很虚弱，是个很不开心的人，可她很纵容自己，每次都哭着找我，一副快死的样子。这是一场游戏。她在潜意识的层次上很享受。她会突然发一些短信给我，只有一句：我又发病了，呵呵。你可以看到她整个心态就像孩子一样，告诉你：我很不幸，很不高兴，很痛苦，又病了，呵呵。

她就是喜欢这样跟你玩，把自己的痛苦放在玩乐的层面上，而且目的只有一个，就是令你紧张她。她已玩到炉火纯青的地步，不会再说自己很惨，又在生病怎么办之类，反而会若无其事地说没什么，只是病而已。就这样，令你紧张，令你心痛。

有趣的是，同一天内我收到另一个电邮，是和我合写专栏的内地作家的讯息。她病了，未能交稿给我。她是个很有责任感的人，她病了，要进医院，临进前给我电邮说：“对不起，来不及交稿，晚一点才发稿给你，不好意思。”很简短的讯息，却展现了截然两样的态度：这个女孩病了，独个儿入医院，但她不会借生病塑造一个可怜软弱的自己，她只是想着一件事，就是要负责任，尊重跟她合作的人。

所以，当一个人自爱，照顾自己的时候，不会那么轻易说“我痛苦，我想死”之类的话。当你不爱惜自己，或想利用自己作为依赖别人的筹码时，你才会这么轻易地跟别人说“我今天好惨，很不开心，被人欺负”或者“我的上司很坏，全世界烂透了”。你和身边的朋友，每天不断在埋怨谁对自己不好，这个世界不公平，妈妈把我生得丑，为什么我不是首富的儿子，等等。所有不幸都跟别人有关，跟天跟地有关，自己是无辜的。即使跟自己有关，也觉得自己并不希望这样。

于是，我们便“证明”了这是命运的安排，是前世命定的，就这样把责任推开。这里我发现了一件事情：**原来我们很喜欢利用时间，所谓过去，利用我们的历史替自己制造借口，擦新伤口，不去管现在，这个当下。**

例如，我有一个客户很富有，找我替他做治疗，怨小时候父母待他不好，这就是他现在活得不好，不开心的理由。谁没有被父母打骂过，童年没有快乐过呢？要将现在的问题归咎到父母身上，又或者推卸到自己的童年，或者前一段感情创伤，认为是因为某个人、某件事令今时今日的自己很痛苦：不是因为那样我便不会变成这样啊，我没法子忘记，但已没办法了。

另一个女读者不时发电邮给我，问一句："我死了你会哭吗？"或者"该怎样忘记一个人呢？""你根本无能力帮我为何又要说帮我呢？"她隐藏了至少两重心理诉求：一是她很想依赖我；二是提醒我不要忘记她。不断延迟对自己负责任的天职，明显是一种病态。讽刺的是，通常这些人都没有经历过真正的穷困或迫害，温室长大的小宝贝，动不动便受伤活不下去。唉。

所谓忘不了。事实好像真有它的逻辑，制造痛苦的经验，没法子忘记。但这就是令我们继续痛苦下去的原因吗？没有人需要去对这种人负责，尤其是他们甘愿堕落。人不可能耗太多能量去处理这样痴缠的、深渊式的自怜痛苦。对方把自疗的门关上的话，谁都无法帮助他。

○　○　○

思维的运作和特征

我们觉得很痛苦，为何会无法挥别痛苦，离不开呢？为何它有这么强大的能量呢？

到底我们该如何面对，或者解脱痛苦呢？

要了解痛苦如何运作，可以从心理层面去认知。我们常有一个问题，就是不明白自己的问题在哪里，如何解决。不论是爱情、工作、亲情、友情，还是自我方面的问题，都喜欢用前世、命运等概念去解释，认为是前世注定的。可还是不安心，因为前世和命定虽然是一个解释，但不能解决问题，也无法减退当下的痛苦。

我们可以从情绪和自我两方面反映思维的运作，了解思维的运作，了解自己。

情绪和自我是息息相关的，而情绪有很多不同的表现方式，最常见是痛苦、愤怒、嫉妒、不安等等。我们觉得很痛苦，为何会无法挥别痛苦，离不开呢？为何它有这么强大的能量呢？

原来在各种不同的情绪表现中，痛苦尤其消耗我们的能量，所以当我们堕入一个痛苦的想法时，便没有了其他思想，变得很专注，将我们所有的能量和精力集中到一个焦点上，放大这个痛苦的自我。痛苦就是我，我就是痛苦。我们的思维成功地制造了一个坚定不移的痛苦自我，这样我们才感到自己的存在，自己非常强烈地存在着，因为感觉的确很痛，这就是所谓“自我”的建立。我们整个人的心态、所有能量都被痛苦吸蚀了。

思维有几个特征。

1. 负面

首先，思维是非常强大的**负面模式**。我们内在有很多能量，它本身是中立的，可思维会依靠它，生成正面或负面的运作模式。痛苦本身是负面的思维运作模式，它会令潜意识认同它，认为它就是我。例如说：我很痛苦。其实我是在建筑一个自我，这自我就是认同这痛苦的自我。所以你会不断觉得“我很惨”，其实重点不在“惨”，而在“我”。

2. 锁住能量

思维能**锁住能量**。我们不断建筑一个所谓的自我，我们的能量被痛苦困着，所以整个能量也不能流动，最大的问题就在这里。当体内的能量不流动，停顿下来时，整个人便陷于迷执。这点尤其容易发生在女性身上。

女性是吸纳性的，不断吸收能量，无论身体结构还是心灵结构都是吸收性、内敛的；男性则是放射性、发放性的。因此女性常把事情收藏起来，然后牢记住。于是她们常问你何时何时说过什么，为何现在不兑现。女人的能量不流动的话，便把负面意识如怨气尽收其中，容易转化成一种暴力，伤己伤人。

3. **蚕食能量**

思维还会**蚕食所有的注意力和能量**，如当你不断想着自己很痛苦，被陷害，为何他会这样对我……你会发觉二十四小时内，起码二十三小时零三十分钟都在想你有多惨，有多辛苦，越想越“清晰”，越想越“逼真”，它充斥你整个思绪和心胸，无从消停。借痛苦肯定一个“我很惨很辛苦”的自我，然后它会透过这个自我来思想、说话、行动。我带上这个痛苦的自我来跟你谈判，撒娇，辩驳，对着干，找好处，或表现得很可怜，变成受害者，博取同情等。总之它会用很多方法，令你迷恋“我现在很惨很辛苦”的状态，令你着迷、着魔、自我催眠。抱着这么强大的负面思维，你一切的行为和思想都变得负面和可怕，并且不断重复，没完没了。

4. **活在回忆里**

思维喜欢**活在过去**，因为凭现在单一事件制造的惨况不够激烈，所以要借助过去的力量。例如他说过三时半会打电话给我的，为何现在过了五分钟也没有call我？发生什么变故了吗？女人会马上猜测下去，这个过程是飞快的，负面潜意识运作得很快，男人则比较迟钝。到底这五分钟可能发生了什么事呢？男人会认为可能塞车、手机没电，都说过该买另一只型号的手机啦……男人想了三步，可女人早已想至第一百步，结论可能是：他有了第三者，现在和她忘形在一起，他其实并不紧张我，不爱我……女人不用十五秒便联想到几个世纪可能发生的事情。然后她马上会变得憔悴，觉得已经失恋了。再想下去，可能是啊，怪不得他昨晚会这样说……我知道为何结婚当天他戴那戒指套了五秒仍未套下去，他在犹疑……然后再想更多无关痛痒的事。譬如：为何我命定要爱上他？为何他又不爱我？是妈妈的问题，如果不是妈妈把我生成这个样子，我会有更多机会，更好的选择，便不会这样了。不断想，不断想，十五秒内她会想到一百个他不打电话来的可能性。你可以看到如此精炼的能量是如何集中在一个思绪上转呀转，回溯到过去任何一个点上来解释现在的不幸，制造一个受伤害的自我。

怨命的人希望看前世，确定自己的不幸是注定的。有很多客户因此想找我做前世治疗，借此确定历史，让自己活在过去，否定现在。其实现实是什么？返回刚才的例子。男朋友只是迟了五分钟没call你，你便可以想到这么多，因为你没有活在当下，认为过去比现在更可信，更真实，**情愿相信过去**。过去除了更真实，还比现在更强。所以回忆令你更安心，“证实”现在的不幸是真确的，是有因由的。你情愿觉得这样能解释现在的不安，制造无尽的负面“实况”和问题，养活一个不幸的自己，这其实就是自我。

你不只想象，回忆，脑海还会出现很多影像、片断、对话，令感觉更逼真，活像一个导演，把整套戏演出来，让你记得很清楚，失去平静，变成一种病态，而最主要的是它会令你越来越疲累，叫你光是坐着也会心不在焉。我想大家也会有这些经验。这样一直下去，你所有的能量便会被这个想法蚕食。虽然可能事实真的是他已不在乎你，或者根本全都是你无中生有的幻想，但重点不在“事实”上，而在你的脑海中已经巩固的一个“事实”，你情愿相信它胜过相信任何东西。

具有讽刺意味的是，“回忆”的英文是nostalgia，其古希腊字根正正是“nost-algia”（pain of return），即返回过去的苦痛。

5. **抗拒治疗**

我想带出一点：所谓痛苦，或其他情绪，其实可以是很纯粹的能量活动。有些研究甚至认为它只不过是我们的能量系统被堵塞的某种反应。它本身并不等同于“我”，只不过透过这个“我”来运作，放大自己。所以最大的问题在于我们认同了它是“我”。**当你认同了痛苦，你便失去了自由。**没有自由，你只能变成回应的机器。在某一刻理智叫你去改变，想否定它，可你大概已有了抗体，制造 negative reaction（负面的反应），抗衡向好的动力。你会情愿不治疗，治疗师叫你做什么，你敷衍试过三秒便退缩，认为那是没用的，什么都不能改变，甚至觉得自己被骗了，倒过来怨恨想帮助你的人。人的惰性也蛮真厉害，你没想过要改变自己，因为活在过去实在太安全，或者甚至太舒服了。这解释了为何你舍不得离开痛苦，宁死也会痴缠下去，用尽方法 keep yourself intact（成就一个完整的自我）。你为了建立这个完整的自我，不惜一切去巩固它、维护它，你会不断投资，形成一种 addiction（心瘾），好像抽烟、吸毒一样。你害怕正面的东西介入，例如治疗、改善、进步、开放、包容、爱，甚至一个最单纯的微笑，怕它们破坏了自己千辛万苦建立的悲痛自我。

当我们痛苦的时候，整个人的精力也会流失，越来越失去能力和意志抵抗痛苦，不想做任何事以求改进。即使你明知道可以透过一些平衡情绪的方法如深呼吸、瑜伽、运动等放松自己，你也会情愿坐着不动，让痛苦繁衍滋生。

你知道痛苦其实为你带来很多方便。作为一个弱者，不用真正面对自己，有很多借口去放弃，其中一个借口是“其实你不爱我”；另一个借口是“我前世是那样，命生得不好。”赖上天不公平，上帝不理你。但我敢相信，上帝突然出现在你面前，慈悲地笑着对你说：“怎样？你找我吗？”你准会马上跑掉不敢面对。假如上帝在你面前“叮”一声把你从痛苦变快乐，你可能真的受不了，因为负面的你没想过真的需要面对正面的上帝。其实你是情愿痛苦的，假如你知道念一段经文后便不再痛苦，快乐到永恒的话，你可能不愿意去尝试，你会不舍得。你可能会反驳说：“不，不是的，我也需要磨炼一下自己，面对痛苦，看看我是否能承受得来……”自说自话，逃避自爱的责任。

原来你从不想自爱，享受着自己作为一个受害者的感觉，所谓self-victimizing（自甘受害），全世界都陷我于不仁，我也不希望这样，但没法子了，命运是这样也没法子。

○　○　○

痛苦还是快乐，你可以选择

当你阅历渐深，或灵性修为很高的话，你会知道真正的快乐是什么。

那你或许会问，为何思维要透过痛苦吸蚀所有的能量，制造一个自我呢？快乐也是情绪的表现，为何思维不利用快乐的情绪制造自我呢？为何我们并不如离不开痛苦一样地离不开快乐呢？这是一个很有意思的问题。

理由很简单。刚才已说过，“我”是靠区别于“你”而存在的。没有“你”便没有“我”的可能。要有很多“你”才能令这个“我”的存在不受威胁，最怕就是“无我”。当我们快乐的时候，我们的心是开放的，容易乐极“忘形”，无我，充满正面和健康的能量。快乐的人不需要也不容易吸引别人的特别关注，因为快乐就是懂得享受孤独。瞧，我们快乐时一个人也很自足，别人不觉得需要特别关怀你，因为你没有病，你活得很好，别人安心了，不会常常来问候你。啊，你马上犹疑了，快乐的别名就是孤独，不不不，宁愿痛苦，因为当你痛苦时，别人会可怜你，关怀你，给你特别的关注，你便不再孤独，“我”旁边有一大帮“你”陪伴着，“我”安心了。所以，害怕孤独的人都宁愿病。换句话说，**痛苦是害怕孤独的结果**，也是要别人关怀自己最方便的手段。

原来，大家都怕孤独，怕一无所有。

人潜意识中特别倾向牢记或表达负面的思维。当然，其实人是可以选择的，但你会说：“其实我不想这样，这并不是我选择的，我想快乐，我想改善，不过就是没法子。”

我们会这样自辩：我也想快乐，但为何痛苦时刻永远比较多？我们会立刻想起痛苦的事情，快乐的事情却需要刻意回忆才想起。要了解这点，需要先了解自己的能量是收还是放，是在什么状态。

大部分的痛苦、忧郁，所谓负面的东西，属于渐渐涉收进去的，它们全都郁在心中，不断酝酿，“心轮”的位置会郁痛起来。而你还不断助长它，像肿瘤一样，一天一天长大。你不懂得放开它，释放它。

反过来看，为何你会快乐？因为负面的东西没有被日益累积，反而被你发放出来了。每当你开怀、大方的时候，你便会感到快乐。我是说真正的快乐，不是指物质上的满足，例如你买了一个新型号的手机，但两天或两个星期后你便失去了这份喜悦，因为另一个新型号又推出了。那些无穷无尽的欲望并不属于真正的快乐。当你阅历渐深，或灵性修为很高的话，你会知道真正的快乐是什么。当你不够大方的时候，你只会想，“这是我的”，然后收起来，那怎会快乐呢？拿出来与别人分享，把喜悦和幸福投向宇宙，才能真正地开怀、喜乐。所以真正的快乐是跟别人分享的，就是我最终想谈的“爱”。

当你能把喜悦掏出来跟大家分享，当你没有了埋藏的自我，当你变得透明时，你便会快乐，甚至达到平静的境界。快乐就是这样，如果你真正快乐的话，你不会有个自我去把它刻意记起，所以拥护自我的你对快乐都记得不太清楚，心里只有伤痛。

这是你的选择。

如果你真的懂得欣赏爱和快乐，你满脑子都是正面的东西。相反，大部分人无法这样，因为大部分人都被负面情绪捆绑着，自我膨胀。

○　○　○

自我，到底是什么

自我永远是对应于一个差异去完成的，没有差异的话，就不可能有一个“我”。

现在该深入谈谈自我到底是什么，为什么我们要助长一个自我，宁愿痛苦呢？

从西方的difference（差异）理论看，可以这样理解：要有一个“我”，一定要有一个“你”才成立的。自我跟什么会成为对立呢？就是无我的平静。无我的相反就是自我。我们大部分时间都不能无我，而是在构建自我。自我永远是对应于一个差异去完成的，没有差异的话，就不可能有一个“我”。“我”一定要有“你”，有“你”才显示出一个“我”，“你”和“我”，建基于差异、不同，“我”和“你”是不同的。例如我们希望自己很独特，又希望得到别人的认同，同时又要否定别人，划出你我之分的差异条件，所以我们需要透过否定和抗拒巩固自己，甚至变得defensive（自我保护），永远先说不，并说：“不是，**我**怎会是那样呢？**你**哪会了解**我**。**你**不是**我**，**你**怎样知道**我**有多痛苦和不幸？”

当你痛苦时，经常要别人认同你的痛苦，同时又抗拒或否认人家明白你，譬如说：“你又不是我，我曾经受过的痛苦你怎会了解？”因为你不是我，是“子非鱼，焉知鱼之乐”的问题，这是哲学常碰到的问题。更复杂的是，你要透过病态的那段历史来确认一个自我的身份，将自己变成一个pain body（痛苦体）。而且，你很怕失去所谓过去、历史，因为这样的话，你便会失去这个既已建筑好的自我，你会很害怕。人其实很抗拒变得虚无，怕还原虚无。

因此你会喜欢跟别人争拗，显示自己跟别人不同。每每跟别人争拗，自我的意识便越来越强壮。“我拗赢了你，真了不起！”又倾向将负面的事情扩张，小事化大。你变得生气、悲伤、不幸、无助等，因为每一项都在清晰地提醒你，你有一个自我，我不是你，所以你不会明白我，因此我很惨，然后却又矛盾地问“怎样才能令别人明白我多一点？”看不到自我，救不了自己。

还有一点，我们经常认为必须做一些事去处理自己，解决问题。例如我现在很痛苦，应该做一些事化解痛苦。有些积极的人会想到很多方法，如找人做治疗，又有人会去消耗过多的暴力，找人挑战一番，自我膨胀。或是找个神来信仰，那我的心理上便可以平衡些。或者强迫别人和你说清楚，以为就是解决问题的方法。“你跟我说清楚，我不让你走，你不跟我说清楚，我不让你睡……”我们的心无法定下来，总觉得必须要做一点什么去补救，这是传统教育告诉我们的，有时却越做越凌乱和迷失，于事无补。

其实很多时候，“无为”反而是最有效的自疗方法。

○　○　○

无为，最有效的自疗

不要锁住情绪带来的能量，要让它流动。Let it come and go，let it flow（让它来去自由，让它流动）。

无为是最积极也最冷静的态度。反观，我们努力做很多事情去弥补，去改善，结果却依然不平静，问题没有解决，于是我们质疑改善的动机，最终否定自己，宁愿放弃，怨所谓前世，或命运，或所谓业的安排，我们根本不能改变什么。我却想告诉你另一个观点。

世事莫名其妙地出现和消失，却影响我们的情绪和观念。例如听到某首旧歌，遇到某个陌生人，你会觉得似曾相识，或者知道对方却没见过面，或者说过一两句话，或者看过他写的东西，或者见过他在电视露面等等。不知怎么的很吸引，像鼓动了一些事，打动你内心某些感觉，你会莫名其妙的产生情绪和感情，有时甚至是愤怒，不能解释。这些可能是前世、命运、业、上帝什么的安排。

不过，能勾起我们情绪和感情的，都是过客，不需要强求真假，问它是否有意义。我只会说：**全部感情都是真的，都是实在的，正在发生的，全部都是我生命中的一部分，所有在我身上发生的都是我的一部分，我要学习的是先接受，可以的话享受它，不能承受的便离开它，让它离去。**别去管那是不是命定的。笑是好的，哭也不错。观照情绪的出现，看着它经过，可以想象它在自己里面，无论发生任何事你都给它光芒，让它透过你，穿过你而去，它没有停留，却经过了你，让它离开吧，**记**

住不要锁住情绪带来的能量，要让它流动。Let it come and go，let it flow（让它来去自由，让它流动）。你不让它流过，便会锁住它，你便不会自由，包括你所爱的人，让他穿透你而离去，他才算到临过。自我会消失，你将不再执着。让能量流动，这是无为的最大力量。让悲伤、不幸穿透自己，让自己变得透明，不再抵抗，那便不再受伤，只有宽容。

○　○　○

观照，无为而为

让它发生和离开，穿过自己，向它说再见，所剩下的便是爱。

当你面对爱时，你可以观照自己，观照所发生在爱者身上的东西，嫉妒的、喜乐的、悲伤的、执着的，看着它们，尤其是你的情绪变化，不要认同它，无为而为，让它发生和离开，穿过自己，向它说再见，所剩下的便是爱。

你不需再多问到底是怎样，**当你还没有经历过时，你没有条件去问或否定，你只能经历。**每个人的经验都不相同，每个人的前世今生都无从查证，只有面对，观照，让它穿过自己而去。就这样已经足够。

也因此，我们不要认为需要承担别人的生命，不管他是谁。**我们可以关怀，帮助，但永远不能承担人家的生命，尤其是当我们还未能处理好自己的生命时，**更没有资格和能力去负担别人的。因此，不要说："我不能放下他不管，他很需要我。"这只是一厢情愿，助长想帮助别人的欲望而已，并不是真正帮助别人。尤其是希望当治疗师的人，或者是医生、教师等，要对很多人负责任。很多时候你看到一些人，你很想帮他，或者你觉得你可以帮他，又或者他对你说只有你才能帮到他。小心，能不能帮上只是缘分。

很多人都知道我不轻易见客户，因为我很清楚一件事情：有些人不是我能够帮到的，即使我有很强的愿望，很强的情感，但那可能只是我的“自我”在作祟而已。为什么只有我才能帮到他？这是不可能的，因为我只是凡人。即使对方可能是你最亲的人，可能是你很爱的人，一个不知前世跟你什么关系的人，你也不见得能帮到他。为什么你会感到没法不去帮助他呢？通常这些人都有一个特质，就是执着、病态，却很吸引，令你不能抗拒要帮助他。负面思维极强地集中在这个人身上，能帮上他的话你便成为伟人，可就更增强了彼此的自我。帮助人是颇大的自我执着，就像捐款时候心想“我去帮助穷人”，这个“我”字很大，欲望也很大。又如当你可以变成一个神的时候，其实拥有很大的满足感，甚至是虚荣感。

千万不要有这个信念：只有我才能够帮助某个人。帮不上的，让他去吧。你不能够让对方穿过你而离开的话，他困在你里面便会很糟糕。我想告诉你，尤其是那些想帮助别人，想当治疗师的人，你不是要用自己的力量去作为，反而需要谦虚些，治疗的力量不在你里面，你得看清楚自己是否懂得观照自己，心是否能安定下来，平静下来。**你若不是临危不乱、处变不惊、平静自若的人，不要随便处理别人的问题。**还有，更重要的是，你要**借天地的力量**来帮助自己。要开发自己的创造力。**最好的治疗师必然同时是个艺术家。**好的艺术家不会用自我去画画，不会用自我去唱歌，所有真正的艺术，全是天地宇宙赐予的。

当有一个点子解决不了的时候，你不是去 solve（解决）问题，而是把问题 dissolve（溶掉），转移注意力。你一旦专注在那个点上，它便会不断膨胀和恶化，吸蚀你的能量，最后你会是最病态的人。但当你将能量打散开去，不注意在那一点，当能量转位的时候，你反而更有机会去治疗自己，把问题看得清明透彻。**真正的治疗是回到你的内在感觉，注意它的微妙变化。**自己没经历过，你将永远不知道自己有多丰富。我们的身体得靠自己去发掘。所以想做一件事前先等一下，观照自己，静心下来，可以出现很多你不知道的可能性。这就是生命的美，不需要一个自我去成就。每个人发掘和承担自己的生命已经足够。

○　○　○

回归平静的方法

观照，返回身体，穿透自己的身体，让能量流动，让负面的东西离开。

到现在，我们应该知道必须处理思维和自我执着的问题了，不然，无法活得自由，更无法真正懂得爱。甚至，我们应该尝试寻找方法预防痛苦思维的袭击，让自己平静下来，享受孤独。

你可以尝试做的，就是把自己带回意识去，觉知思维的运作，你不能让负面的潜能吸蚀你太多能量，所以你要观照，观察你自己，重夺自己的意识。

当你痛苦的时候，你的内心会很昏舛杂乱，然后不断想，不断想，觉得自己很惨，然后便哭，歇斯底里，不断伤害你身旁那些爱你的人。怎么办呢？**试着在情绪刚起步时马上观照它，比它快一步，**意识它下一秒钟运作的模式，会想什么，会怎样影响你，马上看着它，阻碍它的惯性运作模式，它便会遁形。简单说就是**和思维斗快跑，在它前面不做什么，就看着它。**不要以为赛跑是很辛苦的，因为辛苦的是它不是你，是它需要你不是你需要它，所以你反而感到很轻松，看着它便可以了。像母亲想孩子安静下来，最好的办法不是和他解释为何要安静，不是和他斗嘴，不是打骂他，因为你对他的关注正好中了他的计，他在不断吸蚀你的关注和能量，你永远斗不过他无穷的精力，不如沉默地看着他，不回应，不反应，很快他自然会没趣地静下来不打扰你，自顾自去玩。你说是这样辛苦，还是和他斗嘴一小时辛苦？

重点是把意识带回来，愿意自愿走一步。必须强调自愿性，强迫出来的治疗无力也无效。

方法是，你要先意识到自己现在正在沉迷，这已经足够，不用再做其他事，就静静看着这个沉迷的思维。很多人会问看着又如何？还要做什么？一旦这样想的话，你又重新陷入另一种迷执和纠缠中。接着又要找很多方法，结果没完没了，做什么也好像没有效用，到头来更肯定自己是命苦的，做什么治疗也没用，帮不了，于是继续沉沦，否定自己。

刚才说过的种种方法如无为、观照、返回身体、穿透自己的身体，让能量流动、让负面的东西离开，你可以试着去修，有耐性，细心地观察，不要问修到何时，要多久才修完。你能活多久，便修多久，生命就是这样。平静观照，试着孤独地去体验，然后说一声感谢，你将得到平静。

当然，这些方法并不容易。不是方法本身很难，而是要你起动，愿意虚心地去尝试，才是最难。这个，需要靠你自己的决志和醒悟的缘分。

以下有另一些修养自己的指引可做参考：

1. 灵性呼吸法

这是一个非常感人的呼吸治疗方法，是一位生于公元982年，名字叫

Atisha（阿提沙）的印度灵性大师，在苏门答腊学的一套思维训练的方法，其中包含这套古老的呼吸方法，后来传回印度，并传到中国西藏等地。

我们也许向一些瑜伽或治疗师学到简单的深呼吸法放松自己，他们教导大家的方法也许是这样的：试想象很多不开心的事，透过呼气全部吐出来，然后想象吸入快乐的东西。这样一般人都会平静下来一会儿的，这个方法很好，不过，还是不够无我，还是有执着，未能穿透自己，让能量真正无私的流动。

阿提沙的呼吸法却不只是放松，而是修行的本身。当你修炼到较稳定的平静时，你可以尝试这更深入的灵性呼吸法，令自己心定之余，还可以当自己是一朵发光的花。

他的呼吸法是这样的：试想，人最害怕亦最依赖的是痛苦。试着将这世界上最悲伤的事总合起来，全部无私地吸进身体内，承受越多越好，无私地吸进去，这点相信女性尤其做得最好，因为女性是天生承受和接收的动物。现在，你已将世上最痛苦的承受了，你还有什么是承受不来的呢？当然我不太想用“承受”这两个字，因为这是千古以来传统女性的大问题，就像我说过“背负”的问题一样。你并不是背负世上所有的悲伤，而是欢迎它们，掏空自己欢迎它们。然后，想象你一生到底有多少的幸福，有多少可以付出的爱，你一直相信自己拥有的爱，全部将它呼出来，完完全全地呼出来，献给这世界，所有需要的人。这是爱的呼吸，养活你灵魂和肉身的生命资源。

你可以尝试去做，帮助自己修行和静心，通过吸纳，然后通过付出，你才能初步体验什么是慈悲，爱才真正开始。再想，我们执着的，我们以为一直付出的所谓爱，世俗的所谓男欢女爱，不是太肤浅了吗?

2. 解放性别

太多的爱恋执着都在性别关系上纠缠，未能拥抱真正爱的力量，所以，解放性别是很重要的，**你要尝试活出另一个性别**，那是很宝贵和丰富的体验。例如男性学习女性的包容。然后，连包容也豁破，因为包容到最后也有一个最后的执着，就是那个去包容的、很大的自我，“我包容你。”女人经常有这种母性的“伟大”本能，用爱来包着你，捆缚你。所以，最终要达到的是连自我执着也忘掉，从包容变得宽容，到宽容的时候，你便没有自我。

女人比较容易包容，同时又停留在包容的执着中。那么男人又如何?

其实我不太喜欢这种男女二分的想法，因为我见过很温柔很包容的男人，也见过最暴戾的女人。应该这样说，每个女人都有个别的特性，但未必都能活出来。现今女人越来越“男人”，因为女人被一个男权社会改变成这个样子。我很抗拒某种女权主义，因为她们不断将女性塑造成男性，却没有真正掌握和活现男性美好的地方，如情绪上比较平衡一些，心思简单一些。男人的感情观和女人很不同，思维转数不够女人快，女人的思维倾向 web thinking（网络式），而男人倾向 linear thinking（直线思维），所以男性倾向依赖线性的权力观、历史观，回头肯定、证实一些论证等等，很逻辑的想法。但在了解情感和人际沟通上，这造就男人最大的缺点。

男人不要刻意去理解女人，女人也不要刻意去理解男人，不要笃信男人从哪颗星来，女人从哪颗星来的坊间畅销书神话，以为就理解男女问题了。说到底，男和女都从同一地方来：女人的子宫。正如 Osho（奥修）说，男人应该学习变成一个子宫，学习她的包容。我也经常叫女人尝试抚摸自己，如感受阴道、乳房的肌理，那是很美的地方，从自己的身体找回安全和保护的感觉，因为女人经常觉得没有安全感。感觉是很重要的，返回自己身上感受自己的身体，训练观察细微的感觉，感觉全身的美丽，让自己发光。

传统上修行的人都是男人，因为他们缺乏感性和爱，而这是觉知的元素。女人有样优点很好（当然同时可以很坏），就是不用问理由，去爱就行了，因此也容易盲目，能量却很强大。试试用尽你的爱，尝试观照你的爱，这样你便会不知不觉地发光。不要只想着我有爱，否则你会变成爱的推销员。关于两性在学习和修行爱的课题，可以参考我的另一本著作《学会爱，超越爱》。

3. 和自己修和

你若将所有能量集中在一点上，你会很辛苦，越来越辛苦，你便不想再做任何事了，你已经失去行动和进步的能力，所以你要在当下意识到这点，把自己释放出来。你可以当自己是另一个人，和自己对话，和自己沟通，修好关系。能不能临睡前和自己说声“Honey, goodnight（亲爱的，晚安）”呢？你会对爱人说，对子女说，却从不曾对自己说Goodnight，也不称赞自己乖，可爱。你变得没有创意，没有想象力，你几乎是个停顿的人。你要提升和开发自己的智能，那么你才变得心定，自足，不断进步，不那么容易执着在一个点上兜圈转。

女人是很有趣的，在她们的一生中，爱情就是她们的所有，但她们却不懂什么是爱情，或者说只想沉沦在那里。所以能提升自己的能量，和自己修和，不助长自我，不纵容思维活动，你便不会浪费一生。**我们花很长很长的时间在助长一个超级自我，却不愿意察看最细微最细微的执着。**

不开心时，可以想象有股能量在体内和宇宙通连，在那里将感到安然，不要认同负面的感觉，选择和内在的安详在一起，就是平静的来源了。记住我们永远是可以选择安详的。听过一个说法：**佛陀和我们的分别就在这里：他选择在和平内，而我们还在徘徊。**

学习自制，揣摩一套适合自己的情绪处理方法。是的，要花时间和心机揣摩，不要依赖快餐式治疗法，**不要将自己变成可以 quick fix（快速修理）的机器，同时幻想自己拥有独一无二的价值要别人认同和背负。**

一旦看到被情绪袭击时，得马上自我保护，提醒自己它只不过是思维惯性而已，找适当的方法打散负面情绪的集中点，总有一天，平静会到临，你得有信念。

4. 自我修行

不要依赖治疗师、上师、师父、法术士、占卜师等等所谓灵性的、宗教的、神灵的领导。我并不反对宗教，我反对的是迷信和依赖，借他们逃避面对自己，逃避对自己和别人的生命负责任。你要先放下，你若不能放下这些人,以及那些灵性的宗教的著作,你还是未能得到任何东西。

一些人崇拜guru（上师），寻找依赖。无疑在灵性路上我们有时需要依靠和指引,那是可以又不可以的事情。上师也是人,人有很多质素和盲点,同时也可以启迪别人。我们相信一个自己已经足够,其他人我们学习感谢。

所谓上师，都自称或令我们相信他们已成道了，智慧比我们高，能看到我们看不到的前世今生，未知已知的秘密。我却宁愿告诉你，**生命很神秘，却没有只有某些人能掌握的神秘，或不可知的东西。**让我借用奥修的话：“一个人永远不可能有机会说我已经达到了。假使有人这么说，他就重新落入了记忆的模式、知识的模式。然后他就变得死气沉沉。生命停止了。生命总是来自未知，又走向未知。它来自超越又走向超越。”

当我们能从某些人得到启示时，必须感谢他们，然后放下，在自己的生活上修和行，把启示中的道理体现出来，变成自己的能量，感染自己。假如你能从某些人某些道理中有所得着，你是否能把它创新，转化变成你自己的体验呢？这是很重要的。**不要崇拜任何人，任何道理，自己的生命要靠自己修行。**

○　○　○

叁 迷失，放不下

我们应相信爱情最原初的动机都是正面的，
不是一心为伤害对方或自己而去爱。
到最终爱坏了，
是因为我们用错心神，
劳损了彼此的精力所致……
处变不惊，
哀而不伤，
乐不忘形，
能做到这样，
该是做人最大的成就了。
只有真正做到成熟自处后，
才能看穿和体验爱和生命中的秘密。

自疗，成熟的人的天赋责任

你没有被命运摆布，你不是受害者，你的问题其实很简单也很普遍，你有能力令自己好起来，选择更积极正面的路。

这一讲主要针对我们为何会陷于迷失心态，对执着的事情或感觉难于放下，不一定甚至不需要关于爱情。**你有兴趣的话，我愿意跟你谈“爱”。**

爱是很广泛的情感状态，包括爱情、亲情、友情，对自己、世界和宇宙的爱。

爱是由心而发的，也是我的信念。

当我们说自己很迷失，或者说有放不下的心事时，可能是指爱情问题，也可能是指事业、工作、亲情或友情的问题，譬如我每天收到很多包括内地、香港或欧美男女读者的来信，虽然大部分问题也跟爱情有关，但也有缺乏自信，无法相信别人，无法爱自己、爱世界的个案，如前些天我便收到一封信，读者的问题是没法去亲近一个人。在生命中迷失的类似问题，其实远远超出爱情的范畴。

爱情是重要的，不过爱情在人生问题中其实是很狭窄的。人生漫长，人缘博大，爱情只是其中一部分。我不能说它占的比重到底是多少，因为这取决于我们本身的性格和取向。要是你认为爱情是百分百，那你便去追求那最好的百分百。但这并不等于所有其他事情都不值得重视。

今天我特别想谈的是“爱的科学”，着重从科学及医学的知识方面谈爱，即爱跟脑袋的关系是什么呢？爱是怎样运作的呢？爱坏了是身体哪里坏了呢？让我们多了解身心结构跟爱的紧密关系，这样能让我们更理性地深入了解所谓爱、迷失、执着等问题，而不流于感情用事，或者错误依靠老掉牙的男女爱情观流行文化解决问题。

坊间甚少从科学认知写关于爱的书籍，这方面的研究也不多，所以爱的呈现一直流于浮浅，被大众媒体滥用和商品化，让你活在充斥着爱的流行文化里，却老是抓不住重心和真相，于是，爱变得很神秘，勾起每个人的欲望和想象，泛滥到随时可被商品取代的地步，脆弱得要命。在我们还没有扎实地了解爱如何在我们身上运作和体现前，我们根本没有知性和能力处理由所谓爱引起的种种困扰，包括感情、关系、情绪问题等。

很多读者发电子邮件给我时说：“我有问题，你替我解决吧！”希望我像快餐一样快速处理困扰他们多时的问题，再给他们列出简易具体的自疗方案，让他们绕过理解和内省的必经之路，找快捷方式达到即做即痊愈的效果。这是看医生为取药的被动心态，对问题的成因漠不关心，因为害怕面对，宁愿避之则吉。我对如此不自爱的态度很抗拒。他们逃避进一步了解自己，逃避通过问题认识真正的自己，所以你若问他们到底最需要什么，自己为何有某些反应和情绪，为何会有某些想法和感受，例如很想除去失恋的痛楚，忘记旧情人的种种，偏偏不知为何总是想起一切，他们无法回答这些，甚至拒绝再想下去，只求别人把自己修理好便算。一句“做人但求开心舒服”便把责任推开。

从科学角度让你知道为什么你无法放下，迷失自困的好处是让你承担了解自己的责任，因为一切原来最清晰不过，你没有被命运摆布，你不是受害者，你的问题其实很简单也很普遍，你有能力令自己好起来，选择更积极正面的路。当你明白困扰自己的问题的形成真相后，会较容易帮助自己，达到self-healing（自疗）的效应。我们在迷失时有很多选择，可以找别人帮自己，如看医生，或者看书。这里我希望介绍一些能让你在家中也能尝试的自疗方法，自己帮助自己。即使不一定能马上解决你所有问题，但最起码能给你打开多一些自疗的门路，在绝境以外看到别有洞天的希望。

自疗，是每个成熟的人的天赋责任。

○　○　○

迷失的原因

迷失最主要的原因是我们有无穷的欲望，同时矛盾地贪恋平稳和刺激，又未能接受人生无常的现实，抗拒改变，内心制造矛盾冲突。

任何人都会迷失，不管你的性别、年龄、阶层和财富状态。迷失的原因通常有以下几点：

1. 认为美好的事物都不能永恒

为什么美好的都不能永恒？这是自卑者和悲观主义者的午餐，以永恒作为事态的最高价值，结果执着其中无法脱身。

2. 质疑为何关系经常破裂

为什么好端端的关系会破裂？为何关系无法和谐地维持？其实很多人还未尝试建立一段关系便已经怕得要命，这是未试已心惊的绝症式恐惧。

3. 觉得没有人明白自己

为什么没有人站在我的立场明白我？这是每个人或多或少都执着过的一种自我苦恋。

4. 认为天要我承担

为什么天要我承担那么多考验？有人明白我也好，没有人明白也好，我都要承担痛苦。表面看来似乎很坚毅，其实这个想法很自大。承担本身可以是一种很自大的心瘾。

5. 感到际遇不幸

为什么我老是有不幸的际遇？这是自大又无能的人的狂想。一旦遇到挫折便立即想起命运、际遇，觉得与自己无关无须负责。这是很坏的习惯。

6. 觉得得不偿失

为什么我付出一切却得不偿失？即使已拥有男女朋友，一份好的工作，很多支持自己的亲人和朋友等，还是觉得有所欠缺，这是贪恋的结果。

7. 觉得努力最终还是失败

为什么努力最终还是失败收场？觉得自己已很努力，付出了很多，但为何总是失败，得不到预期的回报呢？以为付出很多就很了不起，这是一种可怜的误会。

8. 认为别人比自己幸运

为什么人家总比我幸运？觉得身边的人比自己漂亮，别人的妻子或丈夫总比自己的好。总之，身边的事物总比自己已拥有的要好。

9. 觉得自己被遗弃

为什么我最终还是被遗弃？只能告诉你，所有生物与生俱来的生存法则就是被遗弃，不被遗弃便无法独立生存。所以，很多时候我们会埋怨情人为什么要遗弃我，我对他们那么好，我们曾经海誓山盟，你不是应好好爱我吗？想到这里便觉得自己很悲惨，总觉得自己会被遗弃，自怜自艾。

我们还有很多不甘心放不下的怨言：

明知我和他合不来，为何老是放不下这段关系？

明知他不好，为何还觉得爱他？

为何害怕失去他？

为何爱得那么焦虑不安不好过？

为何爱到求生不得求死不能？

综合以上各点，可见人是非常执着的动物，甚至连所执着的到底是什么也不理会，只是以为自己已经很清楚罢了。这是理性的假象，是一种反智的思维模式，只适合自圆其说自我安慰，解决不了问题。

我们可能不知道目前的人生处境到底是怎样，可能你刚好失恋，失业，或者刚刚遇到挫折，被拒绝，被离弃。当我们迷失了，找不到自己的方位，想找人倾诉依赖别人时，我们第一个反应往往是觉得自己很疲累，心乱如麻，忐忑不安，做什么都不对劲。我们都尝过这种感觉：上学没精打采，上班感到劳累，照顾孩子时累得不想活了。这里所指的孩子甚至可能就是你枕边长不大的丈夫也说不定。你会埋怨："如果他能多走几步，上进一点，我便不会那么累了。"或者说："我已经很努力去减肥，但为什么还是这么胖呢？上天跟我作对吗？"

任何人都会迷失，管你是专家还是文盲，女人还是男人，充满爱还是只懂恨。迷失最主要的原因是我们有无穷的欲望，同时矛盾地贪恋平稳和刺激，又未能接受人生无常的现实，抗拒改变，内心制造矛盾冲突。于是我们感到疲累、失望、孤独，自信下滑，开始回忆过去的不快，担心伤痛的历史会重现，对现在反复的困局无从打破，对变幻莫测的未来毫无把握，心开始迷乱，不安，很想找到一个不变的、能解决一切的答案释放自己。

无法抓紧幸福，本来理所当然的关系和感情出现变故，逆境厄运随时出现，生命中太多伤害与被伤害……当被认为理所当然的状况改变了，我们便迷失，产生焦虑、不安、失控、压迫感。这时我们面对逆境的抵抗能力下降了，需要寻找解决的出口。

放不下，其实就是执着。

在问自己为何放不下前，不妨先问自己：到底你想抓紧什么？害怕失去什么呢？

吊诡的是，我们还未能抓紧的东西，何来拥有过？未曾拥有过的，又何来失去？所谓失去，不外是我们构想出来的观念。看得破这点，就能放下，松下来。不然，将心神胶着在得失的执着中会很累。

我们可能无法回答是否拥有过，害怕失去的是什么，这是典型的迷失症状。正因为我们根本对担心的对象无法掌握，所以才会迷失，又觉得不能轻易放下不理，觉得事关重要。正因为无知，因此才迷失，让我们忧心不安，不能自已。

我们容易陷入迷失和不安精神状态，原因的确有很多，而且可以颇为复杂。我将从多方面探讨这个问题。

○　○　○

生物进化论的解释

我们一直在调校原始恐惧本能和社会教育制度下塑造的那个“我”的角色身份之间的情绪变化。所产生的协调和冲突，演变成“我”和“自我”反复迷失和寻找的模式。

为什么人有时会迷失，遇到挫折时承担不起，感到焦虑不安呢？

人感觉不安的元素是与生俱来的。若从人类学的进化角度看，这是哺乳类动物的特性。它们的哺育期比其他生物长很多，不像蚊子一生下来便能独自飞行，自力更生，无须受照顾和孕育。哺乳动物的特性是必须依赖母亲，或者族群的抚育成长。哺乳类动物中，尤其人的成长期最长。人和动物最大的区别，从精神层面上解释就是人拥有高智慧，拥有灵性，所以跟其他动物不同。人类进化学认为，**人的受抚育阶段比其他生物长，因为长时间处于无助、依赖和被动的心理状态，所以人对预期、恐慌和不快乐经验的记忆特别深刻，远比他们产生能驾驭环境的安全感来得早。**于是，人发展出来的生理结构比其他动物更容易感觉威胁，渐渐演变成焦虑、不安和危机等状态。

动物会有警觉性，但不会焦虑，它们是活在当下的动物。但我们却常有这样的想法：“过马路时会不会有人袭击我呢？”或者想：“我会不会遇到交通事故呢？”这是比警觉更严重的担忧。我们每天都会遇到难题，勾起原始的焦虑和不安感，如担心受到威胁，或者会被遗弃。这是我们儿时的记忆，因为小时候无法自我保护，必须依赖父母，一旦被父母遗弃，我们便很难靠自己生存下去。所以，自孩提时代开始我们已经活在危险感中，担心被离弃，渐渐发展至长大后形成的不安感。

可是，我们的原始本能在成长后受到社会教育的影响而开始不协调。我们的教育老是要我们不要这样，不要那样，尽是否定和教训，锉掉我们的自信，使我们容易自我否定。所谓社会、学校的教导，很大程度跟我们的原始自我有冲突，这个冲突令我们陷入迷失感。譬如，当我们很想实现自己的理想时，往往不能在现实社会中得到鼓励和支持。这样我的内在便起冲突。

加上成长过程中经历被冷落、威胁、遗弃的无助心理状态，我们将记忆延续到长大，令成长后容易变得恐惧，无助，怕失去爱，害怕孤独一个人，希望依赖，寻找返回母亲肚子里的安全感。我们一直在调校原始恐惧本能和社会教育制度下塑造的那个“我”的角色身份之间的情绪变化。所产生的协调和冲突，演变成“我”和“自我”反复迷失和寻找的模式。

恐惧和不安是原始的生存本能。危机意识越强的动物，生存能力越强。但从原始不安演变成有机会享受安逸、快乐甚至高级思考如哲学、宗教、艺术等的层次，却在人类进化历史后期才出现，而脑部结构也随之进化，发展出超越性的想法，所谓形而上的追求。

这解释了为何当我们感到焦虑不安和惊愕时，会感到这不是陌生的，反而很熟悉，确定它是存在而非幻觉，从不会质疑这些不安是否多余，是否假象。因为这种**不安感觉是经历了千万年的进化结果**，并不是偶然，也不只是个人的问题。

如果我们懂得这样想的话，便无须太否定迷失不安的感觉，也不应过分认同它的价值。可现实是我们无法处理这些扰人的不安，借此制造很多负面的想法，然后顺理成章地认为所想的很合理，绝不会去质疑这些负面的想法。

因为是进化后期的发展，因此我们的身心还未习惯和适应。想到爱、宗教等形而上的、灵性上的、高层次的信仰时，我们容易质疑，变得保守，谨慎小心，或者难于坚定，例如我们会问“他真的爱我吗？”“我的爱，我的信仰不够坚定吗？”容易质疑爱，质疑信仰，质疑自己。否定、负面、迷失等等心理症状便随之出现。我们不会质疑这种质疑的想法，因为它来得太自然了，自然到不可能怀疑它的真实性。我们不会怀疑自己是否想多了，只会认为多想是合理的，是自我保护。很不幸，**我们的脑袋似乎比较倾向于信任负面的事情，这是从远古人类面对危险感而得来的心理进化结果**，却还没发展出高层次的、追求灵性的及提升思维的脑细胞，所以还未能包容、毫不质疑地接受所有提升性的想法。

我们会质疑信仰和爱，却不会质疑痛苦和焦虑的合理性。危机和迷乱感跟我们的身心机能和进化配合得特别完备，也发展得特别深远，所勾起的有关负面记忆和情绪也分外深入和深刻。所以，**在生物进化的层面上，我们还没有准备去肯定自己，接受自己，**很容易感到不安，制造疑惑。

明白这点的重要性是：**我们现在常产生的不安感是与生俱来的，也就是说是正常的，无须否定，但也无须合理化其存在的影响力，来否定自己。**

○　○　○

心理学的解释

人活在时间里，不断翻新过去的伤口，加深惊恐和无助感，困在局里兜圈转。

迷失的源头，是对过去和未来感到焦虑，失去信心，面对逆境时抵抗能力下降。最常见的心理状况是焦虑恐慌，忐忑不安。

Anxiety（焦虑）反映我们身体、个人历史和记忆的多重互动变化。焦虑是人类独有的经验，与动物的 fear（惊恐）有异。动物会表现惊恐，遇到危险便会立刻逃走。这是很快的反应，也是动物的原始本能。人也有这样的动物性本能。人遇到危险也会有很快的反应，无须经过大脑思考，因为已经来不及去想了，这是人的条件反射本能。不过除此以外，人更发展出复杂的心理反应，由惊恐演变成焦虑。焦虑可以在没有惊恐的情况下产生，例如有时我们会莫名其妙，无须理由地突然感到害怕，忐忑不安感总是围绕不散，教人无法解释，却又那么真实，让人害怕。

使问题更复杂的是人有时间观念，会把不安和焦虑感放在时间轴上，在过去和未来之间替不安感定位，寻找这份感觉的具体意义。把不安感放在记忆上寻根的好处是感官性强的记忆特性方便我们把不安感觉形象化，增强逼真效果和可信程度。动物没有把情绪扣紧在时间上的观念，它们不会因为惊怕而想起过去，焦虑将来。它们不会思考："五年前我也有过这样的经验呢，将来我也会遇到相同的经验吗？"因为它们缺乏把"我"和"时间"扯上关系的概念。但人不同，人会执着于"我"和

“时间”，会思考和分析：“我三年前还是二十岁的时候已试过这样的经验了。”会这样想：“昨天他讲的那句话，其实五年前我已从我的前任男朋友那里听过一模一样的了。”于是得出一个结论：男人都是一样坏。另一个结论是：我太不走运，总是遇上这种男人。再进一步就会想：“都怪我的命不好……”男性在这种非理性或情绪主导的快速推敲思维模式方面较女性弱，男性的思维模式比较直接。女性在这种思维方面比较快。男性要花五分钟才开始思考到事情发生的可能性，女性却可能在一秒或半分钟内便可推想出百步之后的可能性了。**女人的推敲思维速度惊人的快，可大部分内容是靠贴在记忆上的凭空联想，将联想当成理由，可所谓的理由只是她们超速重组记忆的创作品。**

问题就在这里：当我们把问题放在时间轴上思前想后，记忆的立体元素会把想象变得很真实。我们忽略了自己无意中加进去的道德判断，合理化所想象的结果，认为所想的才是真实，才是事实。我们将这些假象结合了焦虑，在过去经历中寻找对口单位。结果，是真是假只不过是我们构想出来的结果，而**我们甚至积极地构想比真实更逼真的场面**。我们原来是最富创意的编剧。

我们懂得运用记忆及想象，将焦虑放在时间轴上前后反复定位，把

问题复杂化，例如用过去的不快印证现在的不快，印证命运正在重复的真实感，加重焦虑和宿命感的逼真和可信性。更可笑的是，我们偏偏喜欢替记忆和想象妄下真假判断，认为想象的是假的，经历过的才是真的，却搞不清自己已将想象的误以为是已经历过的事实。难怪我们对负面的感觉总是坚信不疑，难以放弃。

心理学上还有另一种病症叫“后创伤压力失调症”简称 PTSD（post-traumatic stress disorder），受过性侵犯或经历过天灾人祸的人最容易患上。PTSD 也是只有人类才有的。试想想，如果一只猫扭伤了，它十年后会否仍想着这件事而忧郁不欢？我想它只会凭嗅觉记忆知道它曾受伤的地方会有危险，所以不会再去。这是生物性的反应，与创伤情绪无关。但人类却会将五年前、十年前发生的惨痛事件牢牢记下，即使是一个只有十个月大的小孩，他若遇到惊恐创伤的事情，也会把事件下意识地记下。就像电脑的硬盘，一些数据长久放在那里，不会被删除，甚至永久放在那里一样（下一节我会从医学的层面说明这点）。

这解释了为何我们心理上总是无法放下伤痛的过去，困在痛苦中不能自拔。我们有太多过去的创伤，其后遗症印证了人类的记忆比动物复杂得多。

记忆影响情绪，加上对未来的焦虑，让人活在延续性的忧患之中，所以过去的创伤特别刻骨铭心。人活在时间里，不断翻新过去的伤口，加深惊恐和无助感，困在局里兜圈转。

○　○　○

医学的解释

自律神经系统快速反应的功能本来是正面的，能保护我们的生命，可是，当它变成惯性的反应时，问题又来了。

我们要先了解管理情绪和生理变化的神经系统运作，才能更清晰地掌握迷失不安和放不下的原因。

我们与生俱来的“自律神经系统”ANS（autonomic nervous system），是帮助我们在不需要大脑参与的情况下，立刻对外界作出反应的一种自我保护机制，这是生物的原始反应功能，它对忧患的警觉系统和情绪盲目做出超快的反应，产生肌肉收缩和强烈惊恐感觉，令压力荷尔蒙如肾上腺素等上升，心跳加速，消化减慢，为预留更多能量给肌肉准备行动。譬如我们遇到危险时，心跳会马上加速，肾上腺素分泌提升，马上逃离现场。又比方我们开车时，当发现前面有人走过，我们的腿会不经思索踩刹车，把车立刻停下来。假如要经过大脑思考分析然后才指令身体器官行动便已经太迟，准会撞死路人。

自律神经系统快速反应的功能本来是正面的，能保护我们的生命，可是，当它变成惯性的反应时，问题又来了。我们的脑边沿系统连接的 hypothalamus（下视丘）负责管制自律神经系统、内分泌，调节饥渴、性、痛、压力等反应，这连接反应不能分辨到底是受到实际的生命威胁，还是经焦虑产生的思想或观念，只会直接由 pituitary gland（脑垂体）分泌压力荷尔蒙。过多的“false alert”（假警报）会产生多余的生化副作用，身体无形中吸收了所有生化变化，甚至造成永久性负面影响，演变成心脏病、胃痛等疾病。

就像刚才分析过的想象和记忆的混淆一样，我们有很多把强行的幻想当作事实的惯性，结果给神经系统发出过多错误的讯息，让它以为我们正处于真正的危机，于是马上回应。例如你会焦急地想："再不去想办法挽救便会失去老公。"因为类似的想法经常出现，令你的神经系统很容易便认出它，发展出惯性的情绪反应。例如你无时无刻不在思考失去老公的可能性，准备好一旦被遗弃时的凄凉心情。这是预演的情绪，却当下发生了，你在构想将被遗弃的同时身体已快速地回应配合你，你马上情绪低落，想哭，想到最痛苦的事情。

负面的情绪记忆渐渐深化，待脑神经系统收到讯息后马上动员应该回应你这些想法的器官，让它们变得活跃起来。我们要知道，凡是快速的活动所需要的能量必然非常强大，因此我们一旦情绪波动，全身大部分的能量也会汇聚到脑部，让我们尽情去想，去痛苦，去沉沦。所以，我们会发觉患上忧郁症或是思想负面的人，他们会整天躺着，目瞪口呆地空想和痛苦，非常无助，光是想已经累得要命。如果你劝他们"不要这样，不如一起去游泳吧"，他们会说"我不去了"。你再建议"那去吃东西或逛街吧”他们同样是一句“我不去了”。对，他们真的感到很疲乏，什么也不想做。这是他们体内能量分配不平衡的结果，越焦虑越痛苦，越痛苦越无力和疲累。原来，我们花掉很多精力和心力，制造因焦虑产生的悲伤无助感。

这正解释了为什么我们在不安痛苦中会那么疲累，因为脑神经细胞全都在备用中，并且只运作在一个点上，制造“自己如何被抛弃”“为什么自己会如此不幸”等等负面的联想。光是想也可以病起来。大部分心理病的形成，也是自身生理系统配合的结果。

○　○　○

心灵和能量学的解释

几乎所有困住我们的问题，都是错用能量的问题，既是管理失当的问题，也是互相比较、自我否定的问题。

走到形而上的层面，从心灵或精神能量的角度来说，我们放不下、迷失不安的原因又是怎样形成呢?

如果我们的心灵或精神不够丰裕，将很难接受突如其来发生的事情。所谓人生无常，充满变幻，从来与生命同在，可是若我们的情绪配合不来，借无常勾起悲伤想法的话，便会进一步浪费能量，陷入痛苦的绝境中。

迷失令人太疲累。我们花很多精力对不如意事抗拒，反抗，排斥，否定，花大半生否定生命和自然，剩下的是退步，怨天尤人，老是问我是谁，生命为何，却于事无补。我们执着时间，活在过去和将来，忘记了当下。

例如我们平常坐在电脑前工作，有没有想过天花板会否突然掉下来呢? 事实上，天花板掉下来确实有其可能性，你若是超级焦虑的人，活一生可以担心多少不幸事呢? 还有，当我们接受不了天花板真有可能掉下来时，便只能不断在乎天意，执着命运坏意的安排，而执着是耗费强大能量的脑部活动，会花掉我们很多很多精力。因此，谈心灵，谈情绪，谈执着时，必须同时强调能量，因为这是较客观的度量指标。

迷失不安令人疲累，虚耗能量，令我们无法正常健康地活下去，也失去自疗的力量。综合以上各种解释，可以得出以下的结果:

1. 因迷失而来的负面情绪变成习惯，蚕食我们的能量，把所有精力耗掉，心力交瘁，我们变得很疲累，失去向上的动力。因此，我们往往宁愿守在痛苦的折磨中，没办法也没动力改善自己，因为改变需要很大的勇气、能量、意志和决心。

2. 因为身体已经习惯了负面模态，要改变和改善需要更大的精力和心神，所以令人感到气馁，觉得改善比放弃更辛苦。于是恶性循环，我们会宁愿沉溺在痛苦和回忆中，越想越绝望，迷失方向，失去生命力。除非生命中出现很强的动力如超越性的爱，震撼心灵的精神皈依，不然随着岁月流走，我们很难脱胎换骨，增强生命斗志。

3. 迷失的人生活重复，感到生命毫无意义。焦虑、痛苦、压迫感勾起的都是负面的情绪。负面的情绪特别消耗体力和能量。我们越是重复所想，重复所感，对负面感觉的迷信程度便越会加深，因为重复令人不断有机会复习旧记忆，动员所有感观绘声绘色，令记忆更逼真，在过程中加入更多创新的元素。于是，所构想的比真实的过去显得更真实，更能刺激情绪反应，像看了精彩的电影一样触动自己。都说我们自己就是最成功的导演和编剧，所以我们想得越多，事情便变得越糟。这是一个死局。

4. 负面的情绪记忆占用了我们特别多生命时间。相对地快乐是提升的状态，要回落平稳状态不用花额外的能量，就像滑下山坡一样的轻松。可是，悲伤和忧患所带来的负面情绪却需要额外的能量才能复原过来，就像上斜坡的汽车需要更多汽油和马力一样。复原需要时间，视乎悲伤的程度。所以每个人都好像有特别多悲伤的感情记忆，渐渐变成惯性，习惯负面情绪反应，浸淫其中而不自觉，像生命不可或缺的一部分一样。所以情绪记忆总是负面多正面少，快乐总是飘忽难留，创痛却永记心中，无法忘记。

5. 情绪敏感虚弱。我们在关系上经常因为情绪问题而把问题闹大。例如两口子平常偶有吵架，却不至于影响彼此的信任和爱情。可是当你因为经历过某件不愉快事件而变得特别警觉，不再相信他，或者认为他已不再爱你时，即使他做一个小小的动作，譬如把鞋子放歪了一点，你也会执着这点妄下判断："唉，这个男人真的要不得，连一双鞋子也不能放好，怎能依靠他成就大业呢？"芝麻绿豆的小事情也能干扰你的情绪，动摇你的信念，激活你的怒气，你真的需要认真反省自己到底有多脆弱。

6. 迷失不安的负面情绪特别损耗体力和能量，正因为在寻找出口的过程中不断重复过去的失败经验和记忆，在困局里虚脱，兜圈转，然后变成习惯，恶性循环，宁愿沉溺在痛苦和回忆中，越想越绝望。潜意识便不断告诉自己，说服自己不会找到出口，死路一条。于是，你变得死心绝望。

问题是我们没有真正成长、成熟过来，管理好情绪和欲望，让能量白白流失，失去补充的动力，对改善自己感到疲累，生存意志降低。这是危急时刻。

几乎所有困住我们的问题，都是错用能量的问题，既是管理失当的问题，也是互相比较、自我否定的问题。是我们欠缺定心和觉知的问题。

○　○　○

是命定还是惯性

怨命的原因只有一个：自我管理失当，唯有推卸责任。

迷失，放不下，到底是命定还是惯性的结果呢？

当我们自困时，最容易得出的结论是：命运待我不好。可是，跌倒、迷失、无助，并不是命定的不幸，只是心智和心态上的惯性而已。我们倾向认为自己想出来的事情便是真实，合情合理，却往往流于自圆其说，看不到自身的封闭。有人会常常这样想："我是不幸的。"要知道光想是没用的，先不管你是否真的不幸，就能量状态而言，你却正在动员整个身体的资源，由脑细胞到全身所有的细胞都在辅助你这个想法，按着你这个信号再想，再想下去……结果只会想歪，想到生病。我遇过很多治疗个案的情况正是这样，因为能量全集中到思想上去，令身体产生不同的病症。所以，当我们发现有某些难缠的病老是医不好，找不到原因时，极有可能正是心乱的结果，打扰了能量的平衡分配。

际遇不好其实反映我们正在流失能量，是损耗心力后对命运的主观投射。**心态如何，世态就如何。心一乱，即使最小的变化我们也承受不来。**当我们的心无法安定下来时，我们便心虚害怕，找不到抓紧生命的定点。**所谓把心定下来，并不等同把问题马上解决，但心能定下的话，起码能避免扰乱阵脚，做出错误判断或决定，我们才有理智清醒的头脑构思下一步可以怎样走。**相反，若我们心浮气躁，即使受到外界最微小的刺激，或者内心产生最微小的情绪变化，我们也没法子承担。

举个例子。当我们发烧时，身体开始变得虚弱，因为身体的健康机能乱了。发烧本来不是坏事情，因为它是一个排毒的过程，我们若能平静地让它来让它去，便是很自然的新陈代谢、自我调理的生理过程。但经过我们的思考，认为它是负面的，或觉得是前世做错什么事的恶果时，我们就无法接受和承担发烧的出现，它将会恶化，或者不断反复发作的病征，即使天气稍为转冷或转热，即使只是被太阳照射了一会儿，我们也会借故生病，受不了最小的变化。又例如你买彩票落空了，你认为是自己特别不幸，所以非常不开心。我们若每天把很多这些小不幸加起来，便会变成大不幸，令我们对厄运、逆境等特别敏感，于是对不幸、逆境的抵抗能力越来越低，最终连一点挫折也承受不来，迷失自己。

因此，我们的困境并不在于事态的真假，或者是否有能力或方案解决问题，而在于我们不懂得如何管理两个器官：心和脑，不懂得心脑协调。我们只懂得把所有问题放在一个点上，例如光去想。想着想着，很自然便会怨命。**怨命的原因只有一个：自我管理失当，唯有推卸责任。** 或者我们会在心乱无章时投靠占卜、算命，借迷信把自己交给第三者，不想承担自己。我有很多客户都是抱着这种心理，花很多钱给不知名或蛮有名的相士高人批命，预测运情，又半信半疑，把昂贵的“答案”再向其他人复述求正，寻找支持的声音。**说白了，其实你不敢相信任何人，包括你自己。**

从来是思想和头脑导引了我们的命运，不是天意弄人，也跟上帝无关。

○　○　○

九种坏习惯心态

我们在陷入迷失心慌的状态时，是不是因为心魔？

我们在陷入迷失心慌的状态时，通常会有以下的坏习惯心态：

1. 自我质疑

发现自己出现了情绪问题，感到应找方法来改善，于是接受治疗，或自学自疗方法，可心里老担心别人身上良好的治疗效果不会在自己身上发生，因为自己总是不如别人幸运。可能因为自卑，也可能只是惯性否定自己的心态而已，觉得自己力不如人，没有天分，或者道行不深，资质奇低等等。甚至觉得自己已尽力，就是没有效果，总之质疑问题永远在自己身上，自怨自艾，结果流失大量能量，很快便有心无力，放弃自疗。

2. 自导自演受害角色

将负面想法变成惯性后，人就变得麻木，失去自我反省的能力，觉得问题已超乎自己的能力了，这是命运的安排，于是变得无助，觉得自己是个受害者，际遇太不幸。变成受害者是安全的想法，因为在情感脆弱的情况下，将自己变成受害者能把承担生命的责任推开，令自己好过一点，也容易博取同情，自欺欺人。潜意识里其实一直很想逃避面对现实，对接受可能是自己的问题这一想法越来越抗拒。

3. 在怨怼中恋爱

我们会在能量很低、情绪低落的时候对爱人的埋怨倍增，对方不论好坏的举动都会莫名其妙惹我们发火，乱发脾气，怨他为何让自己爱得那么累那么辛苦。待清醒过来时，我们才恼悔自己为何表现得那么糟，那么不成熟，却不知为何会这样，恨自己失控。想想自己或身边的朋友，在感情生活上，虽然说："我很爱他，愿意用心去爱，无条件付出。"但为什么结果都变得丑陋不仁，弄致身心疲力，爱得那么辛苦呢？尤其是女人，花太多时间和心力一厢情愿去付出，错认那就是爱的表现和唯一的条件，爱得劳心劳累，付出太多，牺牲太多，连自己都承担不起，天下最可怜的怨妇从此诞生。该是谁的责任呢？

4. 嫁祸童年阴影

借儿时不快乐，所谓童年阴影，解释现在迷失自己和找不到出口的理由，譬如我们怨自己的命格不好，曾被父母遗弃，童年时被欺凌过等等，借过去解释现在。大部分来见我的受疗者都曾埋怨自己的童年。我只能告诉你，每个人的童年都有开心和不开心的往事，成熟的人不会嫁祸儿时的不快变成现在的不快。曾有一位受疗者，他很富有，自以为聪明有才华，可行事鲁莽，且嫌妻子幼稚无知，觉得无法从她身上得到爱，更不懂跟她沟通。他的理由却很可笑：“我小时候经常被妈妈打骂，觉得很孤单，所以长大后我希望有人给我爱的感觉，但我得不到。”这是幼稚的想法。很多人都曾被妈妈打过，很多人都有爱情问题，但两者并没有必然因果关系。也有一位读者告诉我，她很想更换父母，因为她觉得妈妈对她太溺爱，如果换成有教育经验的父母，她愿意接受锻炼，改善自己的压力承担能力，条件是他们不要对她不理不睬，能和她说话时语气温柔一点，多跟她谈心。这也是笑话。承担能力低是自己太依赖之过，跟父母的教育经验无关。锻炼自己是我们的责任，不是父母的责任。把问题推到童年阴影，其实只不过是潜意识里拒绝长大，拒绝承担生命的借口而已。

5. 活在过去

我们经常沉醉在回忆中，不论是黄金岁月，还是创伤记忆，流失很多能量，事后没有补充便会虚脱、迷茫。我们容易刻刻回想从前，甚至把记忆更新，改写，添装，重新制造，添加新记忆内容，丰富已想旧想厌的记忆，像看电影一样加一些情节和角色，自编自导自演，娱乐自己。于是，记忆早已不纯粹，也不能反映真实历史，只是我们凭幻想创造的杰作。

负面的记忆会变得更负面，而这些负面的记忆会积压在潜意识里，干扰我们的健康，所以我们越想越容易失眠，被噩梦缠绕。记忆的特性是不会单以一个字来记录事件，而是在脑海中重演事件一次，运用不同感官元素如影像、声音、颜色、气味等，所以每当我们回忆一次，印象便会加深一次，让它更具真实感。回忆是负面的话便会令你越来越不快乐，可惜我们记起不快乐的事情总比快乐的多，因为开心的事情是释放能量的，能起松弛及排毒的作用，但伤心的事情是蚕食能量的，不断沉淀、累积和加剧。我们会把伤心的事情沉淀，越记越清楚，所谓清楚是不断温习的后果，假如能把这套温习方法运用在教育和学习上，我们一定能获得很大的成就。

6. 假治疗

借尝试寻求治疗的表面努力，印证努力失效、孤独依旧的宿命。努力过是确实的，不过却错用了心力，方法不对，白费工夫。例如我们可能会寻求治疗，却只是为了给脑袋一个讯息：“我是有付出过的，我不是没有努力过，我确实有想办法解决问题，我现在就去找专家来帮我。”这个讯息只是一连串的脑电波活动，不是由心发出的。心底里坚信的却是两样：“是他对不起我，是他对我不好，爱已没有了，生命已没有意义了，我再做什么也不能返回从前，失去他我无法好起来。”唉，既然你那么清楚已走往绝路，那还找别人帮你干吗？你其实不是想治疗，你根本不想放下，以治疗作借口，希望别人献计帮你让他改变主意不离开你。很多受疗者其实并非真心想接受帮助，只是做了敷衍的表面功夫，证明他也知道要关爱自己；甚至只为向别人交代，因为身边的朋友不断给你建议，令你不得不去做点什么应酬一下。

曾有几位受疗者，他们患了很具讽刺意味的病，我称之为“治疗师强迫症”。什么叫“治疗师强迫症”呢？就是这些人有个特性，一心只想见我，告诉我这个世界只有我才能帮到他，而真相是他们完全不打算依我教他的方法尝试自疗。事后他们会告诉我：“其实你别再教我什么了，我是不会相信治疗的。但请你不要放弃我。除了你外，我不会去信别人见别人的。”看他们的心智分裂得要命！他们会不断缠着我，同时不断反对我，否定我，甚至骂我，然后又痛苦地说：“别离开我，为何你不再理我了？你对不起我，你不理我，你作为一个治疗师也不理我！”他们的病症是自己制造苦恋假象，幻想很喜欢某人，但只是单恋，于是越苦缠越痛苦。选择治疗师作为苦恋对象的好处是确认对方对他们没爱情，那他们便可以心安理得地享受被遗弃的失恋。这是非常病态的自我虐待心理。像这样复杂纠缠的病态，我们身边不少人也正在罹患着吧，可能包括你自己?

原来大部分人都不想改变，不想面对自己，宁愿做病人。

真正寻求治疗的心态应该是寻找适合的治疗师，发现不适合便要更换，因为找治疗师也得讲一点缘分，像爱情一样，不能勉强或盲目迷信。患“治疗师强迫症”的人只是要找一个治疗师作为可利用的对象，便当作是寻求治疗了。

我问你，如果世上真有绝对有效的方法，一定能医治你的情伤，治愈后你将不再被这段情困住，你能彻底忘记他，忘记和他一起的所有记忆，而你将不会再想念他，不会不舍得，请你老实答我，你愿意吗?

7. 自虐他虐的倾向

选择继续迷失和痛苦，放弃追寻，同时害怕孤独，不断折磨关心自己的人，蚕食他们的能量，潜意识希望有人陪自己一起堕落……这是最典型不过的自虐他虐心理。在爱情生活中，在与人相处的关系中，经常会发生这样的事：“他对我不好，他对不起我！”若问她：“那你为何不去找别人呢？”她会答：“我不会去找别人，因为我只爱他一个。”

再问："既然这样你又能怎样去爱他呢？"她会答："我会继续去想他，我不会让他离开我，我也不会离开他。"那结论是什么呢？结论是困兽斗，互相折磨。多可怕的血腥场面！或者更多的例子是你经常利用电话、短信、电邮等等接触他，交叉传染负面情绪病毒。所谓爱，不过是恨。人与人之间很多类似的假爱情、假感情关系，根本没出路，你根本是在虐待自己，虐待他人。你不好过，也不要他好过。你不快乐，他也不能快乐。你得不到的，也不让任何人得到……这，就是所谓爱。呜呼哀哉！

8. 寻求对象的执着

人都容易执着寻求对象，甚至逃避看清楚所找的对象是否真正适合自己，为了一时满足抗拒寂寞孤独的饥渴。例如学生经常有的烦恼便是友情或爱情，常写信告诉我："我的好朋友都一起不理我了，怎么办？"学生总有不少友情的创伤。成年人甚至连找医生也一样执着，还有寻求宗教、老师、工作、爱人的态度都一样，非常盲目地执着地去寻找。

9. 苦恋情意结

自我否定，讨厌自己，其实是讨厌照顾自己，为自己负责。于是转移去崇拜别人，信奉神明。你所笃信的人或神本身可能并没有问题，问题在于盲目将自己奉献给对方的心态。盲目的爱，盲目的崇拜消耗能量，所以你会爱某人爱得很劳累，连信仰也是负累，信得没精打采，自我压抑，影响情绪。不少受疗者希望自己变得像神一样完美，却因为无法完美而情绪反弹，波动不安。像刚才谈过的“治疗师强迫症”心理一样，借苦恋信仰、苦恋某人讨厌自己，否定生命的正面价值。人本来有苦恋的癖好，所以我们特别喜欢看悲剧，越是凄美的、自虐的、可怜的镜头和情节越能讨好观众。韩剧中的血癌定律，即使桥段早已过时，你还是看得津津有味，哭个断肠。看这种悲剧的害处除了自己制造痛苦陷阱外，更不堪的是诱发负面事实的想象力，容易将负面剧情套入自己的爱情生活中，马上觉得自己的命运也像剧中人一样不幸，自己的男朋友也像剧中人那样差劲，或者反问为何男朋友不能像男主角一样深情，把自己的处境跟虚构的剧情比较，不单对伴侣很不公平，还让你患上将想象变成事实的病态。

刚才从不同角度解释放不下的原因、行为及盲点。但我们可能还是不甘心，觉得应该还有其他放不下的原因。是不是因为心魔？前世、爱得太深、害得太深、还是有更科学的理据呢？

○　○　○

放不下的深层真相

我们越是重复想着一件负面事情，有关这事情所组成的神经回路便越会得到强化。

为何我们虽然好像已经很努力去改善自己了，还是老是放不下呢？或者已很努力忘记过去重新做人了，结果还是无法放下过去呢？

这里涉及一个深层的生物机能因素，必须从脑神经学的角度加以解释。

简单而言，我们的脑可以分为两部分，一部分是负责认知的脑，即cerebral cortex（大脑皮层），或简称为认知脑。认知脑也就是脑的外层，表面有很多规律的折叠，很有系统，由一组一组秩序井然的神经元组成，它透过这样有组织有系统的折叠处理所有讯息，同时调控我们的活动，如呼吸、说话、行动、学习能力等等。另一部分是掌管情感反应的limbic（边缘叶脑），简称为情感脑。情感脑比较原始，在人类还没有进化发展大脑皮层以前它已存在，其神经元较随意地聚集和组成，没有清晰的规则，因此它反应很快，灵活有弹性。它的运作可以无须经过大脑，所以很多原始情感或情绪反应如贪念、恐惧和忧虑等都能绕过认知理性快速表达出来。

情感脑和认知脑能平衡地运作的话，我们便能平衡理性和感性，成为较懂得平衡身心和思想的人，有能力判断所想所为是否过度，是否适中，从而把情绪管好。

曾有这样一个医学实验：有志愿参与者接受注射一种物质，让它直接刺激负责恐惧的大脑部分，即“amygdala”（杏仁体）的区域。注射后引发了很奇怪的感觉，如莫名的不安及恐惧感，这是完全没法解释的，因为参与者事前根本没有感到恐惧。这是“纯粹”的恐惧经验，不涉及任何具体事物的诱发。

这解释了为何有时我们即使静静坐着，突然会感到不明来历的不安及恐惧感，难以解释，情绪却被勾动。那不安感不知从何而来。我们自问没有表面不幸的遭遇，没有被解雇，不是没有钱，感情关系也稳定……但不知为何，就是泛起莫名其妙的忧患意识，然后它又会突然消失，无迹可寻，就像失眠一样突袭我们，我们越去想它便越糟。“啊！失眠不要来，你快走吧！”你若这样想的话，那晚准会失眠到天亮，因为原来你整晚不断地和“它”谈天，越关注它越感到疲累。又例如，有时你会无缘无故地突然想：“嗯，他曾对不起我，他不爱我了。”

原因是，你不自觉激活了负责恐惧和忧虑的杏仁体。可能是你养成了惯性负面思维的结果，可能是其他原因使然。重点是，突如其来的情绪感觉可以没有理由地出现。

有科学家研究过，患后创伤压力失调症的人，如被性侵犯过，经历过灾难如海啸、战争、地震等，这些创伤记忆令人刻骨铭心。当他们重温经历时，杏仁体和围绕它的区域，即情感脑的恐惧中心，会马上变得很活跃。而曾遭受性侵犯后患上 PTSD 的妇女，大部分在十年后也承受着相同程度的创伤症状。问她们："你十年前怎样？"当她一回想起，脑部所显示的负面情绪反应跟十年前的记录是一样的，并没有因为事隔十年而减弱。这些人在理性上大部分都已十分明白不应再有创伤的感觉，知道现在已经很安全，不会受伤害，可是她们的感觉并非如此。

又例如现在我们在听演讲或看书，知道做人要懂得放下，感情不能勉强，人生变幻无常，要学习适应等等。理解是容易的，可再想下去容易勾起负面记忆，触动情绪，一下子又控制不住变得悲伤，气愤，甚至当场流泪，不能自已，被过去伤感的记忆片段吸掉注意力，忍不住沉沦下去狂想，毒瘾一样迷醉，不舍得马上停下来离开那些回忆影像，这是莫名其妙的失控反应，尤其是当你在理性上明明知道需要放下的时候。又例如你明知道你是不能去靠近某人的，他只是个不断侵蚀你能量的浑蛋，谁都知道应该放弃，但不知为何你还是宁死不放手，迷失放不下。又有人对权力，对成败的执着等无法放下，即使清楚知道自己到了走火入魔的地步，还是不能自拔。这些不同程度的执着或欲望，都是由脑内不同的部分管理的。当你因为惯性或外来刺激激活了某一部分时，它便会提醒你必须循着它的负面方向去思考。

这能解释什么呢?

很多时候即使我们理性（认知）上明白很多道理，甚至非常清晰应该怎样思考问题，知道应该抱持什么心态，不再泥执于过去的伤口，可是感觉和回忆还是滞留在过去，被缠系其中。所有的感官记忆如影像、声音、气味、感觉等跟意识中倾向的自我信念如“我已没得救”，全部储存在一组神经网络里。加上我们的思维合理化一切，蚕食能量，自动重复，无须对应外界真实，结果造成负面感觉频生的现象，无法放下，不敢记起，未能忘记。所以，一想起痛苦的事，我们的心会马上抽动，眼泪马上流出来，这是情感脑的快速生理反应，无须经过大脑分析和控制。女人在情感流露方面特别厉害，因为女人是用情绪记忆的，而且女人的情感脑体积比男人大，所以比男人发展得成熟和更复杂。

神经系统还有一个机制叫“the cycle of perception-reprogramming neural circuitry”（知觉重编神经回路），能有效地强化重复的记忆。它的运作是这样的：我们会通过将一件事情的感官记忆重复输入神经系统内。例如每当回想起负面事情，或感到挫折或不满时，记忆系统会立刻勾起过往相关的经验，将所有能量集中到那一点记忆上，这时，自律神经系统里的sympathetic nervous system（交感神经系统）会增加心跳率和肾上腺素，整个身体便会武装自己，进入紧张状态。待第二次类似的情况出现时，生理反应会加快，因为已有过第一次经验，知觉神经回路得到重编，第三次会更快……这功能让我们对将来再出现的情绪状况变得更敏感，更快做出反应。

因此，我们越是重复想着一件负面事情，有关这事情所组成的神经回路便越会得到强化，自动产生情绪反应，重复的效应在潜意识内留下烙印，加深了我们对此负面事情和感觉的信念，让我们因为熟悉而不会质疑它，自困于不断重复的回路中，忧虑和焦虑，耗损能量，迷失自己，无法判断真假是非，让负面记忆变成心瘾，再也难以摆脱它。

这解释了我们为何死执不放手，虽然很努力想摆脱负面阴影，可是由于我们已牢牢建立了自动运作的神经回路，所以很难真正放下。正因如此，我们需要有效的治疗方法帮助自己。治疗本身未必最难，下决心实行才最难，可我们已经非常疲累了，被负面思想耗尽所有能量，筋疲力尽，失去了动力，缺乏斗志。情绪病甚难医治也是这个原因。长期让自己浸淫在负面情绪中的人容易患病，很多癌症就是这样酝酿而成的。

我从我的受疗者中做过统计，发现不少人由长期病患演变成严重顽疾，前科都是先患了情绪病如忧郁症。最近有些研究指出，精神病其实是由脑神经发炎所引起的，而情绪病其中一个病因就是发炎。我们有时胡思乱想、情绪低落的原因也可能只是因为某些器官正在发炎所引起的身体讯号，让你提高警觉。

○　　○　　○

迷失的正面意义：自处＋自疗

要冲出迷失的困局，关键在寻找改变负面心理惯性的方法，转化负面意识，善用和保持能量、元气和精力，防止因能量流失而疲累、心力交瘁。

与其消极无奈地面对迷失，不如进一步，看迷失带给我们什么正面的冲击。要冲出迷失的困局，关键在寻找改变负面心理惯性的方法，转化负面意识，善用和保持能量、元气和精力，防止因能量流失而疲累、心力交瘁。不要高估自己承担风险的能力，了解自己的能力和需要，才有条件谈情说爱，才懂得如何付出和领受。

无风险的稳定命途并不一定是好事，因为更容易制造惰性，减低逆境应变能力。我们应正面地接受一切发生在自己身上的东西。迷失心态出现了，先不要否定它，因为这样的话你会受它的影响，你得花气力回应它，而其实你根本还没有看清楚它的底蕴，这是危险的。先冷静，观望它。正面地面对迷失心态，让我们有机会跳出来反省，这其实是个打破惯性的机会，寻找自我更新的出口。

迷失让我们寻找新我，是自我提升的自然生命机制。凡事都有两面，迷失教我们不要偏执。在这层次上，我们应感谢迷失这份礼物。

迷失的反面不是安定、找着了，而是自我更新，接受不可知的无常人生，迎接未来。面对迷失不安的心态，我们不要回头看，左右看，而是向上看，即提升自己，不再留恋过往。**因为迷失，我们还有追求向上的余地。**

更重要的是，在处理不如意事，克服迷乱的过程中，我们有机会自我修行，在自我更新的过程中制造新智慧，体验对生命更深入的爱。这就是迷失给我们最大的意义。

那我们应该如何疗养自己，让生命豁出去，不再受过去记忆的折磨，不再迷失放不下呢？

试先真诚地问自己一个问题：想想你是如何度过以往的岁月的，你希望未来二十年，三十年，四十年，或更长的日子怎么过？还想继续目前的绝路吗？

无论你有什么追求或诉求，其首要条件是先**学懂自处**，即自己和自己相处。**自处的第一步是稳定情绪，安定心神。**心要保持轻松，不要沉重，因为你承担不起它的重。**当你的心还未安定，你没有条件去问爱在哪里，神在哪里，生命为什么。**在定心之前，一切都只不过是大道理，却不会给你成熟和智慧，你还没有能力知道你应该做什么，不应做什么。

当你的心还未稳定，还未强壮时，你不要说什么“只有我才能爱你，照顾你”。其实很少人真有能力用心去爱人，让人感到无压力，很自由。世俗的爱情是捆缚式的、压抑性的、强迫性的、折磨性的、虐待性的，不是因为我们心术不正一心要破坏爱，而是我们的心还未平静，无法从容自在地爱，付出爱。**我们应相信爱情最原初的动机都是正面的，不是**

一心为伤害对方或自己而去爱。到最终爱坏了，是因为我们用错心神，劳损了彼此的精力所致。假如我用心率协调仪来替你做实验，你可能会吓一跳，发现原来你一直以为正在爱着谁，原来只不过是用脑袋去爱，是你“认为”很爱对方而已，可你的心却显示杂乱状态，这表示你已错用了心力，所以你付出的爱情质素欠佳，虽然你以为你已经很爱他，付出了很多，你的爱情质素比你想象中低很多倍，难怪爱得疲累，对方也受罪。

懂得稳定情绪，我们才能处变不惊，冷静应变。这不是容易做到的。所以我们要修养自己，这就是自疗的意义。每个人都有脆弱时候，但我们必须尽量减少脆弱，让自己强壮开朗。很多人常问我：“素黑，你实在太冷静了，人真的能像你这样冷静地去爱吗？太清醒不是很痛苦吗？”我只能说，我也是人，我也有激动的时候，但我不会费神去拒抗它，这是人性，我要做的是保存能量，保持平静。观照自己所发生的一切，可以认同或不认同它，**但更重要的是让它来来去去，别作滞留。**不要让任何外来的东西困在我们内在神圣的平静空间，那是人最有价值的宝库，非金钱名利可以收买或出卖。觉性让人拥有尊严和自由，让心不受干扰。这样的话，我们才有更大的空间和能量去包容人生的种种变化。

处变不惊，哀而不伤，乐不忘形，能做到这样，该是做人最大的成

就了。只有真正做到成熟自处后，才能看穿和体验爱和生命中的秘密。

当然，很多人会反驳："怎样做到哀而不伤，乐不忘形呢？人当然是脆弱的，是依赖的，爱不是应该轰轰烈烈，不顾后果才够悲壮吗？"

这是你的选择，而不是爱的本身，别搞错。不要忘记一点：先检视自己的能量。你有能力的话，你要爱到怎样都可以，假如你真的能不受对方的情绪和反应干扰，总还能保持心平气和、处变不惊的话。没有人能永远冷静，或将自己抽离关系和情绪，看清楚一切，有的话那肯定已经不是人了，它可能是神，是圣灵，却肯定不是人。问题的关键在于你是在抗拒平静，还是接受平静。你是否真想深入去爱，还是执着爱的表面感觉，不理继后。假如你有成熟的心态，平衡的情绪管理的话，爱得轰烈或爱得平和已没有分别了，因为你已找到爱的核心。你可以爱得轰烈，但若心是混乱的，稍为发生一点不如意的小事情也会动摇你的信念，让你开始质疑爱，那你还能怎样去发展一段稳定的感情关系呢？

我们要定心，目的不是让自己变成一个好人，一个充满爱心的人，这些都是表面价值，更重要是通过定心来搞清楚自己的情绪状态，从而真正了解自己是否有能力去爱，和被爱。或者，知道自己可以爱到哪个地步，能付出什么，无法付出什么，不要勉强，量力而爱。我们无须抗拒感情，拒绝喜怒哀乐，但最终必须返回一个心定的位置，才能包容不同时代、世态和际遇上的变数。

心定才能自处。这样的人，有资格追求爱，追求更高的心灵境界。

你又可能会这样想："这样做人很辛苦吧，人生无常，脆弱短暂，随时会死，不如及时行乐。"

追求快乐是人之常情，但小心不要以为单是追求快乐便是答案。事实上，世上没有多少能令人经常保持快乐的事情。人有所谓七情：喜、怒、忧、思、悲、恐、惊。七种情志变化，是人对外界事物不同的情绪反应。根据中医的理解，一般情况下，七情是正常的精神活动，若遇到过度的精神刺激，便会伤及内脏，导致疾病，故七情也是病因，称为"内伤七情"。中医认为不同的情志变化，可以损伤不同的内脏，例如怒伤肝，喜伤心，思伤脾，悲伤肺，恐伤肾。值得注意的是，过分的喜乐伤及的正好是我们的"心"。你试过笑到心痛没有？无须执着快乐，更别沉迷痛苦，身心便能健全。**情绪的高低状态只是暂时性，不要以它作为人生的指标，为快乐而放纵，为悲伤而自虐，最终都是极端的情绪，容易失控，乱心丧志。**

能自处，便能自疗。那么该如何自疗呢？

○　○　○

自疗的基本条件

自疗的关键在爱。你必须先有信念才能改善自己，自疗身心，有了信念便有希望。

1. 爱的重要性

自疗的关键在爱。

爱是很重要的。我所说的爱不是爱情，爱情有太多执着和盲点，非常脆弱。爱可以很坚强，超越对象，感情则容易很脆弱，执着对象。

爱是生物的需要。父母和孩子之间的关系是建立爱的基础，一个人是否感受到爱，很大程度取决于父母的感情投入，以及孩子对情感需要的回应。婴儿时期的亲子感情交流，能决定数年后孩子的副交感神经系统的平衡发展。副交感神经系统是由心脏诱发，促进心率协调，抗衡压力及抑郁的精密系统，能平衡心脏和情绪，维持内分泌的正常。如果小时候爸妈不懂得去爱你，或者没有跟你建立亲密的关系，没有经常抚摸你，那便会很糟糕，因为你的自律神经系统会变得很敏感，即使发生一点事情也会让你想到妈妈可能已不再要你了，她要离开了。知道小孩子最害怕什么吗？就是被遗弃，因此你长大后也会经常觉得自己会被遗弃，害怕被爱人遗弃。有研究指出，没有被父母经常爱抚的婴儿，他们长大后的副交感神经特别脆弱，不懂得平衡内分泌和情绪，所以这些人特别容易患上高血压、糖尿病或心脏病等，因为他们过分激活交感神经。交感神经的功能跟副交感神经的刚好相反，能让心跳加促、呼吸转急，压力荷尔蒙上升等，令我们处于紧张和自我保护的状态。副交感神经则减低心跳速度，加速肠道蠕动，减低便秘的机会，也会促进消化系统功能，有助身体平衡。所以父母应多爱抚孩子，给他们关爱，尤其是善用直接的眼神交流，让孩子感觉安全和被爱，这样能令孩子的副交感神经发育良好，平稳情绪。

有一个印证爱是生物需要的例子，是在医院里发生的。一些早产的婴儿出生后身体很脆弱，必须被放进氧气箱内，为免受到细菌感染养不大，这些玻璃箱中的婴儿不能被人随便触碰，一生下来便被放进箱子中。这些婴儿的成长速度非常慢，久久也像没长大过一样，身体小小的，看到人心痛。后来发生了一件事，一个值班的护士看到常常在哭的婴儿很可怜，虽然明知不应该，她还是出于母性，忍不住伸手入箱中抱抱他们，抚摸他们。然后他们便不哭了。过了一段时间后，医生发现了很奇怪的现象：为什么在这间房内的早产婴儿的长大速度比其他的快呢？他们开始调查，在翻查当值记录后，发现这些婴儿都是经同一个护士照顾过的，然后便找她查问。最后她招认了曾经摸过婴儿的事实。虽然她实在违反了医护守则，但那批婴儿却真的长大了。

这是**爱抚的奇迹**。原来皮肤接触所表达的爱跟细胞发展、人的成长有密切关系。爱是生物成长的需要，纯粹的身体接触未必能达到这效果，但带着爱和关怀的抚摸，能孕育生命，这是爱最生物性的存在价值。没有被爱抚过的婴儿是长不大的。比较进化的哺乳类动物也有这种通过身体接触抚育下一代的现象，如猫科类动物便是这样，母亲不停地舐幼婴，不只是替它们清洁，更重要是表达亲密关系，让幼婴安心成长，不致活在荒野的恐慌中。但凡需要较长时间靠父母抚育才长大的动物也有这种亲密的身体接触行为。

你现在明白情人之间需要身体接触，牵手拥抱和接吻的原因吧。这是爱的表现，让感情关系发展和进步的生物性需要。**当人长大了，不再被父母抚摸，爱的感觉便失去，爱情成为人寻回失落的被爱记忆的重要入口。**

爱是生物的需要，如果没有爱，我们基本上不能成为身心健全的人。这不是宗教，也不是哲学或神秘学说，而是从生物学的角度解释人需要爱疗养自己的因由，也是寻求自疗的基本知识。

2. 了解自己的心

我们必须懂得如何协调认知脑和情感脑，别让认知脑认同杂乱的情绪，学习抽离于思绪，把视线转移到心脏，或者心轮、心胸的位置，在那里开始学习爱，返回爱的母体——心。

我们应该认识自己的心脏多一点，才有能力了解自己的内心。当你情绪不好时心跳会加速，当你生气时血压会上升，血管会收缩，你要知道这时的你正在浪费能量，浪费精力，亦即浪费生命。我们感到困扰，迷失，胶着，其实即我们的心脏正处于虚弱状况。当你的心虚弱时，你便不能安定，变得虚浮，迷茫，怯懦不安，无法自处，无法感受被爱。所以无论发生什么事情，必须要定心。可是知道是一回事，心无法安定下来又是另一回事，这正是因为心太虚弱了。因此，我们应知道当我们说心要定、心要安时，这个“心”不是一个比喻，而是指很具体的，生物性的心脏。

心不只是一个血泵，运送血液和氧气的器官，它本身是一个小型的脑，是个小型激素工厂，当你激动时它会刺激脑部提升肾上腺素的释放，或制造和控制另一种激素 ANF（心房促尿纳排泄因子）调节血压，也会刺激分泌催产素，俗称为爱情肽，这是母亲给孩子喂奶，我们谈情说爱或性高潮时释放的激素。

我们很多反应都不经大脑，而是由心脏直接激发的。譬如我们都有过这样的经验：在街上看见一个影子经过，还没来得及看清楚是谁已马上心跳加速，闪过这影子就是“他”的念头。这个他可能是你的前度恋人，或者是一直暗恋的对象，总之是容易勾起你情绪激动的来源。或者你遇到一个人，第一眼看上去便有种触动的感觉，所谓一见钟情的感觉，还没看清楚还没了解对方便觉得这个他就是真命天子，心已经先狂跳，血管膨胀，开始脸红，心慌，忐忑不安，乍喜乍惊。假如你的心不够定力，太容易乱动的话，你将成为一个容易盲目恋爱，幻想太多理智太少的恋爱失败者。

3. 愿意改变心胸

我们需要修心养性，修养自己，才能保持心脏最优化状态，懂得谈心，交心，开心和放心。**我们要改变的是自己的心胸，而不是别人的思想。**要打开自己的心，最简单自然的方法是不妨尝试多微笑。试反观自己的微笑，若不是发自真心的话会很容易被看穿，因为人家只看到嘴角两旁的肌肉被强行拉开，眼神却透露真正的内心想法。爱也一样，如果是强装的爱，很容易会流露出来，因为你没有用心去笑，用心去爱。用心去笑的话，眼角下的一组肌肉会同时活动。眼睛无法欺骗人。试着每天对自己微笑，不为什么，纯粹地笑，向自己笑，给自己正面的讯息，记着**快乐不是人家赐予的，快乐是由自己的心开始孕育。**记得我们应如何爱抚婴儿吗？你便用爱抚婴儿的心去爱抚自己的心，孕育一个身心健全的自己，不想过去，由现在开始，重新抚育自己，怀着关爱自己的心温柔地爱抚自己，对自己微笑，告诉自己会好起来的，不要怕，感受自爱的力量。

我没有宗教信仰，但我深信“信、望、爱”这原则，就是说：你必须先有信念才能改善自己，自疗身心，有了信念便有希望。人生不可能没有希望而活得过去的，人最悲惨不是贫穷和痛苦，而是绝望。有了希望，便有发展爱、感受爱、付出爱的余地了。你必须用心去自爱。

返回爱的母体去，那就是我们的心，最神圣的空间，每个人最私密最安全的空间。在那里重燃爱的力量，跟自己微笑，跟际遇说声 why not。打开心胸的窗户，那里海阔天空，心远地自偏，怀着关爱自己的感恩之心再上路，向悲伤说再见。

○ ○ ○

自我改善和提升的方法

没有单一和终极的程序，你必须不断寻找，不断自我更新，穷尽自己的一生。修行是一生的路。

可以参考以下寻找自我改善和提升的方向和方法，但要谨记：没有单一和终极的程序，你必须不断寻找，不断自我更新，穷尽自己的一生。修行是一生的路。

1. 学习管理好情绪和欲望。成功的人就是懂得管理情绪和欲望的人，成功跟智商、学历、身份、性别、种族无关。

2. 学习少说话、多体验，放胆去做、去爱。多行动，少胡思乱想。

3. 追求健康的身体，这样才有意志和力量提升自己，修补创伤。

4. 付出是需要智慧的，学习内敛，不要向外胡乱发放能量，不要迷信无条件付出的假浪漫，自爱是最基本的原则和条件。

5. 爱情是自我提升和修行的入口，并不是目的。爱情是学习放下自我，是谦卑和包容的艺术。

6. 尊重和爱护性爱，不要否定或放弃，了解自己的性需要和性能量状态，从中提取生命的乐趣和力量。

7. 避免回忆伤痛经历，那只会再次加深潜意识确认悲伤的惯性，对自己不利，待真正平静下来，看透问题，重温过往历史才有正面意义。

8. 观照自己的情绪，驾驭它，比它先走一步，不要让情绪控制自己。

在判断前先静心、定心。成长就是学习冷静和平静的过程。

9. 肯定所有的人和发生的事，起码在还没能看透之前，不要先否定。

10. 管理而不压抑情绪，抽离开来观照它，看着它，不下判断，无为而为，反而更有力量。

11. 注意脾气，沉住气度，保持醒觉，争取在第一时间控制情绪起伏，别纵容惰性。

12. 在心乱迷失时尽量避免做出任何重大决定。

13. 相信自己有能力自疗，不要依赖他力。不是他们无能力，而是怕纵容了惰性反而退步。

14. 拒绝依恋过去。nostalgia（回忆）的希腊文字根是 nost-algia，就是 pain of return（返回痛苦），接受过去，然后温柔说再见，不回头，向前走。

15. 不要直接处理问题，学习从其他方面入手，如失恋时不要处理为何对方不爱我，为何爱会变质等问题，反而应先稳定情绪、强壮身体，才有体力保持清醒，看清楚谁是谁非，爱得够不够，还能如何爱下去。不要 solve（解决）问题，而应 dissolve（溶掉）问题。

16. 不要活在否定的心态里，浪费精力。

17. 学习和自己爱在一起，和潜意识建立良好关系，体验孤独的美丽。

重新做人，不埋怨，不嫌累，只要有决心，每一刻都可以是新开始。

18. 给自己惊喜的机会，保持创造力。

19. 赞美自己，呵护自己，像返回小孩时期一样宠爱小时候的自己，给自己多一点爱的能量。试以掌心轻拍前额和头顶，像母亲宠爱孩子做的动作一样，从身体上抚慰自己，使能量自给自足。

20. 用最舒服和得心应手的方式把心结表达出来，了解自己最舒服的表达模态，如写作、画画、运动、说话、弹琴……定期抒发自己。

21. 狠心向悲伤说再见。

22. 常怀感谢、感恩、宽恕之心，不需要原因，活着已经是理由。

23. 相信更美好的正在等待自己，经常保持positive wish（正面意念）。

24. 不要和任何人比较，抬高或贬低自己。相信每个人的内在价值。

25. 早上对着镜前的自己微笑说声hi，晚上临睡前对自己说good night，和自己做好朋友、好情人。

26. 学习欣赏平静，享受孤独。

○　○　○

肆 生死爱欲，心灵出走

如果你问什么是爱，
第一个答案就是你的身体，
你的生命。
你要感谢自己的身体，
因为它从来没有因为你的自我放弃而放弃你。
这是真正伟大的爱。

内在的神性一直守护着你，
你做过什么都接受你，
没有停止爱你，
像你的心一样跳动，
养活你，
给你滋润。
这是内在的慈悲。

人生四大关口

换上另一种心情看自己，看世界。这是出走的意义。

你想过出走，或者是否曾经出走过呢?

可能每个人都有想过出走的时候，甚至出走过，正在出走中。离开一个地方，把自己放在另一个地方，另一种情境，像更换衣裳一样，换上另一种心情看自己，看世界。这是出走的意义。

人生要面对很多挑战和难关，最大的关口是生命和死亡，任何人都无法逃避。活好是责任，提升是修养。人生还有另外两大关口：爱恋和欲望。我们能看穿、驾驭、面对和超越两者吗？人生很多问题都是离不开“生、死、爱、欲”四大关口。

认识我的读者都知道，我经常出走。今天想具体地探讨到底出走是指什么，出走可以带给我们什么启示。

别搞错我说的“出走”是指出外走走，去旅行散心。不，我在这里所谈的“出走”，是人面对自己的生死爱欲问题时的一个出口和路向，我们可以通过这一路向学会如何自处和自爱。

○　○　○

生命为何

成长是不断更新自己的过程，也就是生存的意义。

很多人问生命为何，生存有何意义，我倒想先问你一个问题：你今年多大？

很多人对年龄很敏感，尤其是女人，不想面对。其实年龄并不重要，岁数没有意义，或许你已是六十岁，但当遇到人生问题时，你仍可以不懂得处理，仍像小孩子般等待他人来拯救，做的都是傻事。

计算自己有多大的方法可以是这样的：由你开始认识自己，开始自爱，变得成熟的那年开始计算。这样算来，你很可能还只是没长大过的孩子，甚至还未出生过。

你虽然是个成年人，经历过很多，平时表现得很得体，但当遇到问题时，你的反应是否还很幼稚？你有没有察觉到自己还像个不懂事的孩子？我不是指年岁，而是指你有没有成熟的心态去面对自己和世界，处理自己的问题。有人拒绝长大，要求别人迁就自己，逗自己高兴，不想负责任，不想独立。你可以任性，继续这样无赖活下去，觉得还有很多岁月和机会去依赖，但其实你真的不再是孩子了，**你已没有孩子的条件去浪费生命**，你已"小"不起了。这是我带给你思考的第一个问题。

第二个问题是：**你有否成长过？**

你有成长过吗？有进步过吗？十年前的你与现在的你有何分别？五

年前、一个月前、甚至是昨天与今天的你有什么改变？你比以前更成熟吗？你的内心更平静、更开心，更懂得去爱人吗？可能十年前的你不懂得笑，但现在与人相处已懂得欢笑和分享，变得从容自在了？

这是我每天都问自己的问题：**今天的我跟昨天的我有何分别？**

你们或许会问，这样做人是否很辛苦？哈，辛苦是因为你不情愿，不想为自己多付出，甚至只偷懒，想别人替你活。自我反省是我对自己的要求，像习以为常的呼吸一样。别以自己的标准去衡量别人，这样才辛苦。当你怀着正面的生命态度，就如负责任、成熟的人一样，是不会觉得辛苦而去埋怨的。**拒绝长大，不愿意承担的人，生命并不会好过一点的**，别搞错。

当你面对困扰时，是否觉得自己成长了？是否在不断重复过去做过的傻事？是否更新（refresh）过自己？

更新自己是很重要的，这正好反映你有没有真正生活过，是否已变得成熟。如果你突然死亡，你这一生是否白白度过？这是一个关键的问题，我只想告诉大家，更新自己的意思并不是指要你达到什么目标，如职级升多少，认识多少个男友或女友等等。**更新自己是指能量转化**，加快生理和心灵上的新陈代谢速度。正如女人脸上的斑是因新陈代谢欠佳而导致的老化现象。也像减肥的理念，真正健康的减肥方法不是节食、吃药或用机器辅助，而是加速体内的新陈代谢，让自己体内快些清理废物，吸收营养，机能一旦慢下来就会老化，积聚脂肪。减肥其实是有效而健康地促进新陈代谢的方法。

至于**心灵上的新陈代谢，就是要经常替潜意识排毒，换上正面的能量，排走负面的想法和迷执。**所谓修行，也是精神新陈代谢的过程，要保存能量，保持心灵清爽舒畅，避免白白消耗能量。修行是有效地提升能量和减低能量耗损的方法。

爱惜生命就是不要白白浪费能量，能量浪费了或变质，会令你肥胖、消瘦、痛心、暴躁，郁结、嫉妒、不安、迷失、执着、自暴自弃，甚至想死。新陈代谢让我们永远向前看，不能回头，继续上路。很多人总爱抱怨今天不开心，全因过去阴影所致，这都是幼稚的表现，原来你只不过是个拒绝长大的孩子。我们永远要向前行，要出走。

成长是不断更新自己的过程，也就是生存的意义。我们常问生存为什么，太重视感官满足和成就感，忽略了最简单不过的意义：不回首过去，向前走，不断更新自己，在变化中进步。

一个成熟的人，是向自己所有发生的一切负责任，包括情绪上，欲

望上，行为上和感情上所发生的一切事。这是生存和长大的责任，不要逃避，也根本逃不了，只能面对，承担和成长。不怨天不尤人，向你自己全部负责。一个不成熟的人，没有条件活得从容而不影响别人，更没有资格要求别人满足自己的所想所求。要知道，你的生死本来便跟别人无关，但实际上不是，因人与人之间有很多关联和缘分，其实没有一个人是孤立的，在你身上所发生的，或多或少也会影响到你身边的人，尤其是你最关心和最爱你的人。

○　○　○

你怕死吗

能面对生死的人，才真正成长过，变得成熟。

你怕死吗？你有胆量知道自己何时死吗？

原来死是一件很远也很近的事，很多人去想它，越怕它越去想它。很多人很怕死。我不断收到读者告诉我怕死的电邮，最近便收到一个二十多岁的女读者的电邮，说她很怕很怕死，怕到失眠。为什么她那么怕死呢？人总有一死，有什么事突然令一个年轻人如此害怕死呢？但我们不要轻易取笑这些人，因有些事情可能你还未经历过，所以不知怕，甚至轻视死亡。一旦你有放不下的人和事，让你觉得比生命更重要时，你便不会轻易说“我随时死都觉得没所谓”之类的话了。

我认识一位内地的编辑朋友，她最爱的人突然死了，叫她伤心欲绝，很想我告诉她怎样才能再跟他说话，有没有通灵的方法，能不能通过梦或催眠之类的方式再跟他见面，只见一面也满足了，还有很多话没有跟他说，很不甘心。她说：“假如他叫我去陪他我也愿意。”死别之痛让我们与死亡更靠近，更看清楚生命的价值。可是大部分人都不能超越生死，无法看穿生死的奥秘，结果选择沉沦或迷执。所以生死一直是我们认为的存在的最大秘密。当然，还有爱。这个我留待下一步才详谈。

越是深爱越怕失去，所以，有人会害怕自己最爱的宠物死去，有人说如果自己很爱的人死了便失去生存的一切意义，生不如死，宁愿跟他一起去。你是否想过这些问题呢？有人很怕自己会死，或者怕家人死，怕偶像死。

你到底怕什么呢?

你怎样看待死亡，表示你有多重视你的生命。正如恋爱中的情侣，经常会问这个经典问题：“你希望你先死还是我先死？”很多人会用这个问题来测试对方有多重视自己，可惜这问题是一个陷阱，因为你对死并不感兴趣，你只对占有对方感兴趣。又或许你不怕自己死，但很怕身边的人会死，如你最爱的人，最亲的人，你怕承受不起，感到很害怕。说到底，你究竟害怕什么呢?

正如有些人怕黑，为何怕黑呢？他们不知道。有人怕鬼，虽然一生从未见过鬼，但就是害怕。对于死，你未必很具体地理解它是什么，因为死亡是最不能被知道的一件事，即使你去算命也得不到答案，你只会构想，然后质疑，是真是假，没有任何人能凭经验直接告诉你。死亡却是百分百必然，你不可能逃避，人是一定会死的，甚至可以说，世上任何事都未必有绝对的真实意义，包括生命、爱到底为什么，但死亡却是最真实的。当你以很认真的心态去面对自己的死亡时，你的想法和心态便能如实地反映你深藏的一切问题，因为你无法在死亡面前虚伪，你的心让你变得透明。

你害怕死亡，其实可能更多反映你害怕剩下自己一个人面对自己的命运。害怕死亡因为其未知性，同时也因为其确知性，难于被完全掌握，这正是死亡让人感到可怕的原因。

玩过游乐场的跳楼机吗？当你坐上去，被升至半空，周围空洞洞，你整个身体暴露在几十层楼高的空气中，感到无法抓住什么的恐惧，在等待突然急速跌下去的那一刻，你会很害怕，心的位置很虚很空洞，你害怕“离心”那一刹那，让你整个人飘起来，失去重心。当人失去了重心便会害怕和惊恐，虽然你明知不会死，但你还是害怕，原来大部分人的惊慌都来自心。正如恋爱，你会想究竟他喜欢我吗？有些问题我应否问他呢？他不再爱我怎么办？你看再多的恋爱剧集、爱情小说、恋爱专家的分析也是没用的，因为当问题发生在你身上的刹那，当你亲身经历时，你还是会害怕，心惊胆跳，因是你的心正在经历，在这状态下，你失去了重心，所以你虚惊。

站桩是很好的养生方法，因为人是站在地上的动物，当人站在地上，能上接天下接地取得能量，取得天地宇宙之气，当我们把天地之气凝聚体内，转化为能量，我们便会安定下来，找到重心所在。当我们找到重心便会处变不惊，不会乱动，更不会再执着生死爱欲的概念化问题，什么生命的意义，死亡的秘密，爱情是什么，要不要压抑欲望等问题。这时你才明白，心平气和便是答案。检查自己的心率变化和呼吸状态，是我们检视自己的心性状态和层次的最好指标。

再举一个例子。我有一位情绪治疗客户，她总觉得自己心理有问题，经常感到离心，不安，于是到处找人查问，找过什么高人求助，结果被所谓高人判断是邪灵附身，于是害怕到没命。她常有幻听，觉得有鬼，认为自己的心魔太厉害，常常问自己到底是谁。母亲看到她这样失魂落魄，因为知识水平不高，便带女儿到一所佛堂向住持求助。这位住持很有意思，一看到她便说："你有什么问题吗？你觉得心里有鬼吗？哪里有鬼，那只不过是你压抑了的自己而已。"一语中的，他真是一位心理大师。

若从专业的科学角度去解释她的问题也不难，她是跟自己的潜意识对抗，失去了重心，感到很虚空，于是害怕孤独，恐惧跟死亡沾上边的鬼神。当你心乱时，当你被勾起了你内里的潜意识时，当你没有能力去处理自己时，你便会疑神疑鬼，惊恐不安，这很容易演变成精神分裂，必须很小心，别去问卜，以免越问越不安，自招烦恼。聪明人会在适当的时候做适当的事。

死亡是必须自己面对的，正如生命一样。**世上只有生死是人无法逃避的责任和过程**，每个人都一样，分别只有方式，而不是结局。**能面对生死的人，才真正成长过，变得成熟。**

亚历山大是公元前三百多年的马其顿国王，曾拜希腊著名哲学家亚里士多德为师，二十岁已为王，东征时不足三十三岁，曾征服了百分之九十的世界版图，未打输过一场仗，建立横跨欧、亚、非三洲的亚历山大帝国。像他这样在战场出生入死的强人，你知道他是如何面对他自己的死亡吗？他在临死时吩咐随从要将他的手放在棺木外面，让围观向他致敬的人民看到他走时两手空空不带走什么。

这便是生死的最后意义了。

还有一个佛陀的故事。一个刚丧子的哭妇走到佛陀面前，求他告诉她到底要怎样做才能放下悲恸。佛陀便叫她到镇上找一户人家，找一户从没死过人的家庭，向他们要一些芥菜籽。她去了，结果发现每一家人都有芥菜籽，就是没有一家未死过人的。佛陀要她觉悟的是：死亡是生命的一部分，一定会发生的，不是某种私人的灾难。害怕死亡、否定生命的人无法找到生存的意义，也无法享受爱、得到爱。

我们要接受死亡，才能体会原来世上真有不会失去的价值，那便是爱和觉知，关于这点我稍后再详谈。

再问一个有关死亡的问题：**你想过自杀吗?**

西方著名的哲学家叔本华说过一句名言："死亡是一切哲学的开始。"法国存在主义小说家卡缪也说过："真正严肃的哲学问题只有一个，那就是自杀。"

他们到底在说什么呢？为什么自杀这个课题是那么重要呢？

让我们分析自杀的本性和实性是什么吧。

我们一想到自杀，便联想到有血、尸体和遗书之类的场景，觉得自杀是可怕的行为。可是，其实自杀在大部分时候是没有行动的，只是一种思想活动。

当你想到自己没出路，觉得生无可恋，爱到筋疲力尽也没成果时，你会很容易便想到死，因为觉得死是一个出口，是解脱。很多人在思想的层面上都想过自杀，只是想了便完成了，满足了，或者只敢想不敢行动。

我有很多读者和受疗者都试过为情自杀。这是可悲的事实。为情自杀有几种原因，第一是为了令对方放心不用挂虑，不想成为对方的负担，临死前还会祝福对方；第二是令对方一生不安，用死令对方一生内疚，这是很重的报复心态；第三是自困，无法令所有伴侣开心，觉得自己很失败，认为死会令自己好过一点。

有多少人真正准备好去死呢？其实大部分人都只是口里说很想死，却没有胆量或计划。其实最怕死的可能正是这些人。我曾经跟一位在死亡边缘徘徊过的编辑谈论过，既然社会上有很多人想死和不爱惜生命，不如搞个“棺材治疗班”，即弄个棺材回来，让常常嚷着想死的人睡进去，并埋于地下，目的是让他们成熟地面对死亡，从而治疗他们的懦弱。我们相信，盖棺后不到十分钟，99.9%的人都会从恐惧中挣扎爬出来，原来他们并不了解死亡，也未准备好离开，他们根本不想死，他们的死亡意欲并不大，只是在思想上围绕着“想死”这念头钻牛角尖。

光说是没用的，面对具体现实时你如何反应，那才是真实的你。我们得重新了解自己。

另外，越年轻的人越想死，因他们以为拥有大量时间，年纪大的人反而连“病”字都不敢提，更遑论“死”字。很多人自小对死亡怀着很大的好奇，个性忧郁，自恋也自毁。他们大都是天生的悲观主义者，性格孤僻，不被认同，也不认同别人。觉得既然无权选择出生，应该有权选择死亡，很多年轻人都有如此想法。为什么呢？因为他们想变得独一无二，为自己的平凡添上一点独特性。**死亡提醒你生命的绝对性**，你希望变得绝对，建立自己的价值和独特性，通过死亡或经常提及死亡来肯定自己的存在感。自杀是抗衡生命没有选择的副产品，是希望得到自由的思想副产品。忧郁的、病态的、负面的人更会通过死亡、生病或痛苦来博取别人的同情和关注，让别人对自己另眼相看，教人觉得他们很特别，值得被关注，这样他们才能肯定自我。

你可能会问，为何我要谈论这么多关于死亡的事呢？我想让大家明白自己的死亡意识，就是说，**我们要觉知自己如何面对死亡，这能反映我们其实怎样看待生命，准备怎样活这一生。**死亡可以只是纯粹的思想活动，跟行动和理性无关，正如我们有很多对爱的负面假想一样。**重点是你准备好没有？**还没准备好便不要死，也不要嚷着死，不然只会给别人带来更多麻烦。

生死观未成熟，会严重影响爱情观。你未准备好死，也不可能准备好去爱，难怪你得不到爱。其实你知道，你死不起多少次。

○ ○ ○

什么是爱

爱情的真相是什么呢？就是在镜中回照自己，认清自己之后，学习放下。

什么是爱？

爱是世上最难的一个字，问你一生中最重要的是什么？是生命？爱？你一生中最重要的人是谁？你可以为最爱的人付出什么？金钱？性命？你曾为他(她)具体地付出过什么？做过什么？你所付出的是他(她)真正的需要吗？还是你一厢情愿的结果，浪费了很多能量和心血，最后才知原来对方不稀罕，不欣赏，甚至不想要，但你已开始责怪对方枉费你的付出，你无法下台，因为你只懂得用这种方法去爱，那你得检讨一下。

到底你有没有能力去爱你以为很爱的人呢？

很多人在追求爱的过程中，做了很多跟爱无关的事，以为可以得到爱，不断地消耗与爱无关的能量。

我们都听过这样的故事吧：两个相爱的人，为了实现共同的梦想，希望靠努力得到物质享受，要事业，要大房子，要车，要孩子，这是他们的目标，以为这是爱，可惜在赚钱的过程中，大家都变了，由为了爱变成为了物质追求的本身，打开了欲望贪婪的心，开始发现自己比对方重要。于是，由最初住在只有一厅一室的小屋，到能买得起花园洋房别墅的时候，大家的追求竟变成分手的理由，他们已不再谈爱，只谈财产分配。情人多了，却回味当初一无所有的温馨，可是已经不能回头了。

这是可悲的都市爱情故事。

现在再多问自己一次：你一生中最重要的是什么？你的答案会跟刚才的不同吗？

你一生中最重要的人是谁？

假如你的答案是他。那你应再问：为何“**他**”最重要？他为“**你**”带来了什么？他改变了你什么？

答案可以是正面或负面的，你得看清楚。

因为**他**爱你，因为**他**接受你，因为**他**为你付出，照顾你、欣赏你、养你？令你觉得无法失去他？

又或者是**你**犯贱，原来他对你诸多伤害，他暴力虐打你，他花心，他有众多情人，对你的爱无动于衷，但你还是觉得最爱他，这是违反爱的条件的常理。他这样待你，你仍爱他，这是什么原因呢？这种爱到底是为什么呢？很多人会用缘分、前世今生去解释，原来有些人拼命伤害你，你仍然最爱他，当你仍认为这个人很重要时，其实是通过这种所谓爱的盲目感觉来逃避自己，其实你并不是需要爱这个人，你只是害怕剩下自己一个人，你借他来充塞自己的生命。所谓他对你最重要，只是因为**你**需要一个伴，**你**怕孤独寂寞，**你**怕不被认同，**你**自卑，自我否定。

你借他逃避成长，更新自己。

原来我们都害怕孤独，怕更新自己，所以不管他如何虐待你，你还宁愿爱他，借此建立存在感，让自己感到还在爱着一个人，有人能让你有归属感，可以让你随时打电话给他，向他说鬼话，感到自己不是一个人。你最怕的其实不是失去他，而是失去一把回应你的声音，哪怕是骂你的脏话你也觉得很凄美。

让我说直白一点吧。其实你回答一生中最重要的人是谁时通常会中计。因为你还未搞清楚爱背后更重要、更深层的真相。

大部分人都害怕面对自己，希望借爱的假象来逃避现实。**其实你爱谁，正好反映你的所需和缺失。**你需要钱，他能给你钱，你便觉得很爱他。你怕寂寞，他给你电话号码，你便认定他爱你，你爱他。你不快乐，他带你去玩，你便以为这是爱。你爱谁根本不重要，因为你只是借一个他满足自己的需要和缺失而已。你只当爱情是功利的投资，你的爱完全是为了你自己，因某人能满足你，你便会好爱他，即使他不能给你什么，你也要与他在一起，因为你要借助他来认定你不是一个人。如他不能给你所需，你是不会与他在一起的，你缺少了什么，所以你才需要什么；你想逃避，所以你才抓紧一个人，这是所谓爱情最大的误会，一点也不浪漫感人，是不是很扫兴呢?

1. 爱是互相反照的明镜

爱情和爱是不同层次的。爱情涉及很多计算和欲望，很难有纯粹的爱情，只有复杂的关系。这里我却想借爱情来深入谈爱，之所以说爱情是进入更大的爱的最佳入口，正因为它充满欲望，太容易令人迷失，乱性。

人与人之间有能量的交流，所以人与人之间有一种关联的感觉，这奇特的感觉既亲近又疏离，似曾相识，却生矛盾。看穿了，不外是一面镜子，反照我们还未看透的自己，那个完整的自己。我们无法靠自己一个人看透自己的一切，但在爱情里，因为有欲望，要求，幻想和执着，我们的本性便有机会原形毕露。爱情根本便是一面镜，爱情对象是谁并没有绝对意义，其功能只是反映你的某些能量状态，最明显的是反映你的情绪状态，你在爱人面前最愿意释放自己的真面目，脾气尽出，你于是有机会看到真正的自己。这也解释为何爱情关系总容易令人受伤。

有些人喜欢问爱人是否爱自己，其实只是反照出他们不知道自己是否爱自己。因此在爱情里，我们有机会诚实地面对自己。为何你那么爱他，因你想通过他来学习去爱这回事，学习补足自己，满足自己的需要和缺失。

如果你越爱越沮丧，心神恍惚，体弱多病，痛苦不安，那你便知道是你爱错了方法，用错了心神，爱的能量出现问题了。我敢保证，问题不可能全在对方身上，不要忘记，对方只是反映了你内在的问题，对方的问题可以影响你，但关键还是你为何会被他影响，你缺失了什么而让你的心乱了，能量被干扰了？所以他的问题，最终还是反映你的问题。先处理自己的问题，别管他的问题。为何我的问题不会影响你？因我与你不熟，我们没有相爱。但爱人的问题会影响你，因为他是直接反映你的明镜。

爱人是反照我们内在缺失的一面镜子，所有的缘分都是反映我们生命的镜子。佛教说缘生缘灭，都不过是镜子的反映，无须执着形体实相，执着非他不爱的那个他。借爱人反照自己，面对自己，让自己了解自己，袒露自己的优点和弱点，看到成长、进步的空间，明白生命的意义，学习适应跟最爱的人生离死别，正好便是修养自己，提升生命的机缘。爱，就是这个意思。

爱情的真相是什么呢？就是在镜中回照自己，认清自己之后，学习放下。其实照来照去只有一个自己。**原来每个人都是孤独的，无法直接**

看到自己，要借别人才能反照自己的倒影。所以爱并不在外边，而是内在的声音，内在的回音，内里的诉求，提醒我们的需要和缺失，是内在的能量变化活动，也是自我调整、自我更新的活动。

爱令人成长。

我们要学懂去爱，必须先返回内心寻找那诉求爱的声音，那是自爱的前奏。我们要感谢，珍惜所有爱的缘分，不计结局。不断更新自己，更新爱的能量，感谢它让我们更了解生死的意义。好的人缘可遇不可求，得来不易，更要好好珍惜。

2. 什么才是真爱？

爱很难，恋爱的秘密是什么呢？这也是我刚提及的有人相信缘分的问题。因缘际遇萍水相逢，不容否定这是一种缘分。但缘分是什么？缘分是人与人之间存在的关联，一种联系，能量的交流。能量的交流可以改变我们的一生，包括转化过去的阴影，更新我们的优点，是优化生命的动力。所以爱情很重要。从灵性的角度看，人与人之间的感情交往可以很神圣，爱情可以很神圣。

恋爱教我们如何通过能量的交流达至仁爱的境界，让生命加添色彩和温情。在个人层面上，恋爱能令我们各自面对、了解、发掘、磨炼自己，甚至是修行，最后是放下自己。很少数人能在爱情中修到放下自己，但这已是恋爱最后的一步了。假如我告诉你恋爱的最后一步不是婚姻，而是学习放下自我，敞开自己，你愿意相信吗?

都说恋爱是最好的修行方式，因为我们借恋爱在对方身上投射自己的欲望，反映自己的缺失、局限和弱点，反映自己真实的人性。所以爱情可以是灵性的。你通过对对方的欲望投射，看你自己投射了什么，便能如实地反映出你到底是个什么人，你得面对它，改善自己。

看清楚自己的欲望，看清楚相爱的真相，我们更应明白一点：你并不应单纯为满足自己的欲望而投入爱，我们和另一个人在一起是**要负责任**的，要照顾人家的感受，这是爱的必然过程。每段恋爱过程都可以很独特，因为每个人都很独特，很复杂，有各自的过去和现在，有各自承受的家庭背景和压力，还有个人性格和品格上的良莠。**恋爱本来便是去体味人生，肯定存在的意义，从自己在独特的对方身上所投射的独特欲望，看清楚自己的限制、弱点和人性的真面目，从中学习成长，体验来此生的意义，也从付出的过程中学习感恩和自我进步。**爱能改变能量，爱是柔软的，流动的，富有弹性、创造性的。爱的满足感甚至比性爱更深，不需要替代品，不需更换伴侣、对手、形体。

可是大部分人都以为恋爱只是找个深爱的人和他在一起，不再孤单，享受幸福。对，当你和对方都有成熟的爱的能力和意愿时，爱是可以提升至享受福乐的理想，可是太多人都看不到福乐，在相处过程中只顾挑剔和要求，老是不知足，盲目往负面关系上纠缠、沉溺和怨怼，牺牲了爱，制造不幸。

所以我们会错爱。试看“爱”这个字，简体字看不清楚，且看爱原来的繁体字“愛”，拆开来看是“心”加“受”两个字，就是说我们要用心来感受爱。错爱的原因是麻木不仁，以为不再需要爱，或者老是觉得不够爱。问题不是我们缺乏爱，而是我们缺乏了感受爱的能力。感受不到爱是很可悲的，**大部分的痛苦并不是没有爱，而是感受不到爱，拒绝了爱。**太多的欲望和自我阻挡了爱，所以在爱里有那么多伤口和障碍。

爱可以很坚强，但同时也是脆弱的，能量一去很难恢复，除非你观照到，决心去修补缺失的能量。不然就像很多减肥失败的人一样，减难增易，反弹很快，灰心得也很快，最后还是会放弃。

爱是个人的修行，借另一个人调校双方的能量，由自爱开始。

你还等什么？当下去爱，去付出。订一个具体的付出计划，如何体现你的爱，具体化你的爱。那不是什么物质性的付出，可以是一句很感性的、细腻的感谢，一个关心的眼神，或为对方分担的责任心。力求为对方多付出一些，为对方的快乐和幸福而付出。

很多人问我**什么才是真爱**，我会答，**真爱是超越欲望的**，当你爱到不光只为了满足自己，当你爱到不是只为你自己一个人而活，当你不再执着一个人活或两个人活的异同时，这份爱是神圣的，真挚的。能这样去爱，你和爱人都变得完美和圆满，能这样去爱，夫复何求?

○　○　○

超越欲望

欲望跟爱情一样，反映你的需要和缺失，而你需要向外追求以满足自己。

真爱超越欲望，但我们满脑子是欲望，怎样才能超越，该如何面对欲望呢?

人有七情六欲，关于七情，我在“为何放不下”那讲里已介绍过，至于六欲，是佛教用语，指人的六种欲望，即色欲、形貌欲、威仪姿态欲、言语音声欲、细滑欲和人想欲，讫指人的多种欲望。

欲望这东西，很多人一听到便会马上否定它，认为欲望是不好的东西，希望压抑它，却不敢正视它。叔本华认为欲望是痛苦的根源，所以否定欲望。小乘佛教也很压抑欲望，至于基督教、东正教等，更主张禁欲，认为欲望是罪。

1. 正面看欲望

其实我们可以从正面角度看欲望，包容它，接受我们是有欲望需要的动物这一事实。实际上，欲望就像爱人一样，也是一面镜子，反映我们的缺失，面对它，修补它，管理它，人便可以转化它为正面能量。老实说，人若没有欲望会很可怕，总是提不起劲，什么都可有可无，失去兴趣和活力，变成一个没趣味的闷蛋!假如你的爱人甚至对性也失去兴致，身体不再敏感，连牵他的手他都没有反应的话，你将很难跟他有温度上的交流，你会质疑到底还有没有跟他爱下去的理由。

在欲望前失控是人最大的弱点。大部分人都在欲望上纠缠一生，甚至死在欲望里。欲望一出现，你若控制不住，驾驭不到，便会出状况。当你为了满足欲望想要很多东西时，你得消耗很多能量去达到，结果耗损不少精力和资源，最终可能得不偿失。

其实说来说去，都是“贪”这个字。人有两大致命的贪欲，不论男女、不分年龄，都会沉溺其中难于翻身。一是贪情、贪恋，有人喜欢你，奉承你，宠爱你，为你付出很多很多，这是难于抗拒的诱惑，你很容易为贪而接受，结果付上沉重的代价。二是贪性，注意这不是男人的专利，在性欲面前男女都同样贪。别以为女人不贪性，只是女人贪的方式跟男人不同而已。但重点是，当你萌生贪念时，得花掉很多能量，你需要吸纳更多能量来满足欲望。因此，假如你是一个欲望很强的人，你会很容易影响身边的人，尤其是爱你的人。不管你是一个平凡人，还是聪明人或是天才，你的欲望都会影响身边亲近你的人。天才的欲望可能是最强的，因为只有超强的欲望才能满足成为天才的条件，包括身体、物质和思想上的欲望。**跟欲望强的人恋爱很痛苦，因他们自觉或不自觉地吸蚀你很多能量，他们表面上可能并不需要你付出什么，但实际上他们吸取**

你最大的精神能量，你在他们身边即使好像没有做过什么，感情上已经疲惫。为何感情上你会觉得很疲累呢？因为你需要承担他们的欲望。

这样说来好像不合理，你可以说："我没有叫他付出，我有欲望但没有要他承担啊。说他被我影响是他自己的问题，大概是他想干预我的欲望劳损了自己吧！"

在一段爱恋关系中，说这种话是不负责任的。即使你能找到最强的辩理，你还是无法推卸感情的责任。当你带着蛮多的欲望和爱你的人相处时，对方一定受影响，因为能量是互相影响的，爱你的人很自然希望尽能力满足你的欲望，因为他们认为这是爱的基本表现方式，会用心在生活、物质、情欲、金钱等细节上安排、计划、提供、付出很多以满足你，方便你，你在知情或不知情的情况下吸取了对方很多很多的能量。当对方还能承担时，或者当你的欲望还不致失控时，你们之间还能表面过得和谐协调，**但当你纵欲失控时，你将无可避免地剥削最爱你的人**，你所散发的能量不再朝向互动和双向，也不是能提升自己的优化能量，对方的潜意识是很敏感的，在感情上继续付出的同时，情绪上则容易受伤和难受，因为他会质疑自己的价值和能力，为何爱你却无法满足你，让你快乐。这是爱情关系中最大的矛盾之一：你正在剥削最爱你的人的能量！

欲望跟爱情一样，反映你的需要和缺失，而你需要向外追求以满足自己。在这个层次上的爱只是欲望的投射，没有灵性的追求。

欲望本身可以是正面的推动力，修补我们的缺失，当变成管理失控的纵欲问题时，才是烦恼或祸害。

我有一位女性受疗者，因为丈夫背着她嫖妓，被拆穿后还矢口不认，结果她由原来对他无条件的爱，变成渴求他为她放弃和改过的欲望，迫丈夫时刻要向她报告行踪，杯弓蛇影，对丈夫越来越失去信任，最终情绪失控失常，到厨房取刀指吓他，声称要同归于尽。爱变成欲望，欲望不达而变成暴力，这是很多恋爱的悲剧。也有另一位女客户，因为得不到男友保证百分百只爱她一个，她无法接受，一怒下想到下毒毒死他。结果计划失败，后来我问她是否后悔这样做，她想了想居然答没有。当我们合理化自己的欲望时会罔顾道德，甚至丧心病狂而不自知。

必须再次强调欲望本身没有问题，只是当我们被欲望蒙蔽时，代价便是失去自觉能力，变成欲望的奴隶，这才是最可悲的。

欲望是无法被完全满足的，满足的一刹那同时也是下一个不满足的开始。惯于放纵欲望，懒于管控欲望的人很难付出爱。**纵欲的人很难付出正面的爱**，因为当你纵欲时，你将欠失能量，那又如何把能量留给别人，为所爱的人付出呢？即使你能付出，你那爱的能量肯定不可能是优质的。你除了剥削对方的爱外，亦无可避免地伤害对方。像蝎子背青蛙过河的故事，蝎子求青蛙背它过河，保证不会毒害它，青蛙心软背它过去，可蝎子还是刺死了青蛙，说对不起，我也不想这样，可这是我的本性。无法管控欲望的人就像蝎子一样，无法自控地伤害爱你的人，叫他为你牺牲。因为欲望，因为懦弱，因为失去自己，你成为欲望的奴隶。

不要从道德角度来判断欲望问题，更不要以禁欲去处理欲望问题。你要知道，**当能量无法协调好时，欲望很容易令你沦为爱的强盗或乞丐，你会抢夺，或者乞讨**，即使你表面上蛮有成就、德高望重，又或者你将欲望收藏得很好，但当你成为欲望的奴隶时，你会感到很悲哀，因你已人格失控，成为欲望的瘾君子。

纵欲能干扰爱的能量和自省能力，虚耗精力，管理失调，你将无法付出，你将爱得软弱无力，可怜甚至可耻。

任何人都会受欲望影响，使自己的能量受到干扰。欲望来时，你失去自主，想要这些又想要那些，你打扰了自己，致使能量分配不平衡。这是很现实的问题：人的能量有限，满足了这个便没法满足另一个，正如花心的人可以同时爱很多人，但极少能同时满足每个爱人。在这个意义上，你不能容忍伴侣对你不忠，也是有合理依据的。

刚才我问过：你曾为对方具体地付出过什么？你如何具体地爱对方？爱和性若是运行得宜，能补充和增进我们的能量，相反，若贪恋贪性，贪欲便会极大地耗损能量，你将无法从中得到满足和真正的喜悦，你只会贪得无厌，浸淫在情欲横流的心瘾中，无法兼顾那么多段感情关系，你只能霸道地欺压对方，蚕食对方的能量，所以在你身边的人都很痛苦。

大部分欲望问题都不是道德问题，而是能量分配不平衡的结果，是能力不逮的问题，是花不起的问题，往往不只影响你一个人，所以欲望容易变成伤害。因此我们要学习管理欲望。

2. 如何管理欲望

欲望和爱息息相关，是自我管理的问题，如果我们管理好自己，爱欲便流畅自如没有问题。但直接管理欲望是困难的，因为人有弱点，有惰性，都贪求舒服，不愿意付出。因此若我们直接管治自己的欲望，往往都会失败，最后走向两条路：一是压抑和否定，二是放弃和放纵。压抑从来不是正面的自疗方法，那该怎么办呢？

建议可以试从爱入手管理欲望。啊，不是说过爱很容易变成欲望吗？

还要用爱管理欲望?

我们必须走到问题的核心才能彻底解决问题。欲望的问题是能量流失和失控，要稳定能量避免流失，先要安定心神，感受正面的能量。刚才已说过，爱是调校恋爱双方能量的修行方式，能改变能量，若我们打开爱的门槛，爱所带来的满足和喜悦比纵欲所得的满足感更深刻长久，无须再寻找替代品。**爱是平衡欲望的最优入口。**

假如你怀着关爱的心，希望调校自己的能量，让自己更懂得爱，更平稳快乐，不再剥削身边爱你的人的话，你可以选择走向爱的道路。欲望是满足自己的，有很强的自我中心观念，要管理欲望，先学习稍稍放下自我，先从爱开始，与其先想到自己，不如先由满足你爱的人开始。注意，这不是指你要盲目地满足恋人一切欲望，即使是不合理的欲望，若是这样的话，你便是纵欲的帮凶，而非欲望管理员。可以这样想：**我们可否先合理地满足别人，可否先关怀别人?** 当我们拥有欲望而不希望沦为纵欲，失去自己时，我们可否先关怀别人，先为人家付出呢? 注意千万别流于盲目，很多人（尤其是女人），容易为了满足自己占有爱的欲望而无条件盲目付出，结果演变成斤斤计较，埋怨自己付出了很多却得不到回报。

重要是量力而为，大方自足。不知足的人才会纵欲。

问自己：在你每刻所想的事情中，为自己着想的占多，还是为别人设想的占多呢？这是很值得思索的问题。你每刻所想的有多少是为别人安排，为人着想，为人付出的呢？又有多少纯为自己的利益呢？我们不要道德的评价，这些问题只是帮助你检查自己所付出的到底有多少是盲目的，有多少是无条件的，有多少是计较的，有多少是量力而为的。成熟的人应该懂得找对自我检阅的方法，不致错爱，劳损能量，迷失自己。你可以为情付出，你可以尽情去爱，但要明白爱到哪个程度才足够，才感到不理亏，才知道不会错爱，或斤斤计较。要知道自己爱到怎样才算没有错，没有过分，没有太过自私，要先衡量不要超出自己的能力。私欲跟爱是不同的，前者是投放得越多越助长自我，越容易纵欲。这方面男人比女人强，而女人天生需要付出和爱，容易过于为他人着想和付出，流失能量。**成长的责任，就是学习保存能量，管理自己。**

○　○　○

出走：面对关口，寻找出口

出走是走向心灵成长，走向自爱和自处的过程，条件是必须下定决心，承担选择的后果，义无反顾。

我们一开始便谈生命的意义，人在面对生死爱欲的问题时需要寻找出口和路向，通过这一路向学会如何自处和自爱。

出走是面对成长，更新自己，变得成熟的一种好的方式。要变得成熟其实有很多方法，我喜欢出走，因为它是流动的能量，不是纯粹的思考，出走的本质必然是行动。大部分问题都是能量闭塞和自困的结果，出走打开新陈代谢积极的一页。

因为我们对自己不了解，无从掌握和管治得宜，所以我们以为爱情是出路，满足欲望是答案，于是我们会不断要求别人，不停制造欲望。欲望是我们希望别人弥补我们的缺失的能量流动反应，但这希冀不可能解决问题。我们的问题是不知如何自处，不知如何面对自己，亦失去了自己。爱情、纵欲只是短暂和片面的工具，我们必须让能量流动，打破自困的死局。把自己长期困在某个地方，某个思想的角落，我们将变得麻木不仁，失去感受爱的能力，也失去对爱的信心，我们将不再相信任何人，包括我们自己。我们可以在工作、感情、情绪、思想、欲望上困住自己，但必须找到出口，办法之一就是心灵的出走。

别误会出走的意思。出走并不是任性妄为，不负责任的行为。我一开始时便说过，出走是人面对生死爱欲问题时的一个出口和路向，通过此路向学会如何自处和自爱。所以，我所指的**出走是走向心灵成长，走向自爱和自处的过程，条件是必须下定决心，承担选择的后果，义无反顾。**

决心离开能量封闭的人和地方，出走到另一个天地，我们的眼睛才会张开，呼吸将不再一样，脑筋会受到新鲜世界的刺激而清醒，过去成为一个休止符，整个身体和心灵才有机会得到前所未有的歇息和更新。

出走到一处从未去过的地方，打破日常生活规律的惯性，做个全新的自己，走上未知的轨迹，唤醒麻木不仁的感官，让生命接收无限可能性。放下生死爱欲的执着，改写自己的命途。这不是天方夜谭，这是每个人都有能力实现的梦想。

1. 出走的意义

出走最重要的意义是转化、转动能量。你若站着不动，能量也不会动，你坐着不动，体内的气血也会运行不通，导致臀部大，肚皮大，下肢肿胀，呵，都是你最害怕的身形。所以，你需要换换气。

正如当你从一个密闭的屋子走出到外边小憩一会儿，回去时马上察觉室内的温度有异，气味有异，之前你一直留在里面时是发觉不到的，因为人是适应力快的动物，在某个地方逗留久了，五官会很快调校自己去适应它。因此你便失去察觉变异的能力，分不出好坏，变得习惯、懒惰、麻木，失去觉醒的能力，甚至将惯性变成绝对价值观，忘记了更新自己。

我们应该定期出走，出走有益身心。如果你能定期离开惯处之地一段时间，就有空间反省到底某个人对你是爱还是害，自己到底有没有走错路，还有什么不满或希望。若你只困住自己，单靠不断思考以为可以解决问题，处理情感和压抑，你只会达至盲目的看法和想法。出走再回来，你将发现想法改变了，这便是能量的改变。

出走的真正意义和目的，其实是为了好好回家，回归自己，而非远离自己。我们对出走都有误解，以为只是不顾一切那种“不喜欢便走”的任性。其实出走是要讲计划，甚至讲质素的。当你想出走时，你带着什么质素离开，你的能量便会随之改变，甚至改变这个世界。当你看到某个地方的气场出现问题时，你会马上想离开，走远一点。

你要出走到不同的地方，才能回望看清楚自己曾经困在哪里，哪个窒息的方位，感受到内心的混乱。就像你坐在飞机上，在上空往下望，你才可以将整个原处地看清楚，假如你只是站在某个街头，你能看到的只是一排排透不过气的商店。就好像运程一样，根本不是什么神秘的东西，只是当你转一转，回望时你便更清晰。当你激活了感官细胞的敏感度，你的观感便会改变。所以我在治疗时会教客户开启自己沉睡的感官，慢慢调校对细微感觉的感应。这是自我更新的重要一步，因为如果你不能感受细微的感觉，你将很难跟别人深入了解和沟通，你也很难对别人对世界作出合情合理的要求，你能怎样要求呢，你连自己也感受不到啊。你感觉不到对方的心，你怎么去爱对方？你感受不到前路的可能性，怎能活得有希望，有进步？你连自己的心也感受不到，难怪活到麻木不仁，无法自爱和他爱。

当你准备去爱一个人时也得面对同样的问题。如果你不够细致，粗枝大叶，就只能盲目地爱对方，然后糊涂地迁就，迎合，奉承和牺牲，以为这就是为最爱而付出。其实你很傻，根本无法察觉对方真正的需要是什么，你所做的可能根本不是他需要的，待他无法给你期待的反应时你便抱怨，问为何你为他做了那么多还不能感动他，他还是不领情，不爱你。这叫好心做坏事，都是我们错用能量的结果。

所以我们要激活细胞的敏感度，让它保持处于年轻更新的状态。这就是心灵出走的意义。

怕老怕死的人，如果能出走更新自己，便不再害怕了。多走两步身体好，**不要先从理性说服自己，要待一切都搞清楚，明白透彻才行动**，尤其是当你长期处于不动的状态下，你的价值观和想法早已生锈，你得不问为何要出外走走，换换气，先走出去，不要执着目的和方法等。**很多时候我们都想着人要先找到人生目标才行动，或者假设在某种原因和条件下才会去爱人，才会付出。理性是需要的，谨慎是需要的，但不能思前想后犹疑太久，总不能找个最完美的地方才呼吸，也总不能找到最完美的人才恋爱。**

世上没有一本天书能告诉你哪份工作最适合你，哪个人是你的真命天子，你的专长是什么，你的喜好应该是哪些。坊间不负责任的命理书籍可能会告诉你这些，每年替你更新一次运程，让你跟着走，像浮士德一样把自己的灵魂出卖，让其他人替你安排命运，行程和生活。人生目标、兴趣、工作、爱情，都是行程中的风景，是靠自己一步一步走出来的路，是在出走路上的标记，而不是你幻想得到的人生藏宝图。走吧，向前走，莫回头，在你身边擦过的缘分，甚至只是一花一草，遇见的人，全都是你的镜，缘分就是镜，反映你的需要和缺失，一点一滴积累成一个较完整的你，一个成熟、丰富、充满可能性、在途上的你。重要的是你要走出这一步，**不要原地踏步以为已经走得很远很疲累。**

能出走的你将不害怕老，不害怕死亡，会忘记自己的年龄，岁数对你而言已经完全不重要了，你会看起来很年轻，永远像孩子一样充满活力和鬼主意，大胆、开放、精力充沛。你知道为何小孩子都那样可爱吗？

正因为他们通过捉弄人，好动好玩，**让自己无条件地快乐**，让人生得到最正面的能量，所以孩子的要求单纯，很容易满足。人越大越不易满足，回想以往单纯的满足感会心酸，慨叹自己变得复杂、没有安全感，失去活下去的生趣。

2. 出走就是放下

因为出走是认真兼理智的自爱决定，所以必须符合一定的条件才算成功，达到自我更新的目的。**随便出外旅行那种走法只能算是散散心，离真正的心灵出走还很远，因为散心没有洗心革面的决志，没有自疗的目的。**当然那也不坏，问题是在能量的提升方面效果便大不同了。**出走是转换能量的重要过程，首先你要很清晰地问自己正在做什么，你要有决心放下现在的一切，这需要勇气。**出走是面对自己的过程，不是出外散心一会儿的事儿。反而我们得清楚一点：**出走不能散心**，人之所以心乱，正是因为失去重心，心散不定。所以**出走是为了取回重心**，在出走过程中，你变得很敏感，把际遇、缘分看作镜子，反照自己，观看别人。

出走训练你狠心放下。

人最大的痛苦之一便是无法放下。你得把心一横，立志放下一切。

走得不彻底是没用的，一定要抛下一切才可以离开。放下你的过去，放不下便不要走。

正如分手、离婚、一段关系的结束，你得量力而为，不能感情用事。后者的动力不是因为爱，而是逃避，拖延，死守，执着，结果一成不变，故步自封。必须走得洒脱点，不要回头，不要让惯性支配你。已分手的，还习惯去偷查对方的电邮，明明已决定不听对方的电话，不再打电话给对方，但结果呢，你全部做了，因为你已习惯了，这是你还想占有他的欲望。你不愿意抛下一切离开，问题始终会回头，历史不断重复，什么都没有改变。记住这不是爱，这只是惯性的欲望。

带着负面能量的惯性是害人的。出走让你变得敏感，你会察觉自己每一个念头或感受，抱着觉知观看自己，你才可以向自己负责任。一个成熟的人要向自己所有发生过的事情负责任，但这并不容易，因为你连自己正在做什么都不自知，所以我们一定要管理好自己，才能获得真正的平静，把心安定下来，做个冷静人。你可以带着热情和感情，同时你可以很冷静，不会错爱，不会过分付出，不会超出能力范围去承担。

出走是远离惯性，重组生命的旅程。

出走是不能儿戏的，**必须有周详的计划**。不要冲动，**出走是训练冷**

静的过程，你得计划往哪里去，预算要花多少钱，如何筹得这笔钱，放下一切需要交代什么，如何安排善后，狠心不只是情感的反应，更是安排和管理的学问。**出走是训练为实现理想奋斗的过程**，你得按出走所需的财政预算努力储钱，出走令你成为一个有计划的人，令你由虚无主义、理想主义、完美主义变得实干、实在、扎实。**出走让你重返原始的求生劳动，做回一个简单的，劳动的人，而非虚幻无章的思想游子。**

出走的目的地是新地方，新环境，可重点根本不在此。陶渊明说：心远地自偏。到哪里都可以，关键是你的心。**出走是朝向静心的路**，而非散心旅行编排满满的行程。你最好一个人走，不要找伴侣。**出走是学习独立的过程**，你不能再倚赖别人，你是和自己去旅行，到自己的内心探索，发掘，承认和接受。不要走进人群里，走进内心更重要。一个人上路，打开感官，多看多感觉，多问少回答，让新打开的眼睛、耳朵和感官给你最原始新鲜的启示，这就是你的答案。

记住你不是到另一个地方忙于做文化交流，你是跟自己交流。不要为怕寂寞而马上结识新朋友。你要一个人走，这不是换朋友或新环境的旅程,不然你只是走回头路,即使你重新认识一班朋友,甚至换上新恋人,你的心还未更新，历史只会再重现，恶性循环，一切都没有改变。正如刚失恋便马上找个新恋人，结果更快再度分手，痛上加痛。当然不是叫你抗拒交友，但别忘记出走的目的：静观内在的变化，激活自己。你要张开眼耳去看和去听所有发生的，你可能会不住涌现很多问题。我有一个秘诀要给你，你尽管多问但少回答，不要一问一答，因为一问一答是过去的自己，你惯性的思维模式，你的答案都是预设的结果，这样无法改变自己。你可以敏感地去看很多事，你可以多问自己，为何在这里走，为何现在这样孤独，为何仍然不开心，这些都是你惯性的，否定自己的问题，你可以问，但要觉知自己正在问，让自己问，但你没有义务回答。让它自言自语便足够，不要被它吸纳能量。

出走是流动的，有能力的话到远一点的地方，听不同言语，身处不同的空间，呼吸氧气含量不同的空气，饮成分不同的水，这是我的出走经验。原来当感官变得细腻和敏锐，到不同地方饮不同的水，即使一口清水也可以感动自己，感到生命的美丽，让内心涌现喜悦。原来放下是可以的，原来世上别有天地，原来以为只有一条绝路现在海阔天空，原来执着的现在放开了，不再计较失恋、人生目的、荣誉名利。迎面而来的一阵风，一个陌生人的微笑，已让你感受生命的奇迹，叫你赞叹。

出走不是由一个地方搬去另一个地方，而是由一个阶段、一种思维流动到另一个时空，是成长的过程，就像禅修，是彻底放下过去，打开新感官的机会。

出走是为回来，回归自己，不再麻木不仁。

出走的过程就是改变，能改变的，都不宜预先下定论，总有想象以外的可能性。

出走并不是逃离，而是面对。

你会在出走过程中赚取经验。每件事、每个人的出现都会变成你的新资源、新筹码、新资本，你将变得富有，可能衍生意想不到的结果。出走不是要先定下目标，只要你确定，出走就是了。

其实所谓出走，就是放下。

出走是生命中一个重要的决定。每个人一生起码要出走一次，彻彻底底地更新自己的生活，这是对人生的一种责任。不运动自己，你将不断老化。

你应像泉水一样，保持新鲜和活力。

你最好将自己化成流水，化成泉涌，不断流动，不断更新自己。不要害怕改变，变是好事，不变便会像死水，也不用执着追求什么人生目标，我只可以说，**人生唯一的意义就是不断更新目标**，你可以寻找，但不要泥执和固定下来，正如恋爱一样，你要不断更新你的爱，我说的不是对象，对象并不重要，我是说更新爱的质素，那你才知道你爱什么，如何去爱。

出走是更新命运的开端，是你和自己分裂的另一半重新整合的机遇。

○ ○ ○

静心的方法

所谓静心不是停止思想，而是找回内在的节奏，接通内在原始简单的身心理的最优化状态。

1. 静心＝内在协调

很多人追求静心的方法，求定、求静，追求成佛，追求空性，变得越来越玄，结果一事无成。但我建议不要追求这些，因为这些追求只会制造压力，变相制造另一种欲望。我们追求的是返回内心，寻求内在的协调。很多人以为静心就是把思想停下来，所以不断在坐禅或做瑜伽时努力令自己平静下来，去掉思想，以为停止思想活动就是目的，结果制造更大的心理压力。没有人能停止一切思想，这个追求不切实际，也违反脑结构的自然状态。记住，**我们追求的不是停止思想，而是平稳思想，集中意念，不被思绪干扰情绪，找到属于自己的内在节奏和韵律。**

生命最初发展的是心脏，心的重要功能是表达和平衡我们的情绪，情感和欲望。寻求内在的节奏和韵律的目的，是配合我们最原始的脑干结构，即 reptile brain（爬虫脑），它是最原始的，连最简单的爬虫类动物也有的脑结构，它绕过情感和理智，是最纯粹生理功能的脑组织，它对思想不感兴趣，只对节奏和韵律有反应，在重复的节奏中进入安定、安稳的状态，让我们放松下来，感觉良好。原始人发展击鼓、祭祀，祷告等，都有很强的音乐性元素，能达到部族集体催眠和舒缓的效用，能安定民心。这个启示告诉我们，要安静自己的心，平定情绪，进入静心的状态，音乐和节奏是很好的入口。

想把心定下来，可以先寻找一把内在的声音，能叫你放松、纯粹跟着节拍走的韵律。你甚至可以诠释为上帝的召唤，但重点不在话语，而在韵律。我称之为寻找内在的音乐和旋律，就像声乐中的 cantabile（歌唱性）和共鸣效果，也像我喜欢的 shakuhachi（尺八）声音一样，超越音乐，超越语言。所以，很多宗教会借着诵经、集体祈祷来达至内心平静，有人听简单的纯音乐可以很快平静下来。有研究证明听着巴赫音乐的植物比没听着的更能健康茁壮成长。

你可以找一个适合自己的节拍，你不用是个音乐家，你甚至不需要懂得任何乐器，你只要懂得打拍子，在大腿上左右左右的轻轻拍打，在走路时注意节奏，细数一、二、三、四，一、二、三、四等，甚至配合你喜欢的音乐，一边听一边跟着节奏写字，温习，养成习惯，以节奏主导内心，而非思想。内在的节奏助你绕过复杂纠缠的思维，让你变得纯粹、简单起来，进入自我催眠、放松的状态。**每当你心乱时，马上打拍子，身体轻轻跟着节拍舞动。这是很简单的静心方法，却非常有效，因为它抗衡你最害怕的无常，无论世事有多变幻，你总能轻易返回内心那简单的节奏，稳定自己的情绪。**这方法尤其适合容易紧张害怕和没自信的人。

每个人都有独特的内在节奏，你细心聆听自己，进入自己的身体，试着跟自己的心跳节拍共舞，便能找到内在的协调，和自己融和，这是平静的源头。**所谓静心不是停止思想，而是找回内在的节奏，接通内在原始简单的身心理的最优化状态。**换句话说，静心其实并不是静止状态，反而是出走状态，换一种活动的方式，舞动细胞，重整自己。通过重复和向内伸延的祷告方式，进入爬虫脑甚至潜意识的放松状态，令人忘记因自我意识而产生的恐惧不安，接通内在最神秘的地方。

2. 静心元素：肯定内在神圣

另外，很多人在追求静心时往往会忽略一点，就是“神圣”。很多人利用宗教、瑜伽、音乐等方法平静内心，可就是不懂享受欣赏自己本身的人性。内在本身已有的资源，能散发人的“神圣”。“神圣”是很重要的。当你进入定心的状态，最终的目的原来是认出自己内里的神圣多于其他一切。**定心只是手段，目的却不是求定，否则也不外是另一种执着。**当我们说要去平静自己时，其实是指找寻内在的声音，进入最深邃最神圣的空间，在那里，你将感到当下的存在是神圣的，不在意人的限制和缺陷，此刻的你超越了自己，不再想自己应如何如何，或希望自己应变成怎样怎样，而是纯粹专注感觉安定在内心，此时此刻这个空间，你变成神圣，这样你才能爱你自己。

“神圣”并不是说你要变成一个圣人、上帝或佛陀，而是**通过接受自己此刻的人性看到生命的神圣**，看懂什么才是真、善、美和爱，你才有能力看到别人的神圣和美善。不然，你只会纠缠在执着里，只看到别人的恶。别人正是一面镜，你看到别人的不好，反照回来，你同样看到自己的不足，难于接受自己。我希望大家重视自己的神圣本质。首先你要去爱，要去爱人性上的一切，接受自己，你将变得神圣美丽，人生的价值才有提升的余地，这正回应我们最初谈及所谓生命意义的问题。

那到底内在的神圣是指什么呢？那是**人内在既有的慈悲**。

你要相信生命的结构已经很完美，已是一个佛，你本身已是一个完美的境界。正如不管你怎样虐待自己，如何不爱自己，你的心脏也没有因而停止活动，你的脑、手脚还继续运作，你的身体从来没有离弃你，默默地为你做很多事，你可否留意到呢？**如果你问什么是爱，第一个答案就是你的身体，你的生命。你要感谢自己的身体，因为它从来没有因为你的自我放弃而放弃你。这是真正伟大的爱。**

内在的神性一直守护着你，你做过什么都接受你，没有停止爱你，像你的心一样跳动，养活你，给你滋润。**这是内在的慈悲。**

曾经在一个课程里，其中一个环节带领同学们做集体催眠的练习，让大家回归各自内在的神圣空间。其中一位同学后来跟大家分享说看到自己内心打开了，里面原来很美，有蓝天白云，还有很多小朋友在草地上玩乐。她的心在召唤她，叫她进去，进入自己的心里，但她却胆怯不敢进入，虽然如此，她的心还是不断邀请她进入，告诉她“心”才是最快乐，最安全的地方。你看，原来我们的心是最无私的，它拥有最多爱，也是最开放的地方，对我们不嫌不弃，不在乎我们的历史、弱点、脾气、过去现在和未来，纯粹地接受我们，付出爱。可是这位同学仍然不敢进入，因为她当时正值失恋，受到情绪困扰，无法接受自己。她否定自己，不愿意原谅自己。

这个例子很富戏剧性：当你面对自己的心时，心会很包容很开放地邀请你，给你最好的爱，可是你却拒绝了。瞧，**大部分时间你都在拒绝你自己，而不是别人拒绝你。**大部分时间你都在拒绝对你好的能源，但你的心仍然不打算放弃你，依然待你好，包容你，继续运作供养你。所以你要感激自己的心，因“她”一直在守护着你。如果你是以找一个爱人来守护自己作为人生目标，却埋怨老是不幸找不到的话，那你真的是个负心人，因你忘记了真正对你不离不弃的，从来是你自己的心。心才是你内在最神圣无私的圣境。

不要急于去模仿做一个圣人，不要刻意追求达到什么“静心”“空性”“成佛”“成道”等听上去很神圣超越的化境，当你还在努力否定自己的人性，无法接受自己作为一个人时，你根本没有资格和能力看到内在的神圣，更遑论成佛成仙了。

先活好当下，成为一个“人”。Holy（神圣）的字根是古英语 hAL，有完整、健全、整体的意思。**是人和自己内在的健全整合**。或者说，是和我们的潜意识沟通、整合的意思，并不需要形而上地有一个全能的神。后者是宗教，涉及诠释论述的文化和历史性限制，不一定能返回唯一的神圣。

先接受人性，提升心性，便能呈现神圣。从神圣的慈悲中爱人性的一切。让自己变得透明，让一切流动、进出。你要出走你自己的心，更新它，才能拥抱你的一切。

每个人都是神圣的，有神圣的本能和条件。佛性、神圣早已在我们体内，无须外求。

从成仁开始爱自己。成仁是什么意思呢？即是你可以与人共行，这是缘分，能量互相的交往，是一面互相反照的镜。**通过和别人在一起，才可以反映自己，做好自己。**有读者来信说自己信佛教，但伴侣却信基督教，怎么办？如何令对方改变呢？也有读者说自己是基督徒，所以必须要找基督徒做伴侣才妥当。信仰是自由的，神圣是共容的，没有独家、排斥的可能。当你否定作为一个人时，你便想成为一个神，追求神圣，而不是“呈现”神圣，这是荒谬的，也是虚伪的。你无法做到神圣的要求。

最能散发神圣的人，都不需要穿上某某门徒的衣裳。你用脑袋去信仰，结果背负了很多忧虑和恐惧。害怕比爱更主导。**要做门徒的话，做最简单的事就行了：耶稣做过什么，你跟着去做。去宽恕，拯救妓女，爱异教徒。当你还无法修得如此胸襟时，你还未算是个合格的信徒，那就不要划分别人，否定别人了。**

太多人不知自己信着什么，无法认真地信，坚强地信，无私地信，你怎能看到自己的神圣在哪里？大部分人其实将神当成鬼，正如之前我举过那个“撞鬼”的例子一样，本来就是你压抑的自己。来找我治疗的人，有很多都是有强烈的宗教信仰，却充满焦虑和恐慌，因为他们没有活在神圣内，反而活在追求神圣的压力下，无法将信仰正面地感染别人，无法见证，这样的信仰是无力的。你得寻找内在的神圣空间，先相信你自己，才有能力相信别人。

先做好一个人，接受人的一切，你才有机会瞥见神圣。关键在乎，你是否把心打开，走进去。

做回你自己，成为你自己，没有什么比这更大的爱。

莎士比亚笔下的悲剧人物哈姆雷特的最大问题就是想得太多，没有行动。光问“To be or not to be（应不应该活下去呢）？”我们不能靠思考解决问题，一想到生命的意义、做人的意义你就无法活下去，不是因为没有答案，而是因为没有令你满意的答案。你要答案的话，答案很简单，就是“Just be，let be（就这样，活下去）。”

3. 观照＝保持觉知

学习观照自己，容易达到静心。

观照是什么意思呢？就是你要保持觉知，很细微地察觉自己正在想什么，做什么。有个很好的方法大家可以试试看。先**内敛眼神**，即眼睛没有对象，稍向下方凝神望向丹田的位置，将心神全集中在丹田那里。不要闭上眼睛，因为闭眼其实也是在看东西的，没有真正闭上。内敛眼神，留守丹田的位置，很容易能找到一个定点，就在那个点上安定自己，脑袋不会乱游荡。当你能定下来便不可能想其他事情，但这不意味着停止活动，你还是流动的，因为同时你要注意丹田呼吸的节奏，寻找内在的声音和韵律。这样的你能保持清醒，觉知，能观照自己。

为什么要眼睛向下方望，而不是望向其他地方呢？原来不同的视点位置代表不同的感官活动。眼睛向上看代表你在回忆，寻找概念、主观意愿的影像记忆。记住，**一切记忆都是主观的投射，从科学角度理解的话，就是指内存抽取情感上类似的影像与当下的视觉神经元汇合，让你以为真的看到你想看到的。所以，记忆的影像和感觉可以很真实，却可以与事实无关，更多是假象而已。**靠记忆达到定心和静心是不可能的，只会越想越乱。眼睛稍向下方位看代表你在聆听，在细心注意外间的动静，但也未能纯粹注意你自己的内心。只有将眼神内敛，把眼睛或意识的重心放在丹田，你才能马上收敛心神，回归内在空间。

除了收敛眼神外，你还可以随时随地注意**内在的节奏**：注意呼吸的节奏，走路时的节奏，饮食时的节奏（有助消化和减肥），说话时的节奏，做爱时的节奏，抽烟时的节奏，骂人时的节奏，埋怨、弹琴、饮酒等一切活动的节奏。看着自己，观照自己。你将很快返回觉知，看透自己所思所行，不再糊涂。这样的你，很快便能安定、静心。

心静下来，便能掌握**觉知**。

觉知为何重要？道理很简单，就如当小偷觉知到自己所为时，他不会再偷东西；当色狼觉知到自己时，他不会去强奸伤害别人；当肥胖的人觉知到自己时，他不会去乱吃；当纵欲的人觉知自己时，他会把欲望转化为强化意志的能量；当失恋的人觉知到自己时，他不会再跟前任情人纠缠变得丑陋讨厌。人为何会痛苦？因为觉知系统关闭了，令人失去自己，影响他人。保持觉知，任何事情于你便无可无不可。不拘泥于道德，亦无须自我抑压。你开始懂得管理自己，而不需时刻苦恼应该放纵还是抑压，怡然自得。Just be。

觉知是你最好的守护者，保存人的尊严。人最大的尊严，并不是别人给你多少钱，多少面子，而是懂得觉知。人最大的神圣正是觉知。觉知让你满足于成为你自己，成为一个不强求意义也能怡然自得活下去的人，满足于生命。觉知让我们感受自己内在的美丽，觉知是爱的入口。

人最大的尊严和神圣是觉知，你将得到最大的自由。这是爱的核心。

4. 化＝让它进来让它出去

静心的路有很多，观照、保持觉知，出走，内在节奏，神圣空间……我再分享另一个方法，就是做个会“化”人。“化”是什么意思呢？化是转化能量的意思，锻炼心胸，学习放下。

人说“看化了”是悲观和消极的，对生命不再有热量，我所指的“化”却是积极正面的。有转化才有转机，有转机才可面对变化，改变自己，才不会自困。**学习转化就是学习如何管理自己面对变化的能力，换上正面的能量。**

我们放不下，压抑着，能量闭塞，所以无法适应内外的变化，影响情绪和心志。情绪其实是一种具体的能量，是在身体某些特定部位如胃、胸口等流动的具体感觉。如果你比它走得快，及时觉知它，它便不一定会以惯常的形式爆发出来。一直保持觉知的话，你能将负面的能量转化成正面的能量。

转化能量有很多方法，最直接的就是从气入手，从身体入手，不要单从思想出发。这也是更新自己的方法。学习将气回归丹田。人有两种气，一种是清气，一种是浊气，我们要将浊气下沉，清气就会上升，人便会健康，所谓“通气”。气不堵塞便能疏通，便能通情达理。人是踏在地上的动物，踏在地上，将不好的气下沉，好的气便提升，这是一个循环。可以试着这样做：想象将气下沉至脚底中央，即涌泉穴那个地方，让清气自然上升。别老是坐在电脑前不动，坐久了便起来站桩，运一下气，把能量转化一下，顶天立地，打通内在的空间和胸襟，你将舍得放下。

假如你是个善于以视像来思考的人，你可以想象身体就是光，很温柔的光，让光徐然在丹田的位置发亮，温暖自己。或者，让自己进入自我催眠的状态，想象让自己最舒服和开心的东西，譬如宠物、棉花、蓝天白云、阳光海滩，甚至是你对爱人的爱等等。让自己感到关爱、温情，把这感觉好好放在心胸和丹田的位置，每天找一个时间放下工作，静静一个人进入这个内在神圣安全的空间，给自己充电，补充正面的能量。

还有一个方法，我称之为“Let in”，就是“让它进来”的意思。

要让什么进来呢？是要让你一直最害怕，最想逃避的东西。这个练习教你面对自己的弱点，找到定心的位置。让自己面对最害怕的东西，例如病痛、失恋、失眠、黑暗、贫穷、孤独……不要逃避，勇敢面对一切你希望逃避的。例如，勇敢面对他的缺点。正如较早前谈过，对方只是反映你的镜子，你能面对他，便能面对自己。让你最害怕的进入心里，用刚才教你的方法，把它温柔地徐然放进心里，腹里，不要否定它，而是转化它，照顾它，关怀它，接受它，正如你学习接受自己的一切一样。**让自己变得透明，让一切穿过自己，不留，看着，流动，它便会离去，还你自由。**让你最害怕的进入自己的心，把它温柔地溶解，不抗衡，不否定，变成你生命的一部分，让它自然流失。

大部分治疗方法，尤其是西方的治疗，甚至是所谓灵性的治疗，都重点教我们如何“Let go”，将不想要的抛弃，放下。但我们可以试走“Let in”这一步，虽然这步较为难行，但当你能走出这一步时，你将什么都可以，这是我的个人经验。当大部分人遇到不开心或痛苦的事时，我们会努力赶它们离开，排斥它们，正是因为我们没有大方一点请它们进来，没有招呼它们，它们被拒绝了，所以才总会不甘心再来缠绕我们，常想进来骚扰，常来敲门。过门也是客，其实我们可以大方一点的。问自己目前最害怕什么，就面对它，因它是一面镜，反映你的弱点。你必须面对，超越，才能心安理得，达到真正的平安、静心。

活好自己是需要勇气的，而这个“Let in”练习需要很大的勇气。譬如，你最怕他离开你，背弃你，你可能想到希望他快一点老去，老了就会被驯服。当你无法接受现在的他，希望能看到他老去会安定下来，跟你过生活时，你得觉知这种想法很恐怖，是彻底的软弱，希望依赖一个变弱的人满足你拥有爱人的欲望，宁愿牺牲当下的青春换取所谓永恒关系。这样的想法很可怜。你将怎样度过还未老去的日子呢？或者当你老了他还没有依照你的想法改变那怎么办，岂不白等了一生？别懦弱，向前看，积极一点，勇敢打破封闭的想法，转化能量。

又譬如面对失眠。我们想尽办法驱赶它，越赶越纠缠，浪费很多能量，结果还是无法入睡。不如保留能量，转化心情和心态，不用抗拒，打开门招呼它进来，它看够了自然会走，你也可以将自己变作透明，让它穿过你，没有让它停留的余地，它自然会离去。**不要大费周章去遣散什么，打开自己，开放自己，你将是个大海洋，大海洋没有害怕巨浪的理由。**这样你将处变不惊，怡然定心，进入静心和神圣的状态。

先让它进来，再让它出去。**先 let in，才能 let go。你接受不了，就无法放下**，就是这个简单的道理。

这也是我多年来心性修为的体验。以前我一直找方法 let go，其实是能量集中在否定上，忘记了接受，转化正面能量。原来更彻底，使心胸更扩大的 let go 方法，正是我们一直逃避的 let in。能让它进来，所有恐惧、不安、困扰将无法停留。这不是容易做到的修行方法，看你的决心和承担自己的勇气。这是颇困难的，你要有很大勇气，当你做到这点，能将悲喜善恶融为一体，也不会再介意什么，执着什么了。

这是**先入后出**的道理，比拒绝它、想办法驾驭它、控制它、压抑它、请它离开有效得多。大方是最后的胜利者。你将变得勇敢，成为一个真正的勇士。

你无须压抑情感，让它流放，不要困住它，让它流动，那是自然的流露。哭没有什么不好，愤怒、妒忌、挂念、埋怨、依赖、执着、懦弱、贪婪、欲望……不要努力排斥它们，它们都是你的一部分，但它们都不能代表你，它们不是你。你无须认同它们，它们只是通过你发挥出来的能量。让它出来，穿过自己，让它离去，清理自己。转化它们就是了。不用怕对错，只怕麻木不仁。你要变得流动，保持心灵出走状态，转化能量，觉知，观照，像黑洞一样吸纳，融化，变成一体。**你不再是你，你还是你。**

所谓的悲哀，只是纯粹的能量被困在负面的形式里。只要你找对窍门，便可以释放它们，把它们重新变成正面能量。你可以利用这些强大的能量来丰富生命。

若你打算当治疗师，请不要过分着重排斥性的治疗法，这样反而可能加添病人的负面能量。一个好的治疗师不只是治病。病是负面的观念，正确的治疗方向是让受疗者回归人性，感受生命、存在的神圣，让他们借此有机会感受爱，感受别人的神圣、生命的神圣。

5. 快乐＝身心合一

静心的秘密是什么？就是让自己快乐。

别轻看快乐，自虐的人活得过分拘谨，过分沉郁的人都瞧不起追求快乐，觉得那是肤浅的，没深度的追求。固然，当追求快乐变成追求刹那间的官能刺激，满足欲望的时候，那当然不甚可取。但别忽略人生追求快乐的本能，正如人有追求爱的本能一样，它具有灵性提升的功能。

要分辨肤浅和深刻的快乐，或者用快慰和喜悦来形容更适合。快慰是表面的，由提取take（得到）；喜悦是深刻的，只能由give（施与）达到。你可以看到两者在心胸上的分别。

追求快慰可以造成很多道德问题，迷乱人心，但追求喜悦却是道德权利，能安定人心。正如活在爱中的人感到平静、安心一样。人有追求喜悦的灵性需要。不要只为别人付出和着想，不要光为爱而经营爱。当你的心还没有定下来，活在因爱不遂的惶恐中时，你将无法付出正面能量的爱。你得先寻找内在的喜悦，让自己喜乐，寻找深刻的快乐，纯粹的开心，无条件的快乐，它们像孩子的笑声一样动人，不需要理由。

快乐很难吗？不，在于你的欲望，在于你是否知足。知足常乐的道理大家都知道，只是做不到，不是吗？又是知道但做不到的死穴。那便先返回身体，寻找能令你安心、定心、纯粹的内在节奏，神圣的空间，纯粹的觉知，观照自己，不下判断，just be，let be，快乐便随时随地在心里。

时下年轻人心灵空虚，只懂追求官能快乐，却不见得活得开心和满足。他们靠物质消费购买快乐，靠毒品、狂野派对、放纵乱性得到刹那的快感，却没有得到真正快乐的心，而只有快乐的身体反应。这是可悲的。像服食不合适的抗抑郁药病人一样，他们没有忧郁的身体，却还拥有忧郁的心（感受），无法与人分享，结果自杀率相当高。这正是情感与身体割离的后果。快乐、悲伤若是靠纵欲或药物达到的话，是身心脱离和虚弱的反应，你没有得到真正的满足。

那如何能得到真正的内在喜悦呢?

内在喜悦让你感到内外完整，心神得到释放，心胸打开，无惧无怨。科学的解释是你在脑内产生特殊的α、θ脑波，并且分泌所谓快乐荷尔蒙 endorphin（安多芬），俗称脑内吗啡。这个状态下的你，能与自己的潜意识沟通，灵感和创意涌现，细胞更新，像复活一样高兴。高兴是一种情绪状态，身体、情绪和思想都处于正面积极和高创意的状态。你的生命动能展开了，散发特殊的正面脑波和能量，感染身边的人。所以快乐的人会让人特别喜欢靠近，人见人爱。

喜悦是爱的奇妙感觉。它必然是内在的，甚至无须追求激情。它平静、无限，海洋一样大，湖水般平静，却充满爱的能量，力量强大，足以制造生命，延续生命。

你还得不到喜乐，因为欲望还未满足，心愿未偿。看穿快乐的纯粹，便无须执着于得失，怀着遗憾的心情过活。**理想没达到，追求没结果，不管是什么原因，不管是没机会、没条件，还是没能力、没缘分，只要尽过力，做了自己可做的，便应随缘，面对和接受，一笑百虑忘，知足才是最后的福乐。**懂得放下执着，人生就没有真正值得遗憾的事。别将心愿未圆的遗憾变成执着的欲望，干扰能量。人不一定要达成心愿，不一定要得到所想所求。**心愿和欲望的作用，本来就是在人快要绝望时提供正面求生的希望，补给快燃尽的意志。**心愿就是梦，也是补充能量、更新细胞的种子。

平衡情绪、稳定能量资源比追求什么都重要。

6. 学习走进黑暗里

我们都不了解黑暗。

人对黑暗抱有很多负面的观念，譬如邪恶、罪行。其实，我们都不了解黑暗。

很多人做治疗或打坐静心时，都喜欢幻想自己成为一道光，或者看到一道光，温暖自己。人体本身能散发光，这是很科学的现象，并没有什么神秘之处。既然我们本来就是光，拥有光亮，那么我们其实可以转移接受黑暗。黑暗是必然的，你是否想过，光要在黑暗中才可呈现，没有黑暗光无法存在。黑暗是永恒的，不变的，**黑暗是一切存在的背景**。光则很不稳定，你可把它熄灭，即使强大如太阳的光能也有升落周期，日落正是回归原始状态的时刻，回归到哪里呢？正是黑暗。

我们都以为在黑暗里会感到危险和恐慌，但其实当你能静下来，面对黑暗，便可以怡然做回你自己。在光里你会坐得很端正，扮演不同的角色，但关灯后，你可能马上坐得很放肆，放下了世俗要求的所谓庄重，感到自然舒泰。黑暗是生命的母体，在黑暗里我们感到更安全，更舒服。

在光里你很难入睡，光其实是一种干扰，有光便会打扰睡眠，产生紧张，但在黑暗里，你可以放松，你把自己交给黑暗，你信任黑暗可以保护你，让你睡得安详。

试想一个人出走到荒岛，面对四周的漆黑，你最初感到孤独、恐惧，但再过几天，你便会由恐惧变成习惯，你开始和荒野亲近，习惯面对黑暗，再没有外在的刺激打扰你，你和黑暗连成一体，于是，你有所发现，原来黑暗里另有天地，自有黑暗的世界，你发现星光，在城市里你不会注意到星光的亮丽。你发现万籁有声，原来夜间有很多生物在活动。你一直不知道黑暗在灯光、电视和汽车声外还有另一种存在状态。你开始感到惊喜，你活在新世界里，更新了生命。

当你接受黑暗，或尝试靠近黑暗，甚至去爱黑暗时，你将不会害怕孤独，也不会害怕死亡，因生命最后将重返黑暗。重返是重点，因为生命来自黑暗，来自母体的子宫。生命的孕育都在黑暗里。人在子宫里如是，植物在泥土里如是,生物如是,星体也如是,在浩瀚的黑暗宇宙中各自存在。

很多人喜欢在夜半干活，因为黑夜让你做回你自己，不用再戴上面具，满足别人的期望和欲望。

光明永远有源头，但黑暗不需要源头。但凡有源头的都不是永恒的。只有没有源头的才是无限和永恒。当你接受黑暗，活在黑暗里，你将体验孤独的本质：自在、安全、平静。这是爱的经验。

黑暗让你安心，学习一个人自处。

害怕黑暗的人都不能自处，无法独立照顾自己，活在紧张状态中，情绪化，易恐慌焦虑。你应试着在黑暗中静心，面对自己，邀请黑暗进入你体内。我过往在某些课程里会设计一个黑洞，替学生进行我创立的**“黑洞自疗法”**，让大家学习走进黑暗里，或者让黑暗进入你体内，通过“观黑”学习内观，优化情感脑状态，加强正面自强讯息，解脱长年积压之恐惧和心结，也运用刚才我说过的 let in，let go 的方法，让黑暗作依靠，把爱的感觉与黑暗融合为一，你将发现很神奇的体验。我更尝试和几位音乐家，举办过全国首个**“全黑音乐会”**，让观众在全黑里张开眼睛观黑、观音、观自己，是个奇妙和震撼的旅程。

你也可以自行试着这样做：晚上把灯关上，尽量让房间在全黑的状态，不要让光亮进入。用双手盖着眼睛，但不要合上眼，你要张开眼睛望着眼前的黑暗。别以为在黑暗中什么也看不见，其实你是可以看到的，你看到了黑暗。不要合上眼，合上眼的黑暗只是概念的黑暗，是思想上的黑暗，那是不存在的，张开眼的黑暗才是真实的，不要否定看到的黑暗。然后在心胸的位置怀着爱的感觉，将黑暗徐徐地带入身体内。

黑暗是一种很强的能量，是一切的终极。你尝试去接触黑暗，让黑暗跟自己融为一体，你会变得安静，不再惊怕孤独。让黑暗的能量增强意志和爱，你将有能力面对人生。

总结

人要正面面对生死爱欲，通过静心、转化能量达到身心整合。开放自己，接受一切，将自己变成海洋，与自我融合为一。注意能量的流向，你正在想着什么是很重要的，因为每个念头都是一个讯息，你想什么，主观意愿会制造能量，人和世界会按照你所想而反应，所以，改变自己就是改变世界。

爱是优化生命的入口，条件是先培养强壮的自爱能量，觉知能力和欲望管理的能力。

人生一场戏，试想想，当生命是一场戏，你将不再执着特定的角色。人生也是一场游戏，应该怀着喜悦的心情到此一游。无须执着，随缘自乐。

生命其实很简单，无须把它想得太复杂。人生没有什么秘密，只要保持澄明的心态，保持觉知，强壮能量，一切可以比想象和要求的更好。

在日常生活中，时时刻刻记着**向自己说声“why not**（不是这样又如何）？”也**多向自己说“我爱你”**，抽离自己去爱自己，放下自己去爱自己。这样的话，可以含着微笑上路了。

○　○　○

伍 两性，错爱，绝望

爱情是让我们在和别人相处时，
借着面对欲望和利益冲突时彰显自己的真面目、
看清楚自己的工具。
爱情不只是借另一个人的存在增添快乐、
慰藉和安全感的过程，
这些甚至不是必然的过程，
因为爱过的人都知道，
爱情更多是自找的增添痛苦、
孤独和不安的游戏。

男女沟通大不同

在你要求对方明白你的同时，你也要知道这可是一种苛求。

女人最常感到困扰的问题是情感。

为何男人似乎不把情感的事情放在心上，女人却特别敏感和关注呢？

我所指的“情感”不单指“感情”或“爱情”，还包括人际关系，人的内心反应，种种感觉，情绪变化等等。情感泛指情绪或欲望于心理或生理上的反应，比较包容，并不单指喜怒哀乐或感情的需求。

为何女人对情感的事情特别容易记得呢？从科学的角度看，这跟女人的生理结构攸关。原来女人的脑部结构中，对情感反应的那个部分，即脑边缘系统（limbic system，简称情感脑），跟男人相比，体积较大，发展得也较成熟，因此，女人特别多花精力、时间和心力去关心和回应情感的事情，她们感兴趣的是人与人之间的关系，关心情感世界的运作。

相反，男人天生不擅长表达情感，亦不会多花脑筋在人际关系和情感的事情上，他们活跃和发达的区域不在情感脑上，而在大脑皮层（cerebral cortex，简称认知脑）。男人的认知脑在大部分时间都驾驭情感脑，这点跟女人刚好相反。

所以，男人感兴趣的是认知性的外在信息，如政治、股价、汽车音响型号等。他们能很详细地告诉你最新款的宝马车系型号、马力、性能等特征。但如果你问他们昨天跟他开会的客户穿什么颜色的衣服，午餐喝过什么汤，哪间餐厅开生日派对最有情调等，他们未必能回答你，因为他们根本不在意那些细节。可是女人连别人涂了哪个品牌的香水也能留意到，记得你跟她在哪个地方、哪种情调下说过什么话，那天你们穿了什么衣服，何时做过什么。

男女之间在沟通上的误会由此而生，因为双方关注的重心不同，记忆也大不同。

我们必须多花时间去解释清楚男女之间一些影响沟通和互相了解的既有限制，才能找到和谐共处的入口，明白自己和对方的性别强项及缺点。这样建立的感情关系才算成熟。

女人抱怨男友为何不注意她的新发型，却只在意数据和信息，可是，这并不代表男人没有感情；相反，女人特别在意感情事，可是这并不代表女人懂得去爱，或者真的重视感情。我们需要很小心地反思，女人不了解男人，往往是让自己感到绝望的原因。

女人以为自己关心感情是美德，比关心数据更人性。这种价值观正确也不正确。正确是因为能为爱而尽心付出本来是好事，是对别人的一种恩赐。不正确是女人觉得自己的付出必然是正确和善意的，本着“因为我最关心他”“因为我最爱惜他”“因为只有我才懂得照顾他”的心态，费尽心神侍奉和经营感情关系。女人太多一厢情愿的时候，枉费心神，吃力不讨好，因为她们根本不了解男伴真正的需要，枉做好人，反而令人反感、不安，感到不方便。这就是错用心神、错用感情的结果，当付出没有得到预期收获时，女人才启动认知脑，希望得到解释和解决的方法，可惜认知脑早已被感情脑的强大能量驾驭了，捣乱了原有的理性，变成乱思乱想，制造无奈、无助的绝望感。

话说回来，男人未必懂得表达自己在感情或情感上的需要。这也涉及男人在语言能力方面先天性的限制。

为何女人特别喜欢、懂得、要求或有需要去表达自己的情感呢？这是因为女人有先天的自我表达优势，女人的语言天分和技巧掌握能力一般都比男人优胜很多，因为女人是用左右脑同时处理语言的，而男人则只是用左脑处理语言。所以，聪明的男人千万不要跟女人吵骂，你们是会理亏的啊！

同样的，女人不应跟男人解释太多，牢骚太多，增加负面能量，让自己变得狂躁。女人喜欢埋怨："为何我对你表白了一切，而你却不出声，不表态？为何你不跟我说清楚？难道你不重视我的事吗？"但请女人不要忘记，你有能力一口气诉说前世今生以来发生过的事，记得他对你说过的所有的话，可男人就是不明白三分钟前你为何生气，为何不满意，为何发脾气，因为你用了三个世纪所发生的事情来“印证”为何你生气了，合理化你的脾气。女人容易抽离时空和事态讨论事情，她们有自己的逻辑，单方面认为对方理应明白你的所思所想，尤其是要明白你特有的情绪逻辑。可事实却是，**没有人能彻底代入你的情绪记忆，想你所想的，感你所感的，满足你所要求的。在你要求对方明白你的同时，你也要知道这可是一种苛求。**

当然，男人也别要求女人应该明白你，你的思想和感觉在女人眼中也是不可理喻的。

女人在处理感情问题时从感情出发，忽略了客观理性，过分重视过去，忘记现在，容易对人不对事，造成沟通大问题。男人在处理情感问题时从理性出发，忽略对方的感受，过分重视合理，不顾合情，容易对事不顾人，不近人情，同样造成沟通大问题。两性应尝试从科学和情感的角度反观自己的情感沟通问题，明白原来在情感沟通上，两性存在根本上的分歧。从正面角度看，“沟通”正是男女之间达至共融、互补所缺的好机会。这也解释了男女走在一起的灵性需要：寻求自我提升，通过别人反照自己，使自己进步。

○　○　○

男女为何需要走到一起

爱情最终的功能，是回应一个最根本的存在问题：人为什么要活着。

除了生理需要外，到底为何男女需要走到一起呢？（当然这也包含同性恋者之间的相恋需要）原来女人或男人所以有需要和异性走在一起，其实也是为了在灵性上或心灵上孕育较优质的条件和空间，在彼此的长处或缺点的感染和影响下，达到自我提升的境地。

熟悉我的读者都知道，我并不喜欢谈论爱情，因为爱情只属于“爱”中的一个层次，并不是最重要的，**爱情是让我们在和别人相处时，借着面对欲望和利益冲突时彰显自己的真面目、看清楚自己的工具。**爱情不只是借另一个人的存在增添快乐、慰藉和安全感的过程，这些甚至不是必然的过程，因为爱过的人都知道，爱情更多是自找的增添痛苦、孤独和不安的游戏。这说明了爱情根本并不如大众传媒所渲染的那么浪漫、和谐和完美。看清楚爱情的动机和效用，我们便知道**爱情最终的功能，是回应一个最根本的存在问题：人为什么要活着。**

人活着为求进化，优化生活。要做到这点，关键是自我了解，自我提升。要彻底了解自己是困难的，因为我们都有自我，有自我就有盲点，看不清楚自己的限制。通过爱一个人，投入一段必须互相付出的关系，进一步了解人，了解自己。在优化生命这个意义下，爱情才算是伟大的。

可惜不幸地，很多人尤其是女人，把爱情神化了，感情用事，失去清醒自觉的能力。把爱情放在生命中的第一位，为之要生要死，没有爱情无法活下去，执着到要命，这就是所谓爱到绝望的典型。

○　○　○

当你掉进绝望状态

能量下滑时，再好的际遇你也会错过。

每个人一生中会遇到很多“支点”，那提升士气、意志、勇气、毅力、能量的支点，可以是爱情、家庭、子女、成就、名誉、信仰，甚至是物质满足等。可在每一个支点上，我们的能量可能会在种种外在刺激或内在冲突的影响下忽然掉下来，感到迷失、彷徨、无助和绝望……不论原因是什么，我们的精神状态会在一刻间突然低沉，整个人变得黯然神伤，没精打采，失去动力和光彩，思想变得负面，情绪不稳，多疑忧愁，感到事事不如意，人生失去意义，仿佛走到绝境一样，堕进 desperate（绝望虚脱）的状态，在意识上无法自处。

这种绝望的状况可能由任何诱因引起，譬如涉及情感、金钱、伦常关系问题等，也会因为遇上灾劫、战争等而跌进 desperate 的状态，不知如何活下去，跌坐虚脱。相信曾经历过所谓“痛心”的人都明白这种能量在刹那间全部流失，整个人衰软下来，虚弱无力的失重感觉，心像穿了个大洞一样。这种状况不单会在爱情中发生，不单会在女人身上发生，其实男女都一样，这是人的情志特性，跟动物大不同。因为人是思想、理性和感情融合的动物，可享受也得承担情绪变化的因果。

掉进绝望状态中，人最容易有什么反应呢？

人在绝望中，最容易首先怨天、怨人、怨命。缺乏自信的人会先埋怨自己，自我中心和自大的人会先怨怪别人，通过所谓理性分析合理化自己、罪恶化别人，把所有不开心的事、痛苦的事归咎于别人，认为问题都是别人引起的，或是因为命生得不好，再而无限推论，埋怨母亲生自己时选错时辰，或者父母替你起错名……

你算过命吗？我所指的是包括任何问卜方式，例如网上电子算命，报纸上的星座运程、塔罗牌、看掌看相等等。怎会有人从未玩过这些玩意呢！但问心，到底你相信占卜的结果吗？不问又心思思，问了又心慌乱，结果仍得不到定心的效果。这便是问卜最吊诡的地方。我会说，**相信自己的能量水平比问卜更准确**。当你的能量状态处于强壮水平时，你不会介怀求神问卜所得的结果，你甚至不需要去求神问卜，你的自信就是赢家。但当你正处于绝望失重状态时，即使听到人家的无心快语你也感到很碍耳，遇到少许不如意事便会负面离心，甚至会忽然变得迷信，倾向听从超乎理性的指引，希望靠超越你限制的力量改变运程，害怕所有你不能掌握的人事，那些所谓命中注定的劫数，以为这是命定的结果。

譬如在爱情里，你会因为无法和心仪的人相恋而问：为何注定遇到他，却不能和他在一起呢？你很自然地会有如此宿命的想法。不论男女性别、富贵贫贱、阶层高低，任何年龄、任何人都会有可能因任何事而跌倒，能量失调、进入无助绝望的状态。情况就类似孩子因转校要离开最好的朋友而伤心绝望一样，又或者你放在银行的毕生积蓄突然消失掉，恩爱相恋多年的爱人在毫无先兆下忽然因第三者出现提出分手，又或者突然被上司辞退而无钱交租供房子等状况。大家在面对这等状况时的无助感是一模一样的，只是引发事件有差别而已。当然，孩子遇到不如意事时不会问："妈妈，到底什么是命运呀？"但成年人在身陷绝境时都会怨命，会问："为何会是这样？"会跟别人的际遇比较。问"为何现在我仍是兜兜转转地转工，看不到前程，而跟我同龄选读同一科，同时期毕业的某某同学却已风生水起，事业有成，有房有车？为何我俩的际遇如此不同？"人在无常中容易怨命，跟别人比较，觉得自己的命没有别人的好。

能量下滑时，再好的际遇你也会错过。

最近我作了一个调查，发现很有趣的现象：原来越年轻的读者越倾向迷信，疯狂沉迷塔罗、星座、看前世等。其实他们到底害怕什么，相信什么呢？到底命运是什么呢？

○　○　○

到底命运是什么

命数没有虚玄，它只是按照你的性格规划出来的概率。

可能你与我出生的八字命盘相同，或你我的姓名都一样，但为何我跟你的命运和际遇竟会如此不同，有谁可以解释呢？

我曾与一些对命理、术数有精辟研究的朋友讨论过关于什么是命运的问题，大家都倾向从科学的角度看命运。我们的结论是：无论你沿用哪一家哪一派的方法去接触命运这课题，例如紫微斗数、八字面相、星座塔罗、铁板神算、奇门遁甲、西洋占星等，只要是开放、开明、专业的大师，最后所得出的共识都是：**所谓命数，其实没有绝对性。**

我们都学过数学。在数学上可运用公式、方程式去清楚计算出一个圆形，而大家也知道，所谓圆形只是一个概念，实际上我们没可能在生活中找到一个真正绝对完美的圆形。那么，命运也可以用公式、方程式去推算、计算出来吗？能有一条公式计算出你六十五岁时的命运是怎样吗？术数能有这样的绝对性吗？正如很多物理学家醉心研究宇宙的起源问题一样，究竟宇宙是什么东西？是否有一条数式能计算出来，找到一个非宗教以外的科学解释呢？再推论下去，甚至对拥有宗教信仰的人而言，他们又能否以科学的解释证 实神的存在呢？

你或许觉得我把话题拉远了，其实并不然，我正在问跟“绝望”同样的问题，即当人感到绝望时，人自然会对平时以为已经很清晰的真相再次产生质疑，尤其是有信仰的人，在绝望时总会质疑神是否真的存在。即使你的信仰基础很强，当你变得绝望虚弱时，你也会去问，会质疑。爱情基础很强的人也一样，在关系产生变化时，再强的爱也会受到质疑，接着你便很想寻求一个能让你安心的定案、真相，甚至一个定数，能有效告诉你将来你会怎样，你是否选错了方向，你是否走错了，命运将会怎样行走，这一关能否渡过……再问下去便是女人最关注的问题，比如“这个男子是否可嫁”“我要不要为他生孩子”“能不能与这个男人白头到老，感情可否长久”“他会背叛我变心吗”。你会很执着于这些预测性问题的答案，其实你是心知肚明的，根本没有人能告诉你一个绝对不会出错的答案，也没有一条绝对的数学公式可以计算出你的命。

或许有人会告诉你某大师的铁板神算很灵验，于是你花掉天文数字的金钱去算命，看看你在三十八岁或六十岁时是否还跟这个男人在一起。知道答案了，你还是心有不甘，还会不断试找其他“高人”，比较不同占卜的结果是否一致，不一样的话你又半信半疑，结果不断花钱，不断失落。我只能告诉你一个绝对的事实：你的命到最后无法被统一地界定，可破财却是铁一般的事实，这就是你的命运。

我们要从本质上、结构上去认清了解命运的真相，看清那些让我们走上绝路的原因，其实全是性格所致。

性格最终决定我们的命运，即使处于很不堪很绝望的境况，当我们懂得用心和意志去调校，命运便会跟着改写。所谓命的意思，其实是指我们的所执，在我们的性格上反映出来。最难改变的是性格，所以才有所谓“命数”这回事。因为一般人的性格牢不可破，于是便“有数可算”。同一星盘，同一时辰，同一姓名，因为性格不同便有不同的命运。**命运会依照心意而改变，只要心意稍为变动，命运就不同。**有些人被批命盘八字相当好，为何他们也会面临绝望，经常不开心呢？原来再好的星座，再好的贵人，若你沿用一贯的作风，自我中心不肯改变，也难适时掌握宇宙给你的润泽和机遇。**命数没有虚玄，它只是按照你的性格规划出来的概率。**所以预言可以准确，算命可以准确。你信，就使然。

命运不是定律，在每一个当下，我们处理不同事情的时候，当我们的“心”愿意转一转，只是一念之差，转一个角度，甚至多转几个角度，整个世界，局势已被扭转了，关键在我们是否舍得，是否愿意，是否接受，而非是否能够。没有什么事情是不可能的，关键在我们舍不舍得放下当下的执着，包括自小养成的、坚信的信念，和以为已掌握到并认为不可以放下的一切，如财富、地位、名誉等。你可以孤注一掷，放下眼前所执吗？只要能放下一会儿，你的生命便会改变。这个放下可能只是一秒时间，一念之差，可否给自己多一个机会，扭转乾坤呢？如果你有这样的弹性，你便是一个自疗高手。

绝望不是对应命运，而是对应内心。

天灾人祸我们无法逃避，但这以外，便有很大的弹性。

○　○　○

绝望性格的元凶

自爱有很多方法，其中很重要的方法是拒绝绝望。

我经常收到读者来信或访问的要求，询问到底什么叫自爱呢？如何自爱？有什么方法？

自爱有很多方法，其中很重要的方法是拒绝绝望。

要拒绝绝望，必须检视自己在性格上的缺点，是否有导致绝望的元凶。

大抵上，导致绝望性格有三大元凶：

1.欲望

能影响我们性格的关键在欲望。欲望可指所谓六欲，六欲者，即色欲、形貌欲、威仪姿态欲、言语音声欲、细滑欲和人想欲。这些都是物质上，肉体上，感情上，感官上的欲求。

欲望是天性，它本身并不坏，但若我们不懂得控制和管理，便会放纵、虚耗和破坏能量，变成纵欲，这样欲望将影响我们的命运，变成拖累命运的阻力。相反，若我们懂得操控和管理欲望，它便能带给我们自我提升的原动力，让人生拥有正面的追求。

欲望是天性，我们却有能力转化它的好与坏，关键在我们是否觉知到欲望的能量方位。

很多人以为爱情是感情投放的自然需要，并不是欲望，但事实上，大部分的爱情只是欲望投射的结果，绝非纯粹的爱。你渴求的是对方能给你什么，例如你喜欢A给你某种力度的拥抱，你享受那种感觉，而B便不能给予你，所以你爱A多一些。看清楚一点，这算是什么感情？这正是你渴求的“那种拥抱”的欲望所投射出来的所谓爱情。又或者在金钱上，物质上，你喜欢他能带给你高级生活享受的虚荣，或许你也认为这就是爱情了。要觉知所谓爱其实是为满足自己某些缺失，某种不足，便明白所谓爱情不过是欲望。而因为欲望萌生的爱，往往导致无法满足而失望，过了火便是绝望。

2. 心瘾

心瘾跟欲望有什么分别呢？欲望是你知道你有清晰的欲求对象，例如你想要一部法拉利跑车，想嫁个有钱人，但心瘾却是由欲望不自觉地演变而成的惯性，是无意识的行为，你在渴求的那刻甚至根本没想过很想拥有或得到满足。例如，你会无意识地购买一大堆衣饰物，看到漂亮的便会买下，回家后才发觉其实并不需要，甚至发现买了重复的。有些男人习惯性看色情网页，因为成了习惯，看的行为已非由欲望引发，为的只是满足一种心瘾，一种惯性。**心瘾并不是天生的本能，而是后天形成的陋习，跟意志薄弱和惰性变强有关，可随着不同的心态而改变对象**，譬如最近你的心瘾可能是美食，于是你会纵容自己的食欲，不停地吃，又或者是抽烟，不抽便会心思思。

心瘾有时会反过来勾起欲望，便会是很麻烦。因为你可以通过觉知看到自己的欲望，可以凭意志去操控甚至戒除，但心瘾则是不自知的，例如烟瘾，你会在没有欲望驱使下身体已习惯提起烟往嘴里抽的动作，变成惯性，不抽不行，若有所失，找不到原因，你觉得是自然的 need（需要），这便是心瘾的特性。心瘾很容易变成沉沦，甩不掉，像吸毒一样。毒品不只是欲望，它是心瘾，惯性，不自觉地重复再重复，变成身体的“必需品”，却令你失去自控力，失去自己。像分手后还心思思要偷查前任的邮箱，查男友的手机通信记录，习惯性偷窥、臆想……心瘾可以失控到变成罪行，伤害别人，这样才真的恐怖。

我们对爱情或恋人的执着，也容易演变成心瘾上的盲目需要，不自觉地要求，不自觉地怨恨、谩骂、伤害，事后清醒才后悔。你若定力不够的话，便很难改过，容易变成病态。

3. **固执**

固执也可以说是执着或自我。固执能影响和改变我们的命运，例如所有人都告诉你那个男人在玩弄你，他品行差，有很多女朋友，搭上你只是玩票性质，和你一起只是为了骗你的钱，而事实上你真的借了很多钱给他。可是任凭朋友如何告诫你，你还是认为那不是事实，认为你们是相爱的，爱情不用计较，既然他有需要，如不为他付出，这也算是爱情吗？于是你继续为他付出，借钱给他……你变得很固执，死守你宁愿相信的事情。

也可能因为你的**惰性**让你面临固执的绝境。有些人说我爱他已爱得很累了，要重新调校自己，要自爱的话便太累了；又有些人认为自己已一把年纪，不想再作出改变，于是把责任推向对方，要对方为你改变。性格上的惰性令我们不愿再作变动，有些人甚至明知自己不对，明知问题所在，明知痛苦的原因，但仍因为惰性不愿意调校自己，故步自封。有些人则因为**傲慢**，**自我膨胀**，总是认为自己没有错，即使找到不适合的工作，不适合的恋人，也不愿意接受选错了的事实，宁愿固执坚持，和面子斗气。其实大部分人都是这样合理化自己，放任固执，一成不变，拒绝长大，甚至导演绝望。

欲望是天性，可以自控，转化能量，在乎觉知。

心瘾是惯性，也可以转化能量，在乎定力。

固执是惰性和自傲的结果，在乎放下，修心养性。

○　○　○

检阅错爱的 checklist

不要计较谁对谁错，记住欲望、心瘾和固执能让你走往绝境。

太多读者来信告诉我爱得很痛苦，很疲累，发觉男友不是自己喜欢的类型，或者相处到互相折磨的地步，但就是无法放下，因为不甘心，以为还有爱。这样的话，要看自己的造化，认清是否承担得起要为固执付出的代价。不是上天给我们不好的命运，现状是我们自选的结果。正如你决心要选择向有妇之夫投射爱情梦，明知对方不能承诺什么你仍不退出，美化你们之间是真爱，对方的婚姻是错爱，结果呢？你爱得很痛苦，虽然已在你预计之内，你却放不下。

我们掌控自己的命运，编写自己的命书，明知关系有问题很不妥，但还是为了感情固执地错下去，最后才发现岁月不饶人，已不能回头了。一生就这样白过。

例如，当对方要剥削你的爱时，你心甘情愿不断地付出，让对方以为你大方大量，很愿意付出，自然会继续问你多要一些，贪得无厌也是人之常情。人最喜欢免费午餐，这就是人性，不要怪责任何人，你得为自己的行为负责任，不要在闹分手时才结算在对方身上投资了多少，跟他计较，令对方义正辞严怪你小气装大方，所有的付出原来只是假情假意，所谓感情也不外是一盘账。

不要计较谁对谁错，记住欲望、心瘾和固执能让你走往绝境。不要计较，怨天怨命，怨人怨己，结果返回起点，重蹈覆辙。

学习检阅自己在爱情观和行为上是否出现以下导致错爱的特性：

1. 在爱情路上不断**寻找替身**，不论好坏，但求顺手，总之抓住一个人在身旁制造假心安。

2. **害怕孤独**，因此经常要人陪伴，建立关系。

3. 自我否定，**情绪管理能力低**，将导致坏情绪的责任推向他人，问“为什么他不肯令我开心一点？”可是你的开心与否不能由他人负责，你的快乐不能由他人来决定。

4. **自我伤害**，例如以死相迫，希望挽回对方。

5. 借爱情**逃避独立**，常希望借别人拯救自己，沦至所谓爱他比爱自己多的盲目，甚至寻求治疗也只为证明自己是没救的绝症。

6. **博取同情**，借旧记忆勾起眼泪，扮演弱者的角色，蚕食别人的怜悯和关怀。

7. **以性留住对方**，任人摆布自己的身体。

8. **自虐成性**，被虐待被占便宜而不反抗，认为对方“迟早”会改变的虚弱母性。

9. **假专情**，为了证明一生只爱一人，赢取忠贞专情的美誉，其实是对恋人死缠不放手。

10. **任人摆布没主见**，不想承担自己的责任，因出错后可将过错推向他人。

11. **对爱情过分完美幻想**，不明为何还没有遇到真命天子，不自觉演变成追求不切实际的恋爱梦，容易走火入魔制造遐想，骚扰别人。

○　○　○

检阅绝望特性的 checklist

希望自爱，首先要主动留意自己是否已陷入偏离情绪平衡和定心的轨迹。

希望自爱，首先要主动留意自己是否已陷入偏离情绪平衡和定心的轨迹，也即检查自己有没有在不自觉中堕入绝望的陷阱。除了以上谈过有关绝望的三大特性外，还有其他标准，助你检阅绝望的症状。你得习惯去检查、反思，寻找方法面对和处理，别让它像滚雪球般越滚越大，一拖再拖，到无法承担和修补的地步。

1. **疲累**

先检查身体，如发觉身体某部位经常觉得疲累、虚弱的话，正表示那位置是我们流失最多能量的地方。有人情绪紧张会出现胃痛、肚痛、想呕、皮肤出疹等症状；有人会腰痛、肩膀痛、头痛、失眠；有人甚至全身都有问题。很多人会花大量金钱买成药补品来医治，可惜都不是针对病源的治疗方法，如只找压抑表面症状的药物来止痛，便是治标不治本的危险做法，容易拖延治疗，令真正的病患加剧。我们要向自己负责，有责任找出流失能量、导致虚弱的根源，譬如要了解自己的作息，自己情绪变化的波幅，强化虚弱的地方。若我们不知哪里流失了能量，哪里变弱了，只会流失更多能量，覆水难收。

就如爱一样，当我们感到爱时会容光焕发，充满能量，即使工作再疲累也被爱的能量支持着，精神状态很充沛。我们得花时间和耐性细心寻找，要和互相信任的治疗师或医生一起寻找病因。例如女人经常胃痛、下腹痛、心悸心虚，特别是心的位置最多毛病，正因为她们常用错心力，过分情绪化，心对情绪变化的反应比脑还要快，所以一次失恋会让女人老得很快，所谓“伤心”便是这个意思。所以奉劝大家，不要让自己失恋很多次，当我们不够能量时不要随便谈恋爱，堕入爱河，因为我们承担不起失恋的神伤。但别以为以玩票性质的心态去恋爱便能自保不伤身，因为对方若是认真的话，我们还是要负上责任的，别在感情关系上制造孽障。又或者对方不认真而你放不下勉强继续投入的话，你将不能承受这段关系产生的负能量，你将爱到绝望失控，心力交瘁。

2. 乞求

留意自己是否在乞求爱，不要乞求别人施舍，请在说“求你为了我不要走”“我没有你不能活”前想清楚，为何要委曲求全到这一步。不要做感情的乞丐。乞求回来的爱到底还有什么质素，是否还是你真正希望得到的结果？假如对方去意已决，即使你成功乞回他的人也得不到他的心，他回头以后你也不会满足彼此战战兢兢、刻意迁就或互相埋怨的关系。

3. **自欺欺人**

空想完美的恋爱，不切实际以为持续忍受和无条件付出便是真正的爱，浪漫有价值的爱，其实你只是因为害怕失去，无法一个人面对孤独，所以制造自欺欺人的假象罢了。

4. **占有**

将爱情变成物质拥有的游戏，看上了，买回来，骗回来，夺回来，甚至用不道德的交易。即使最初的原动力是因为有爱情的感觉，可最后演变成满足占有欲的手段，要得到对方一张婚纸，物质利益，甚至是一句“我爱你”，控制对方的自由，让他成为你的收藏品，结果感情变得虚伪，两个人在一起早已不是为了爱。

5. **死守关系**

不同意分手，甚至以死相迫，累己累人。以道德观念拒绝开放自己，接受感情已淡已枯毁的现实，结果迷恋名分关系超过爱。留住不该留的关系最愚蠢，因为你将无法从中得到任何快感和利益，除了不断焦虑会失去对方还原孤独外，你一无所有。

6. 乱找情人

怕寂寞一个人，怕失去恋爱的感觉，怕一个人面对生活和生计，希望借另一个人分担自己对生活的责任，其实你不想长大，希望依赖人家养活自己的无能和无赖，填补情绪真空的虚位。可这样的关系很难长久和真诚，很快你便再度堕入不安慌张的心病，觉得身边人不会长久，害怕失去，又不能拥有的死局。

7. 想改变别人

以为可以通过改变别人，弥补自己无法自我改善的缺点，结果制造不必要的压力，令人感到烦厌吃不消，忘记恋爱中双方必须尊重彼此的私隐和自由的可贵。记住我们没有权要求别人改变，侵犯别人家的私隐。越是管束爱人，控制和要求对方改变，关系越快告吹。我们能改变自己已经是很大的成就，别妄想要改变别人，自讨苦吃。

8. 得不到宁愿抢

有人为贪欲得不到便乞，乞不到便抢，不择手段，由爱伴变成狂徒，一旦失控便容易产生暴力念头。不要少看贪欲的威力，当你已被欲望冲昏头脑而情绪失控时，极有可能做出连自己也意想不到的事，所谓丧心病狂就是这个意思，因爱成恨甚至想到杀人便是很流行的社会例证，心态暴烈令人震惊。

○　○　○

拒绝绝望的出路

寻找定心的出路，学习自处，面对问题，拒绝绝望。

当我们发现自己已出现以上的病征时，可能我们已处于绝望边沿，要学习寻找定心的出路，学习自处，面对问题，拒绝绝望。

拒绝绝望主要有两条出路：

1. **身心出走**，决心离开该离开的，别纠缠在感情变质的关系中，结果蹉跎岁月和能量，重建自己的尊严、生活和信念，做个健全合格的人。

2. **先从内心体验爱的喜乐**，建立健康的人生观，靠自爱寻找爱的根源。能热爱生命，不轻易否定和毁灭任何生命的人，才真正明白爱是什么，才有能力付出正面的爱，有能力被爱。

先学习自处，别把大部分时间放在男女关系、感情、婚姻等与别人相处和协调的关系上。给自己和自己单独相处的时间和空间，别打扰别人，返回存在最基本的孤独中，告诉自己要成为一个成熟，独立，合格的人。

做个自处、自足、自信、自爱的人，拒绝绝望，拥抱爱。没有自信的人很难成功，亦很难活得心安理得。有自信的人即使不知所措，也不会大乱阵脚，很快便能定心看清楚方向，保存能量，所以能自爱他爱。

为生命留余地，大方处世，修心养性，修行自己。这样活一生，很好。

○　○　○

自处自爱的心语

只为自己而活的人无法感受爱，也无法爱自己，爱生命。

1. **人只得一世。**

人活成怎么样，也只得一世，我们想如何度过此生，得靠自己去策划、安排，不能依赖别人。若因为惰性和软弱，将自己弃托别人的话，便不要妄想得到幸福。先管理好自己，即使真有轮回，我们也要先活好当下这一世。天灾人祸我们掌握不到，但我们可掌握到自己。

2. **己所不欲，勿施于人。**

这句话尤其适合迷醉或执着在爱情中的人。记住：大部分以为因为爱所以痛苦的人，想想你们曾经和正在种下什么孽。你不想别人偷查你的电邮，你先不去偷查别人的；你不想被人抛弃，先不要用虚假漂亮的借口离弃别人；你不想人家怎样待你，你便将心比心，不要以同样不光彩不尊重的手法对待别人，尤其是你所谓最爱的人，因为这样做只会侮辱了爱。不要勉强，不要强求，爱必须心安理得，顾己及人。

3. **先放下，做别的。**

将无法处理的问题暂且放下，先做其他事情。注意，只是先放下无法处理的事情仍然不足够，我们得将注意力和能量转移去做其他事情，这样才能让潜意识确认到：啊，原来还有其他事情可以做，还有另一些事情值得我们活下去，把原以为生无可恋的死局先放下。

当我们能绕一个圈回头看，将看到另一天地。要给自己更新的机会，否则死守一角，只会招来绝望困局。每个人都有限制，困住自己看不到出口，出走换换气，转转运，更容易清醒自己，把原来的问题化解。别固执，给自己和别人多留余地。这句话并不适用于当你还没有对受牵连的人善后和负责任。假如目前的问题是双方的，你无法处理，应该先和对方沟通、交代、寻求处理共识，然后才能暂时放下，不然，先放下不过是逃避责任的借口而已。

4. 命是选择，不是天意。

你快乐吗？你介意快乐吗？你逃避快乐吗？你痛苦吗？你介意痛苦吗？你不想痛苦吗？你愿意走向静心吗？当你在害怕、心慌心乱、怨天尤人时，愿意检视自己是否把自己推向绝望，是否愿意马上寻找出路，不沉溺于自辩和自虐呢？你是否愿意靠近静心的方法，而停止指控别人和命运呢？命是由你选择的主观意愿，不是天意安排。拒绝绝望也是拒绝迷信、建立自信的选择。

5. 人不只为自己而活

你是否同意人不只为自己而活，在什么底线上你能做到不只为自己而活？你的答案能反映你当下的修养和性灵层次。

在实际环境中，人不可能只为自己而活，不然地球很快会因为一己私欲而毁灭，最终你也会受害。人不只为自己而活，因此生命才有更多变数和可能性，更多互相擦出火花的机会，更多修身养心的空间，这样人才能明白活着的意义，爱的意义。

只为自己而活的人无法感受爱，也无法爱自己，爱生命。为别人付出，尤其是当你放不下自己的执着，不懂得爱别人爱自己时，在安放或清理好旧有关系后，不妨先放下困惑，做别的，为不相干的人做善事，让自己有变得无私和纯粹付出的机会。去帮助别人，在帮助别人的过程中体味纯粹而轻松的喜乐和满足感，这刻你将明白生命到底为什么，爱到底是什么。这时你再回头望，才看到自己。不要给自己太多压迫，要求自己太多，先放下做不来的事情，做别的。得不到爱可先将自己的爱付出与众人分享，回头看自己原来执着于什么，看到自己的盲点。

○　○　○

陆 自爱，定心，回归身体

平衡欲望与承担，
可以先找一个定位的中心（譬如我们的心），
把散乱的欲望集中起来，
学习付出，
满足别人。
把心注满爱的能量，
爱的感觉，
全心全意，
一心一意去想：
如何能令所爱的人更快乐，
更幸福呢？
这是打开心胸，
修养自己的练习，
你将变得无我，
忘我，
不只为满足私欲而作息，
而要让对象变成你爱的中心。

这次讲座我会以互动形式进行，包括个案分享和自由讨论。我还特意请来几位嘉宾分享他们的真实情感故事，谈谈个人心性上转化的过程和体验。我相信每个人都有不同的情感体验，我们可以融会别人的体验，丰富自己。虽然每个人的路还得靠自己走，但别人从前走过的路和现在走着的路，可以是我们的明镜。

首先是个案分享。

○　○　○

个案与讨论

虽然每个人的路还得靠自己走，但别人从前走过的路和现在走着的路，可以是我们的明镜。

个案一

这是我一位好朋友的个案。她与丈夫结婚十多年，丈夫开始对这段婚姻感到厌闷，认识了另一个女人，不久就搬走了。她虽然不开心，但只能无奈地接受。两人育有一个小孩。丈夫向妻子表示，离开的原因，是因为另一个“她”在性情上比较温柔，能让他感到自己是个男人。而且，或许因为新鲜感的关系，在性爱上得到更大的满足和享受。

不过，在妻子开始慢慢接受，重整生活的时候，丈夫又返回来，向妻子表示希望搬回家，不舍得以往的日子，希望与她一家重聚，并答应以后不再和新欢见面。妻子让他回家，以为浪子回头，未试过出轨心不足，试过了还是觉得家最好。可是，待他搬回家不足一个月，他又向她表示其实还未能放下，不舍得放弃第三者，问她可否接受他一方面维持这段婚姻，另一方面与第三者保持亲密关系。他建议每星期逢一、三、五回家与她和孩子团聚，二、四、六则和第三者一起，星期日则视心情及实际需要再作安排云云。

她对此不置可否之余，反问丈夫，假若她像他一样，在外边另结新欢，他会否接受她同时维持两段感情关系？

丈夫是个知识分子，思想理应开放，可是，他表示不能接受她有两段感情关系，但却要求她容许自己这样做。最后，他示意希望由妻子自行决定，她是否愿意容许他这样继续下去，假如她不能接受，他便和第三者分手，不过他也将会离开妻子。

如果你是这位妻子，你会如何做出决定？或者你是否会去做决定呢？

还有，你会认为这位丈夫的要求合理吗？

男听众A：这个男人把责任交给妻子，让他人去做决定，其实是不想自己做坏人。这是严重不负责任行为。我不相信这个男人真的会放弃第三者。其实他自己一早已做好决定，不打算离开第三者。男人这样做只是希望把责任推卸给妻子，使自己花心得心安理得一点。

女听众B：我觉得这个男人很自私。婚外情的目的是为个人快乐。感情开始了，到最后又不想独自面对残局，所以让妻子去决定这段关系的方向。但我相信，她其实是没有选择余地的，因为她若选择不容许丈夫与第三者保持关系，他便宁愿两个女人都不要。假如我是她，我不会做任何决定。婚外情是不好的，它违反了彼此对婚姻的承诺。

素黑：最后这男人是宁愿两个女人都不要。做妻子的根本没有选择，丈夫一早已做好决定，只是口头上问问妻子而已。

女听众C：我觉得这是无法兑现承诺的问题。夫妻之间可以有承诺，但很多时候大家为了坚守一份已过去的承诺，反而要付出更多更多。这样只会令两个人一起困在所谓承诺里，实际上却得不到快乐。这样的关系是没有意思的。

素黑：这里带出一个很重要的问题，就是所谓"承担"。两个人为了十几年前的一个承诺，继续无条件、无时限地付出，和不管一切变化去承担，到底是否值得呢？

女观众D：我反而觉得既然这男人有勇气把事情提出来，是因为对生活在一起十几年的枕边人感到厌倦了。如果我是这个女人，我会让他要来便来，要走就走。关系原来就是虚幻的，他要来要走，早已没所谓了。

男观众E：我会从道德方面去考虑这个男人的动机。从不道德的角度看，他是利用双方的谈判条件不平等的优势想占妻子便宜。因为这个男人知道妻子的议价能力不高，而他本身却还很高，起码有新欢对他垂青，他想到假如妻子有本事有能力的话会向他"摊牌"，令他没法维持与第三者的关系。所以男方其实只是摆出"我就是这样了"的姿态，然后假装好男人，假意让妻子做决定。因为他知道她没有什么议价能力，估计她无论如何也不能离开他，这样的话，他不但能装好人，更可以在其他人面前逞强。

从道德角度说看，这个男人用希望纵欲的态度，混合男女关系应该性开放的政治正确价值观包装自己。暗地里他自圆其说的理据是：在多年前对妻子做出忠心于她的承诺时，其实没有订下一世忠心于她的条款，那承诺原来隐藏了有期限的保留，因此他现在想引导妻子重看旧承诺，宣布承诺已过时的合法性，靠理论把妻子压下去。这种行为是不道德的。

素黑：男观众和女观众似乎都不认同这个男人的做法。作为这个个案的女主角，要面对道德、婚姻和自我调整的难关实在不容易，尤其是必须面对感情和理性之间的冲突。现在我想请阿 Cat 来分享她的故事。Cat 曾经历过像我这位女朋友类似的经历，她很坚强地从困局中走出来，重新站起来，不想再让婚变引发的情绪波动影响自己和孩子。让她跟大家分享如何自我更新，提升自己。

分享者：Cat

性别：女

年龄：30+

职业：IT 经理

Cat：我的经历和刚才的故事有很相似的地方，相似是男方都有第三者。不相似的是故事里的丈夫愿意直接跟妻子说清楚自己的不忠，而我的丈夫却一直隐瞒着我，直至由第三者的丈夫发现自己的妻子和我的丈夫在一起后告诉我时，我才知道真相，感觉既尴尬也难受，觉得很丢脸，也有被欺骗的感觉。

素黑：在我处理过的个案中，女人在面对感情被欺骗的问题上，令她们愤慨的其实往往不是因为伴侣背叛了自己的道德问题，这点很多男人都误会了，也过分套用所谓政治正确的伪开放逻辑指责女人妒忌、小气和想占有的心态，可是，女人其实最受不了的是她一直信任的男人为何隐瞒自己，没有照顾她的感受，不能接受被最信任最爱的人欺骗。**这种被隐瞒的感觉甚至比知道真相更难受。**

Cat：我和丈夫的关系一向很差，彼此不满对方的地方有很多。最初与他分居时，他身边还未出现第三者，我冷静地问过自己为何这段关系会变成这个地步，也有反省过问题是否出在自己身上，我没有随便把责任归咎于任何一方。想起当初分居是希望给予彼此空间，让双方冷静下来，反省自己。最初分开，觉得大家还有复合机会，岂料对方在这段时间出现了第三者，而且一直隐瞒着，令我有一种被欺骗的感觉，开始感到情绪失控，差点崩溃。另一方面，我不能让儿子知道自己与丈夫的关系变差，向他解释爸爸不过是到外地工作。那时候我表面看来很坚强，但其实心里很脆弱。

素黑： 我知道后来你的丈夫像我的女朋友的丈夫一样，回来要求复合是吧。他本来希望与你离婚，但又希望能够一家人扮演温馨，继续一起生活，待他偶尔回来看看你们，扮演负责任的丈夫和父亲。然后他又向你诉苦，爱那个女人爱得很辛苦，同时又说还很爱你和儿子，永远是一家人。他反复的出现带给你情绪上的困扰，你那时如何面对他的要求呢？最后如何抽身让自己重新站起来呢？

Cat： 那是很痛苦的日子。有一段时间我不敢再想太多，不敢再想为何他要这样做，为何他回来了又要走。我以为可以理性地压抑自己的想法，可是这边不想再去想，那边我的行为却自相矛盾，还是无法放下他。最后，我觉得必须正视问题，重新站起来，不想再被他的负面情绪和糟糕的感情生活影响我自己的生活。我想改善情况，知道必须先安定自己，不再多想。那段日子，我学会把心定下来，方法是从呼吸开始，用呼吸安定心神，这样容易平静下来。其实很多方法也很有效，单是不去多想已经可以令自己平静。

素黑： 你曾参加过一些课程，学习呼吸和站桩等定心的方法。你觉得这样做是逃避问题吗？因为有许多人像你一样，遇到问题时也希望不再多想，却变相自暴自弃，借沉迷某些活动逃避现实。你觉得自己其实也有逃避心态吗？还是在定心的过程中，体验到什么向上推进的力量呢？

Cat：我觉得返回身体，寻找定心方法不是逃避问题。问题其实一直存在，到今天还没有解决。但回归身体寻求定心能让自己感到舒服，尤其是在学习呼吸法和练习站桩的时候，我发现**身体给予自己很大的爱**。现在我终于知道，**身体给予自己的爱，原来比向外寻找得来的爱更伟大。**这是很宝贵的发现，没有经历这事，我也许没有机会体验内在给予自己强大的爱。

素黑：回归身体的过程困难吗？

Cat：有时候也有反复的感觉，因为还未解决的问题还在眼前。唯有坚持返回身体，寻找让自己身心舒泰的感觉。当这样做变成了习惯，便会渐渐成为生活的一部分，不再感到困难了。现在感到人比以前平静得多，懂得欢笑，更懂得爱自己和爱儿子。

素黑：自疗是需要经过很大的努力才可达到的。自爱应是生命的一部分，像日常生活的有机部分一样。相信你这次的经历，也从儿子身上得到很大的支持，对吗?

Cat: 对，一直以来，儿子给我很大的爱和能量。我现在更懂得应该怎样去爱，我想跟大家说，生育孩子必须要负责任。

素黑: 是的，生育孩子之前一定要想清楚。爱侣间、夫妻间所有的感情承诺都可能在几年之后变质，但几年后孩子仍然是你的孩子，生命正在延续，我们仍需要照顾他们，关爱他们，这是永恒不变的责任和爱。因此我们更需要强壮的身心，才能为孩子付出正面的爱，让他们健康快乐地成长，培育健全的心理、人格和身体。

Cat: 父母对孩子要负责任，尤其是对孩子的身心负责。我不能因为自己与丈夫关系不好，便让孩子感到不开心，这信念是我的坚持。一直以来是儿子推动我要自爱，因为我是他的榜样，我很希望他从我身上学会正面的能量。

素黑: 爱能互相感染，所以说能够走在一起便是福气。两个人走在一起，是彼此一起学习做人的道理。正面能量的交往是很大的恩赐。单靠一个人是很难独自上路去修行的。Cat 的经历很值得我们借鉴。在感情困局中，她没有把责任推卸到对方身上，没有只怪责对方的错，忘记反省自己。她抱着感情伤口选择了自爱的路，值得我们尊敬。自疗的重点在于我们如何去面对问题，面对自己。大家应当记住：最深情的爱，必定是由自己给予的，外来的爱能量有限，飘瞥难留。还有一点也很重要：假如我们爱得不够正面，对方亦无法从我们身上感受美善的爱。负面的爱只会让人离开。

个案二

我有一位受疗者，她与男友同居多年，生了孩子，但一直没有结婚。二人的关系就如老夫老妻一样。然而，在感情上她却觉得不太稳定，觉得男友不定性，而且更有外遇的迹象。

某天，她发现自己患上性病。她除了这个男人以外，并没有与其他异性性接触。她回家后问男友是否有外遇，劝他去检查是否也染上性病。不料男友听她说后表现得很愤怒，指责她的病是因为她身体不好，与他无关。男友一方面否认自己有外遇，另一方面反问她是否不守妇道才染病。男友坚持不肯做检查，又怪责她太过道德，并且不相信他，令他很失望。可是事实上，这个男人确实经常在外寻欢作乐和嫖妓。不久后他被揭发嫖妓，不得已终于向她承认。

可是，男友被揭发后要求与她分手。他的理由是：女友的性器官带病溃烂，对他来说这样的女人已经没用，所以不想再和她在一起了。女友感到很害怕，不是因为他这种无人性的理据和想法，而是害怕她会失去这段感情，于是极力想挽回与男友的关系。

她问自己：我是否做错了？是我要求太多吗？是我太道德吗？是否应该让男人去乱花？她因为学历和知识水平比较低，加上家庭环境问题及自己曾经做过妓女，所以认为能找到肯养自己的男人已经很走运了，所以当她遇上这个男人时，感觉像重生一样，对男友一直很感激。她想事到如今，倒不如当作是爱的修行，对男友报恩，无条件地继续爱他，让彼此好来好去，不再追究，希望尽力挽回，不想离开他。

她这样想究竟有没有错呢？

我希望大家在思考这个个案时，请先不要把问题道德化。先想想这样的爱是无私的爱吗？这是一份慈悲的爱吗？

女听众A：她有这个想法，是因为她把自己想得太卑微了。其实根本无须再去考虑自己的出身。她有这种想法，会把自己推向悬崖边，最后完全失去尊严。她不改进这段感情关系，任由男友继续放任下去，在感情上男友对她亦不会有任何改善的。

女听众B：她努力说服自己已找到真爱，觉得应该为对方无私地付出，其实是不懂得爱自己的表现。她不懂得爱自己，最后也不可能找到真正的爱。

素黑：她想要的可能不是爱，她可能只是想付出。

女听众C：感情像银行存款一样。你不去存放，根本没什么让你去提取。人不可能拥有无限能量不停去爱，一方面不停地付出，另一方面让对方不断地提取，长远而言很难支持下去的，这样的爱很快便会枯死。

素黑：不过她的想法是，她拥有很多爱，她可以无条件地不断付出。

女听众D：她以为自己为对方付出了很多，但男友未必需要她的爱。他其实已经不想珍惜这段感情，只想离开，因此她不宜滥发慈悲。她这样做，可能因为她无法独立生活，想借着与男友保持关系的过程中，有条件地换取对方的物质支持而已。

素黑：其实所谓无条件的爱不是一般人有资格能付出的，因为大部分人其实是附带条件的，这条件本身正是一种欲望。

类似这位女客户的想法经常出现在女人身上。其实她选择怎样的路也没有所谓对与错，反正最终必须由她自己承担一切后果，承担自己的生命。女人很容易把欲望转化成所谓“伟大”“慈悲”的爱，传统女人一直抱有这种道德，虽然她们不断付出，却觉得受尽委屈，同时不断压抑自己。但必须自问：究竟自己可以容忍多久？承担多少？有没有想过你所付出的到底是否他真正需要的呢？你付出的爱情质素到底是强壮还是脆弱呢？

无条件付出只会令自己感情破产，让自己患上“承担饥渴症”，追求承担多于爱。

我们可以想象，为何有人偏偏最挂念对自己最差的情人，最想找回他。其实这些人心里想越轨，坏情人能刺激自己变坏的欲望。于是，女人用慈悲和包容包装自己，其实只是助长自我，满足欲望而已。

个案三

我有另一位女客户，她的男朋友是已婚汉，彼此之间只能偷情，有的只是情欲。这段关系维持一段时间后，男人决定返回妻子身边。但她一直舍不得男友，很挂念他。

没多久，她结识了一位新男友。亲友都对这位新男友赞不绝口。可是，她虽然知道他对自己很好，但她却对他没有太大感觉，与他接吻时也在暗暗计时，只想快点完事，没有爱也没有感情。她觉得自己并不爱这位新男友。她觉得有这种感觉是印证了自己真的还很爱从前的已婚男友。

思前想后，她终于按捺不住，发电邮“问候一下”对方的近况，这样触发了二人又再偷偷摸摸走在一起。每次和他见面时她都很快乐；可是离开后，她又再度跌进痛苦中。两人继续反反复复地保持这种关系。她自圆其说说服自己，认为自己不是贪恋他给她的情欲满足，而是希望与他好来好去，认为做朋友也应该保持联络，彼此关心互相问候一下。

你认为她是什么心态呢？

其实男人的欲望很简单，女人主动邀约的话，他会毫不犹豫地应约。女人也一样，耐不住调情的诱惑。男女之间容易维持纯粹的感情和友谊吗？

我们不要以为自己所投入的是无私的爱，尤其是女人，经常自以为是，一心为对方付出，其实对方未必珍惜或领情。男人知道女人会无条件给他爱，即使他不爱她也倾向照单全收，享用免费午餐。女人这样做是印证自己还有爱的对象，还不至于太孤单，可是这并不等同慈悲。

只有纯粹地付出爱时才是真正的爱，可是我们的爱很难纯粹，带着太多欲望和承担。要是你付出的爱带有私心，对方会感觉到这不是真爱，感情并不纯粹，所以不会珍惜。女人不要扮演伟大，男人不要让女人不停为自己付出，因为所有感情能量的交流，最终得由自己承担，别贪恋爱恋，剥削别人的爱。即使你贪获很多爱其实也不一定满足快乐，因为所得的爱不够素质。

没有素质的爱得来也没有意义，同样的，欺骗得来的感情也是没意思的。我并非叫大家不要去爱，计算爱情，而是提醒你必须清醒，知道你所投入的是怎样的一份感情，对爱情要有觉知，明白和承担后果。

要记住快乐与满足是两码子事。快乐有两种：一种是身体上生理上的开心，例如吸毒会令人快乐，这是一种身体上的反应。另一种是内心的快乐，那是买不到的，所以两者是不同的。我们往往把身心分割。好像患有抑郁症和失眠症一样，服食药物会令身体感觉舒服一点，但心理上还是会感到忧伤。最重要是不要欺骗自己的心。

个案四

曾经有位读者告诉我，每当有人告知她的毛病时，她便很努力去分析自己，甚至为自己写下理性分析表，寻找自己发生问题的原因，可是越找越乱，越想越病，最后变得很负面，发现原来细看分析表上形容和解释自己的词语及结论，竟然全部都是负面的。

虽然明知这样做没建树，可是她每次都觉得这样做是对的。她觉得人必须反省自己，不能太自大。结果，她一方面理性地明白这样做很负面，但心态上却开始产生不明所以的欲望，追求这种负面的感觉。

她的心理就像我们对爱人的心态一样，一旦发现对方有问题，接着便倾向往坏处想，发现对方更多更多的问题，无法解释为何要这样做，因为理性上我们明白每个人不只有缺点，还有很多优点，可偏偏老是往坏处发掘，折磨自己和别人。这是病态，当一个人心态不好，能量负面时，会不停在自己身上找缺点，同时也在别人身上找缺点，否定全世界。结果可能觉得别人总是坏人，或者觉得其他人一定比自己好。其实问题不在别人身上，而是出于自己。这种“负面反省”的病态，其实也是失控纵欲的一种。

个案五

不论男或女，很多人在爱情里感到恐惧，不知道到底害怕什么，就是带着某种恐惧患得患失。这是因为我们承担不起爱欲，变得自我迷失，自伤伤人。

这是我一个客户的个案：女人的丈夫爱出外乱花，他的性欲太强，她只好勉强说服自己接受。可相处下去，她发现自己无法停止幻想对方此时此刻究竟正在做什么，每次幻想时都感到十分恐惧。她不断去想，不停重复恐惧反应，情绪失控。她甚至时时刻刻都想着对方，一旦对方不在她的视线范围内，便会感到非常不安。于是，她的恐惧变成了病态恐惧，无法专心做事，也不敢有任何个人活动，生怕他一旦离开了她的视线范围，便有机会出外鬼混。

她最后终于告诉丈夫自己的恐惧感。丈夫知道了很遗憾，却坦承无法改变自己的性格和欲望。她不明白为何丈夫不肯为她改变，尽管她已放下尊严哀求丈夫不要再跟别的女人见面，希望他能体谅她对他的爱和专情。到最后，她对丈夫的感情由爱变成恨。

丈夫看到她的痛苦感到很难受，他也跌进恐惧中，怕因为个人性欲失去所爱的妻子，可是，他解决不好性欲望的问题，最后两人都承担不起这段痛苦关系，由欲望掉进无底的恐惧。

我问她到底怕什么？放不下什么？她的答案是：他，对他的爱。可是，这份迷执的爱已演变成整天想着他，把自己寄居在他体内的病态，潜意识希望自己成为他，和他二合一，却不知代价是失去自己。

情变为何令人迷失？这是因为你一直对对方建立了信任，关系久了，彼此自然也建立了互相适应和依赖的生活习惯，加上人际圈子对双方感情关系的认同，谁知早已确认的感情关系突然出现变化，令你一下子乱了章，无法动员理智去回应，心态就像要供房子，因为突然失业顿失预算一样感到恐慌，打乱了安定的心。于是你会想到两个解决的方案：

1. 想改变他，希望他为你改变，改过自新，重新专一对你；

2. 要找回迷失的自己。

其实两人彼此还有爱，却活在恐惧关系中，变成惯性。这是由心理进化而来的自然危机恐惧感。我们的脑部结构是动态的，危机、忧虑和恐惧感是自然运作，不受理性控制，所以容易令人失控。

要做到重新找回失落的自己并不容易，关键是要有很大的勇气。人是感情脆弱的动物，理性再强的人也有感情失控的时候。可感情失控并不是女人的专利，以下是我的一位男朋友 S 跟大家分享他的情感历程。他在感情路上曾经失控，严重影响了健康，靠很大的勇气重新站起来，找到自疗的方法。

分享者：S

性别：男

年龄：30+

职业：音乐师、外语老师

素黑： S，我知道你在情感创伤方面有相当深刻的体验。你当时是如何面对的呢？你怎样克服精神困扰呢？在整个过程中，你的体会又是如何？

S: 我曾经爱上一位女子，可惜一直追求不成。我承认与她很合眼缘，第一次看见她已有触电的感觉……就像一见钟情。因为这种一见钟情的感觉，我在追求过程中所用的方法与平日追求异性的方法很不一样。从前我会慢慢认识对方，觉得适合再展开追求。但追求她的过程中，却比正常速度快了很多，在还没有深入认识对方前，已下很多功夫向她讨爱。

素黑： 结果最后在过程中失控，更伤害了自己是吧。

S： 对。其实恋爱中受伤的不只是女性，男性一样会觉得很伤痛。那时候我曾经为了爱她心痛到入医院。有想过放弃，但我真的很喜欢她，所以放不下。最激烈的一次是身体终于出事，我的心脏支持不住了。后来才明白到我不能用自己的生命去玩票，也知道不能再这样继续纠缠下去。因为我追求她到头来可能会令自己受到很大的伤害。我曾试过代入她的角色，设身处地去理解她，才明白到她在这段关系上也感到难受不舒服。因此，由最初的固执冷静下来，明白两人不应该再走在一起了。所以下定决心选择离开。

素黑： 在这过程中，你发现了什么呢?

S： 我发现感情真是不可勉强的，爱一个人可以很真诚，但不一定自己能承担得起。我选择离开，觉得这样做是为了双方好。关系维持下去，只会令大家都感到不舒服，这样的话两人再走在一起也没意思，只会令大家受伤，相处起来亦不会感到自在。没理由继续“自伤伤人”啊。况且，她原来就是有男朋友的，从她的角度去想，也觉得不应再纠缠下去了。

素黑： 对，很多人是自欺欺人，你则是自伤伤人。

S： 从前的我爱到失去自己，一直被她的存在拖着，觉得自己好像一条狗一样，失去自我和尊严。可是这条狗经常发脾气。那时候我的脾气很坏。但想到要为彼此着想，暂时不应再继续这段关系。现在离开了她，思考了很多问题，重新找回我自己。

心安定下来后，有段经历是很深刻的。我是个对声音特别敏感的人，喜欢音乐，尤其是喜爱贝多芬第六交响乐《田园》。记得一夜，我一个人走到一个公园，公园内漆黑一片。由于晚上公园内的灯都被关掉了，在那里就像失去视觉一样，因此对声音也特别敏感。在公园里，我听到平时听不到的水声、青蛙叫声、风声……那一刻我很感动。过去，我执着在爱欲关系里，忘记了如何感受大自然的美，忘了返回身体感受自己，所以爱到失去自己，失去灵魂。那夜的体验像古人说“柳暗花明又一村”，到了绝境时找到崭新的感觉，像自我更新一样。从前的我就像一只鸡蛋，很脆弱，同时又如石头般麻木和顽固。我不爱惜自己的身体，导致自己无法专心做任何事，最后连事业也被拖垮了，更莫说爱情。现在离开了纠缠的感情，终于明白个中原因。

素黑：很多人在失恋时只想到以死去逃避面对，没想过能够放下便得到自由的道理。

S：刚刚离开她的时候，确实感到很痛苦，也曾认真地想过做傻事，自寻短见。现在知道这个世界还有很多美好的事物在等待我。虽然与她分开了，我还是要用感谢的心面对她，因为她使我变得更加坚强，也使我明白原来自己是很脆弱的，尤其在感情上，从前没想过自己会受到这样大的伤害。其实我真的要感谢她的出现，她的出现使我对事物有了不同的看法，自己也变得坚强起来。

素黑：感谢和赞美能令人变得很坚强。人不一定非达到理想不可，人可以拥有很多，但获得心灵平静更重要。

能从失恋的创伤中翻身过来，重新欣赏这份爱，才能让爱真正开出美丽的花朵。很多人当感情出现问题时会胡乱找人倾诉，让一帮人你一言我一语给予意见，直至互相“呕吐”完毕，情绪依旧混乱，心态上感情上却没有进步，甚至因为接收太多朋友无关痛痒过分负面的评论，将爱变成恨。但当你返回一个人的时候，什么都不做，给自己机会和空间观照自己，张开自己的五官，用心去听去感受，才会擦亮心镜看清楚问题，看到爱的方位。所以，两个人能够走在一起是幸福的，但一个人的时候，却能体会另一种层次的静心。

S：对，那次在公园的经历，给我很特别的感觉。第一次感受到人的心跳原来与大自然是同步的，彼此的节奏竟是如此协调一致。

素黑：像天人合一。

S：这种特别的感觉维持了十多分钟。大自然实在很伟大，没想过自然界的声音，竟像交响乐一样。那时候很能感受贝多芬创作《田园》交响乐时的感觉。

素黑：这正是我们发自身体内在的和谐交响乐。

S：对，大自然的交响乐是不经人工修饰的音乐。这种感觉是我从前一直没体验过的，直至遇上她，才体验到这种感受。

素黑：有爱情的人要好好珍惜。在爱情中，所有人都会原形毕露，不论你有多好或是有多坏，你都是最坦白的，变得赤裸裸，因此你能清楚地看见自己。对方就像你的一面镜子，你的欲望会在对方身上投射出来。

人是很渺小的，我们试着把自己的心扉打开，感受宇宙的黑暗，细听黑暗中的声音，你会发现声音慢慢会变成音乐。这是因为我们的心态转变了，从执着变得宽容，然后便产生真正的爱，这是转化和修行的过程。

S：与她分手差不多一个月了，现在仍很挂念她。真的，现在仍然很挂念她，只是回想起来觉得不需再保持联络了。我封锁了自己的msn，切断所有有机会与她再联系的方法，希望彼此不要再联络上。虽然感觉很痛，但长远而言仍是好的。我明白自己的性格软弱，很容易便会走回头路。但我真的不想再回头了，此刻就当她是一位曾经认识的朋友，没有刻意去想有没有机会再遇上。

素黑：在这段关系中你得到一份最珍贵的礼物，那是什么？

S：自爱和平定的心。

素黑：学会自爱，能够把心定下来，便是恋爱带给我们最珍贵的礼物。

○ ○ ○

爱情最忌什么

要检查自己有没有错爱，首先是要把手放在心上，问心。

恋爱问题所反映的，大都是无法适当管理和处理欲望的问题，最后变成纵欲，令自己和身边的人感到恐惧。你可以问自己害怕什么，为何害怕。其实所有欲望在本质上都没有分别，不要用任何理论或理由将欲望合理化，可怜自己的欲望问题，如因为生理问题，因为疾病，因为天性软弱等等。作为成年人，应该对自己的行为和欲望负责任。

在恋爱中，我们常常会问自己有没有爱错了。处理这个问题，不要从对方身上“找错处”。要检查自己有没有错爱，首先是要把手放在心上，问心。

问问自己的心是否混乱，是否爱到失去重心，如果爱到失去了重心，那肯定是自己的错。

不妨检查自己有没有犯以下的错误：

1. 一厢情愿

例：分手过后，双方还未能调校好习惯。他来一个电话，你又跟他见面上床，可他对你根本没感情，你却幻想还可以继续。又或者分手后你还要强迫他陪你过节过生日，强迫他听你的电话，问他为何不找你，为何对你冷淡。

你或多或少患了恋爱强迫症。

2. 放不下

例一：男友因为女友提及前男友的事嫉妒而打她，把她从家门外的地上拖回家。事后女友失望说分手，男友后悔跪地求她原谅他，说以后不会这样。如果你是这个女人会怎样决定？

例二：分手后还要强迫男友跟你复合，想办法拆散他的新恋情，因为你无法放下。

上班要放假，爱情也要放假，让身心新陈代谢。

3. 自作多情

例：你常常以为某男人常常凝望你，对你有好感，喜欢你，结果发现原来他没爱过你，你知道后恼羞成怒，要他负责任，因为你觉得为他付出了岁月等他说爱你。你是这种非常霸道和无赖的野蛮女人吗？

自作多情，其实也可以很暴力。

其实错爱，不一定代表对方有问题，像刚才分享的第一个个案一样，人很容易把责任推卸或转嫁到别人身上。面对所谓错爱，我们应该先反思自己爱的方法是否有问题，究竟自己付出的是贪欲，还是大方无私的爱？

人会因为纵欲而变成爱的强盗，或者变成爱的无赖，或者变成爱的乞丐，结果什么尊严都没有了。做人做到这样的地步还有什么作为呢？得到爱又有何意义呢？

不要自大，不要去辩护，助长自大心理，这会令你的爱人很难受。每个人都有很多盲点，在处理事情上不要太快下判断。学会静心，学会一个人去承担问题，承担自己的静。有机会自己一个人的时候，便包容孤独，给自己一个机会安静下来，你会发现整个人和生命都会改变。

我重视“仁爱”，但不是从儒家学说去谈，“仁”是“二人”，除非你可以靠自己一个人修行，否则必须在与别人相处的过程中学习，修养自己。两个人一起修行，彼此相爱，互相包容，放下自我，满足和平静才会到来。在修行的过程中甚至能够找到自己内在的神圣。否则，最后关系破裂了，碍于面子和利益的关系，一切都会变得很丑陋。

多眷顾别人的感受，让感情和关系“成仁”，除非你已决定出家修行，不再需要爱情和人群，但在这行动之前必须先和身边的人沟通好，你的生命不是你自己的，也别以此作为逃避处理关系烦事的灵性借口。未能安家，谈不上出家。在与人沟通时多注意表达的语气，先不要妄下判断，只提供意见和评语，表现自己，这样的沟通方式缺乏人性关怀，忽略对方的感受。

○　○　○

如何优化你的爱

用真诚的爱观看对方……这是爱的基础，不是语言，不是礼物，而是发自心灵力量的爱。

刚才我们谈过在投入恋爱和面对欲望时让我们难于承担的个案，现在集中谈在爱欲的影响下，还可以如何去爱。

很多人写信给我，都说希望能找到一段好姻缘，维持美满的爱侣关系。以下是一些优化恋爱关系的方法：

1. 多为对方设想。

2. 用心去爱，而非想象爱。

3. 专心去爱，贪恋只会分散爱的质素，无法让对方感到爱的质量。

4. 先关心对方，带给对方快乐，别只顾自己享乐和满足。

5. 先注意对方的感受，而非执着谁是谁非。

6. 肯定对方的价值，别老是批评或否定。

7. 别顾全面子，应多赞美对方的优点，提升对方积极的动力。

8. 放下自己，合理地活在对方内，感受对方。

优化恋爱关系尤为重要的方法：

1. 重新观看爱人

试试这个你早已忘记的方法：

将对方变成你爱的中心，关注的重心，用心细意注视对方，用眼神温柔地接触他，不要用脑袋去分析他的外表和行为细节。把重心放在心的位置，用自己整个心注满爱，用心去注视对方，面前是你最爱的人，你愿意 surrender（降服）你自己，**用最纯粹的心和爱去注视他**。

然后突然，你会忘我。

注意勿用欲望的眼神观看对方，这会令人抗拒感到不舒服，尤其是对女性，因为你欲望的眼神令对方变成对象，欲望的对象，她不是她，只是你的欲望工具。女方感到不舒服和抗拒并非性压抑所致，请勿滥下道德判断，这是出于女性的自爱、自重的本能反应，感到被伤害和侮辱。至于那些喜欢被淫欲眼神观看而取得快感和光荣的人，他们追求的是性快感，欲望交易，这是他们的选择，不过注意一点，纯粹欲望的交易容易纵欲，导致浪费能量。你应自行平衡爱欲之间的取舍，也自行决定自己是否贪恋，或接受被视为欲望对象。

你到底是带着欲念还是纯粹的爱去观看对方，对方是心照不宣的，你的眼神和能量，对方是感受得到的。你用怎样的一颗心去待人，有否尊重对方，对方是知道的。这是自然能量的交感，无法欺骗别人。

试试把爱放在心上，用安静、细腻、平和的眼神去观看对方，用真诚的爱观看对方，重新发现对方的美，对方的局部，整体，重新认识对方，翻新你自己用旧的感官。尝试给对方正面的、温柔的爱的讯息，甚至宣之于口的真诚赞美，让对方感受你对他的肯定和接受。这是爱的基础，不是语言，不是礼物，而是发自心灵力量的爱。

试着这样做，重新去观看你爱的人，同时激活自己已麻木的爱，擦新彼此的爱情感受力。

这样做能突破感情关系，效果惊人，甚至能化解几十年的恩怨，让关系开花。

2. 让自己的心温柔

爱能改变能量。

爱是柔软富弹性和创造性的，爱是流动的，令人满足。爱的满足比性更深刻，因为能超越肉欲的限制，深刻的爱令人无须追求代替品，无须贪恋众多不同的肉体或恋爱对象。

3. 先满足别人

面对和管理自己的欲望并不容易，容易流于压抑，所以可以尝试从其相反的导向开始，就是先转移能量流动的方向，与其正面处理自己的欲望问题，不如转移目标，打开自己的心胸。

4. **先为对方着想和付出。**

问自己，你每天所想的事情以满足自己居多还是为别人着想多呢？可以纯粹让别人得到快乐而自我满足吗？

私欲投放得越多，越助长自我，越容易纵欲。这点男人比女人软弱，容易纵欲，逃避责任。可是女人又太容易过分承担、牺牲自己，结果是另一种欲望的投射。

○　○　○

自爱从定心开始

遇上心理问题，不一定要先从心理上去处理。我们往往太注重“理”的问题，却忽略了“心”。

平衡欲望与承担，可以先找一个**定位的中心**（譬如我们的心），把散乱的欲望集中起来，学习付出，满足别人。把心注满爱的能量，爱的感觉，全心全意，一心一意去想：如何能令所爱的人更快乐，更幸福呢？这是打开心胸，修养自己的练习，你将变得无我，忘我，不只为满足私欲而作息，而要让对象变成你爱的中心。

先用刚才教你检查自己有没有错爱的方法了解目前的恋爱处境和质素，再找个定位中心，学习修养爱的素质，优化爱的能量，你将达到前所未有的忘我境界，甚至超越爱情本身。对象已经不再重要了，重要的是你可以通过爱释放自己狭隘的心胸，管好放纵的欲望。

你将成为一个身心平衡、充满正面能量的人。你将感受到优质的爱的能量，感动生命。

重要的是**找到一个定位的中心**，找到自己的平静点，不要左选右拣，摇摆不定，因为这样很难发展出一个稳扎的定位。当你一开始思绪潮涌，心开始乱的时候，你便会惯性质疑，怀疑一切教你静心的方法。找对一个定心的位置是很重要的，并且要坚持。譬如，你遇上任何困惑时，马上返回你的心脏，心胸的位置，注视它，把心注满爱的能量。你会发现，终有一刻你会忘记自己，整个人变成无私而纯粹的爱。能量是从心出发的，男性尤其要试试这种方法，因为男性比较容易受外界刺激影响情绪和行为。女性较习惯用心作容器，所以感情特别丰富，却流于感情用事，无法安定，所以过分承担，把一切都放在心里，结果劳损了自己的心。

定心，是艺术，需要修养。

定心最好是从身体出发，而非从理论、分析入手。说得太多，思考太多，反而令我们很容易迷失，不断重组自己的病态，强大自我。

感受爱，处理爱，必须从定心开始。

很多人对定心怀有误解，认为定心就只是静坐下来，但很多时候只会越坐越乱，所以定心离不开方法。

定心的最好方法是返回自己的身体。但很多人会误解，认为心理问题应从心理方面去解决，这种说法表面上似乎合理，不过我们在理解“心理”是什么时因为缺乏认知基础，很难全面地掌握。**遇上心理问题，不一定要先从心理上去处理。我们往往太注重“理”的问题，却忽略了“心”。**

心在每个人的身体里，不需要刻意寻找和认知。我们知道很多自爱、定心的方法，不过并不等于管用，或懂得运用。光是知道是没有用的。即使我们读过很多书，也无助于解决问题，结果往往读书越多的书呆子，反而在处理现实问题上表现得越愚蠢。

“知”在脑，心却在胸口，是两处不同的地方。脑掌管身体运作和思考，心掌握血脉的关联和情绪。心脑要互相协调，才能稳定身心。知道问题所在是不够的，因为我们容易情绪失控，理智无法绝对掌管我们的心理。所以我们必须学会返回身体，定心，爱就在那里。

我们也要注意一个问题，就是我们心里很想去爱，可是常常感到不知怎样去爱，怀着很大的自我盲点，不知道如何放下过去错爱的阴影，如何善待当下的关系。即使知道问题在哪里，可无法付诸实行，行动上无法配合。

这样的话，请先把思想放下，知性放下，先返回自己的心。我们感到自己没有能力去爱，或者不知如何去爱，是因为执着了爱，和去爱的那个“我”，太在乎我现在这样想、我现在感觉那样等等，容易忘记感受别人的感受，关心别人的生命，导致失去爱人的能力。

我想邀请一位男朋友 Jack 来跟大家分享他的静心经历。他曾经忘记了心，忘记了身体，只重视思考，忽略别人的感受，碰过一些钉子，我们让他分享他的亲身经历。

分享者：Jack

性别：男

年龄：30+

职业：银行

素黑：我认识Jack已四年了，最初认识他的时候，他是一个完完全全的哲学型男人，批判性很强，却不太懂得和别人相处，尤其是女性。现在的他转变了很多，找到了让自己定下来的方法，最后在定心的过程中有了很深刻的内在体会，发现了爱的力量，现在是个懂得去爱的男人。请你和我们分享你的静心经历吧。

Jack：从小到大我不是一个感性的人，对身体的感觉并不敏感，自小把精力放在脑袋思考里，用理性处理情绪，处理一切事情。那时对我来说，身边有没有爱人根本没所谓，也从不担心一个人生活。我自小便爱独处，很怕身边有太多人。

由于我一直用脑袋去处理自己的情绪，后来开始明白有些事情不是头脑能够处理的。认识了素黑后，她令我开始移离脑袋，关注身体。后来参加了很多发掘自己内在能量的课程，一次偶然的机会下，我更参加了坐禅课程，一坐便是十天。坐禅的首五天觉得时间很难过，很想离开，觉得光坐着根本没意思。因为坐禅时不能与旁人有任何接触，虽然我早已习惯一个人不介意，但还是觉得很无聊。但到了第六天，我才明白为什么我要来，因为对我这种过分偏重思考的人来说，如果不坐这么多天的话，没办法返回自己的身体里，会光是思考、分析、判断，让脑袋很忙碌。所以那几天的静坐让我开始明白，**静心就是不用脑袋去想问题**。

其实这对我来说是很困难的，因为越是强迫自己不要去想越困难。然后我开始不去想了，体验到前所未有的身体感受，甚至渐渐感到爱在身体里。我期待着爱，只是那时在我身旁仍然没有一个爱人。不过原来爱一直在我身上，从那一刻开始，我更加享受单独，但我不再抗拒跟别人在一起，不抗拒寻找相爱的人。我想这对我这种知性型的男人是一个颇大的转变。

素黑：这个转变的具体情况是怎样呢？

Jack：从前我很容易狂躁，不知如何处理紧急的问题和种种压力。坐禅十天后，身边的人感到我有很大的转变。以前遇到工作上解决不了的事情我会很急躁，坐禅后遇上同样的问题，我却能从容面对。老板和同事们都对我的转变感到不可思议。

这体验让我知道自己在任何有需要的时候可以再次返回内在的静心，我找到了方法，就是你刚才说定心的中心点。现在很多时候我也有能力处理情绪问题，学会无须把事情理性化，想太多。找到返回身体的出路，明白很多事情很快便会成为过去，一切可以重新开始。

素黑：当思绪感到混乱时，你用什么方法让自己在短时间内平静下来呢？比方说，坐禅？散步？运用呼吸法？

Jack：现代人工作繁忙很难经常坐禅，我总是坐不定。但我会找适合自己步伐和脾性的方法，譬如散步，甚至在街上听听车声也能静心。在散步时不用说话，只是自然地向前走，便能达到静心。到后来很忙，没有时间散步，便利用坐公车的时间坐禅。

素黑：Jack 的体验令我很感动。某天我跟他谈他的转变时，他说他从来没想过自己能够改变。这几年的经历，让他明白只要肯踏出第一步，任何事都能够改变。能从执着于思想到放下，返回身体的本能，能走出这一步是很难得的。我们都应试着用心去改变，打开自己温柔的一颗心。

在刚才几个个案分享中，我们一直提及“定心”。你可能还有疑问，到底什么才算是返回身体然后定心呢？今天我还邀请了黄钰书博士作演讲嘉宾。黄博士是智能及心灵潜能顾问，不论是在智性还是在身心灵方面都有很资深的研究和身体力行，他本身亦是习武人士。现在让他详细说明如何返回身体，处理我们的情绪。

○　○　○

定心的方法：回归身体

真正的你，其实有能力和自由超越情绪（思绪）的那个觉知。

黄博士： 今天我想和大家分享通过回归身体来超越情绪的纷扰。

我们所有的情绪问题，可以简单地归结为一点，就是无法定心。

心定不下来，情绪混乱不堪。要如何“定”下来呢？一味用理性去压抑情绪能让人定下来吗？这未必是好方法。纯以理性来压抑只是掩盖拖延，长远来看不利心理健康，终有一天会引起更大的反弹。而且问题还是照样跟着你，因为你的思绪还在转动。要记着：情绪和思绪是相辅相成的。要超越情绪，真正定下来，还要同时绕过思绪。通过身体，是超越情绪和思绪的有效方法，也就是今天的主题：回归身体，超越情绪（思绪）。

首先，大家有没有想过身体到底是什么？

每个人都觉得自己理所当然地认识自己的身体。事实真的如此吗？身体似乎是我们最亲密的伴侣，实际上却是最陌生的东西。我们成长的文化教育即使不是压抑了自己对身体的觉知，也令我们对身体很陌生。如果连自己的身体都不认识，还能真正认识自己吗？更不用说去认识他人了。正如一个不懂自爱的人，无法真正去爱人。无法爱自己的身体，也难以懂得爱。

只要我们重新发现身体，我们就会认识以前一直忽略了的丰富世界，会享受到一些很微妙的体验，然后我们可以利用这体验去超越情绪。

大家可能听过或读过一本著名的心理学著作，书名叫《流动》(*Flow*)，作者是芝加哥大学一位心理学教授。他从西方心理学角度，研究一种很特殊的身心体验，他称之为 flow（流动）。这种体验表面上很特殊和罕有，却其实非常普遍。那是怎样呢？很多杰出的运动员处于 peak performance（巅峰的状态），又或者舞蹈家和音乐家忘我地演出，艺术家全情投入创作，甚至是一些虔诚信徒，很专注地祈祷或者参与宗教活动时，也经常有这种体验：在活动的过程中，自己毫不费力，好像无须做任何事情，身体丝毫不紧张，很自然优雅地动起来，仿佛有一股很强大的能量推动着身体，感觉根本无须作出任何努力，甚至仿佛身体不是属于自己的，连自己也变成了快乐的旁观者，很享受地在一旁欣赏身体的舞动。但是你不是抽离的漠不关心的观察者，而是幸福地参与了整股能量流动。

著名钢琴家郎朗说过弹琴的时候，他仿佛不是用手去弹，而是用气去弹。他指的，正是 flow 的状态。这是不分古今中外的文明一直都注意到的身心体验，两千多年前庄子就描述过这种体验，称之为“逍遥游”。

要进入 flow 的状态，有两个要诀：专注和不努力。首先你要很专注做一件事，全神贯注于身体的感觉上，直到了某个点，身体便会自行活动起来，你会感到围绕着身体有一股气在流动，可是由始至终你必须处于 effortless（毫不费力）的状态，任由身体自然舞动起来，不需要用任何方法或意志让身体流动。那一刻，你好像变成纯粹的意识，仿佛从高处俯瞰自己，看自己活动一样。

一旦你思考怎样做，或者尝试努力去做时，便无法达致 flow。

曾经听过网球界有这样的一个笑话。打网球需要很快的反应，在过程中不能想太多，往往是凭着当下直觉判断球的来向和打法。如果某天你发现对手突然打得很好，那么中场的时候，不妨问问他为何今天打得这么好。你的对手听了便会开始想：咦？是啊，为什么今天我打得特别好？他一旦用脑袋思考，接着一定会反应迟钝，打得糟糕。**人在表现最好的时候不能去思考，只能行动。**学习通过身体来超越情绪和思绪也是一样，你不要思考，也不要努力，而是全神贯注在身体上，让存在的能量自行流动。

相信很多人也试过类似的流动体验吧。有人愿意分享自己的经验吗？

女听众 A：我很喜欢跳舞。有次要参加跳舞考试，之前因为很忙，没有时间练习，以为一定跳得不好。谁知在跳舞时，觉得身体自行舞动起来，不由自主被意识控制。那时候感觉自己与外界有了一度缓冲区，好像中间被隔开了一层。那时其实知道自己在发生什么事，能够听到很微弱的声音。音乐一起，身体便自动随着音乐跳舞，好像无须用气力一样，很自然便会自行流动。

黄博士：很美丽的体验。对，在流动的时候，你会发觉自己与世界之间仿佛有一层透明的纱幕。那种感觉，是不是像从高处望着自己身体活动呢？

女听众A：对，在比自己约高一英寸的地方看自己吧。

黄博士：我想和大家分享自己一次深刻的经历，发生在很多年前。那次我在尖沙咀，附近人潮汹涌，交通十分嘈杂，我突然感到所有东西都沉静下来，那种静不是一点声音也没有，而是好像自己被一层厚厚软软的能量包围着，所有噪音好像经过过滤，传入我耳中都变得很温柔（就像刚才那位朋友的体验一样），整个人感觉很柔和、很平静，身体变得很轻巧，好像它自己在走动，无须控制。试想想在尖沙咀这般嘈杂的闹市，竟能感到四周环境寂静下来，那一刻实在很美丽，一直让我难忘。

女听众B：但这是超凡的经历，要超凡的人才可达到吧。

黄博士：绝不是只有超凡的人才可以达到，我也是凡人。这是每一个人都能够达到的体验。其实很多人在生命中，很多时候一刹那都有过这样的体验，只不过大部分时间粗心大意而错过了。又或者曾经注意到，却告诉自己：这不过是毫无意义的一刹那。大部分人忽略这种体验，是因为缺乏了对身体的觉知。问题是怎样抓住这一刹那的宝贵体验，好好培育它，利用它来超越情绪（思绪）。

Flow其实是一种普遍的日常体验。一个常见的例子是性高潮。当人处于淋漓尽致的性高潮时，一方面会完全融入那个颤动里，很多时候却感觉像离开了自己身体一样，从高处看着自己活动。既全情投入，又保持抽离观照，很矛盾，但是如果经验过，却是很美妙的体验。

1. 通过身体来定心

如何重新认识身体？如何发现身体的微妙感觉，甚至进入flow的状态呢？最后如何通过身体来定心呢？

请大家放松下来，不妨闭上眼睛。如何完全放松呢？最简单又最有效的办法是留意自己的呼吸。在身体里感受自己的呼吸。最好是从感觉双手开始。只要放松下来，吸气时，会感到手掌微微膨胀，呼气时，会感到手微微收缩，手掌会渐渐变暖。你无须做什么，不要故意延长呼吸或者改变呼吸的节奏。只要你放松，你会发觉整个身体原来都随着呼吸在微微膨胀和收缩。在手掌上体会了这种舒服的感觉后，可以慢慢将这种感觉向全身扩散。首先，注意腹部同样在膨胀收缩，然后把这种感觉从手掌向前臂扩散，感到前臂也随着呼吸在膨胀收缩，一直到上臂、肩膀、颈、后枕（这里特别紧张）、下颌、面部、前额。最后留意围绕着眼球的肌肉，这也是特别紧张的部位，大部分人甚至从来没有留意过眼球原来一直多么紧张。大家能否感到围绕着眼球的肌肉在膨胀和收缩呢？

然后是胸口、太阳神经丛、腹部，一直下到大腿、小腿、足踝和脚掌。如果放松得够彻底，我们会感到连身体的最里面也在膨胀和收缩。

如何判断身体的某部位是否放松呢？基本标准是：你能否在那里感到呼吸的膨胀和收缩？

一旦放松，我们会感到身体弥漫某种很精细微妙的感觉，这是我们平时处于紧张状态和粗心大意时所感受不到的。只有我们返回身体，专注细心地感受自己的身体时，才能感到整个身体由上到下、由外至内都随着呼吸在膨胀和收缩，如果再进一步放松，我们甚至能感受到身体里面的空隙与空间。

现代物理学告诉我们，物质里面其实超过百分之九十都是空间。为什么我们觉得身体和物件好像是密集而不可穿透的呢？那是因为原子之间的引力和排斥力。只要放松得够彻底，我们就可以感受到身体里面的空间（前人所谓的“开窍”，正是这意思）。

发现了身体内的空间后，不妨再进一步，可以想象和感觉：在呼吸的过程中身体不断扩张，最后身体内部与外在空间相连融合起来，甚至这个胀缩的感觉充满了整个房间，仿佛整个空间都随着呼吸在微微膨胀和收缩。身体与外部空间其实是没有界限的。

先不要理会这些，简单地从体会双手随着呼吸胀缩开始，坚持每日随时随地回归身体。你可以在上下班坐地铁、看电视电影的任何时候，甚至在工作时也体会身体随呼吸胀缩。从呼吸开始，很快你会发现，原来自己从来不知道身体里面有这么丰富的感觉。要真正了解自己，首先要重新认识自己的美妙身体。

2. 如何超越情绪（思绪）

当我们发现了身体的微妙感觉后，如何通过它来超越情绪和思绪呢？

首先我们要明白思想和情绪如何运作。

我们的 mind（思维）只是某种大脑的机能。问题是这种机能发展到运作得这么 automatic（自动化），以致它变得完全不受控制。让我们试一试：不用多长时间，大家试试停止自己脑袋里的思绪十秒，不用多，只是十秒……有没有人真的做得到？大家看，只是十秒！我们连停止思想十秒也没有办法。如果大家把一天里在头脑里闪过的思绪都记录下来，恐怕可以装满十座疯人院！我们的思想，也就是我们的所思所想，大部分其实是不受控制的胡思乱想。如果连自己也无法控制思想，如果我们并非思想的主人，我们又为什么要认同我的思想就等于我呢？我们必须要明白：**我不等于我头脑里的思想，人的最大错误、人生大部分痛苦和悲哀的根源，就是误以为脑海内的那些喋喋不休的声音就是自己。**

思想只是一部不停运作的机器，这是进化选择的结果。试想象我们的祖先在几十万年前的非洲原野上。一群原始人找到食物兴高采烈，一些人会什么也不想，只顾进食，而某些人却头脑里总会想到很多事情，例如树上会否有东西跳下来呢？附近有没有野兽呢？假如这时真的有猛兽出现，你认为哪种人的生存机会大一点？自然是满脑忧虑的那些人啊，因为他们较警觉，较易发现危险，会第一时间逃命。至于那些只顾吃得津津有味的人，被吃掉的机会更大，于是警觉较低的人的基因便较少有机会繁衍下去，所以我们的祖先大部分是那些习惯经常左思右想的人，我们也遗传了他们的基因，这是进化选择的过程。中国人说忧患意识，其实是进化选择的结果。

当然，除了进化选择，另一个重要的塑造力量是社会教化过程（socialization）。两者相辅相成。总之，人习惯性无时无刻不在思想，是出于生存所需，否则便无法在社会上立足。我们要明白**思想的运作只有一个指导原则：就是不断想出各种不同的念头，不断运作下去。**它不管这些想法是否真实，是否有意思，是否有价值，更加不管它们对你是否有帮助，甚至是否有害。所以所思所想无可避免同时是胡思乱想。

有人说过"Your mind is your enemy（你的思想就是你的敌人）"。我认为这个说法比较负面。思想只是生存在社会中必需的工具，把它看作敌人，会成为最终平伏它的障碍。可是这句话又基本是对的，因为脑里百分之九十九的所思所想不仅没有用，有很多甚至是有害的。它只要自己运作下去，不管你的死活。如果你有寻死的念头，又执着于这个念头的话，思想便会顺势涌出一百个叫你去死的理由，它不会为你好，你真的自杀它也不会关心，它只顾不断运作下去，而要运作下去，它就要不断吸引你的注意力，因为你的注意力和关心正是它的能量来源。思想是寄生在我们身体上的工具。它像科幻电影里的机器人，原本是服务我们的工具，但发展失控就反过来控制了我们，甚至不惜毁灭我们。

思想，是人类生存的“necessary evil（必需邪恶）”，然而**“我”不等于“思想”，也不是思绪的总和。**我们暂时不能够自由停止思绪，但是**完全有自由不去认同那些思绪就是自己！**过分执着于脑里闪过的各种纷乱的思绪，甚至认同这些念头代表自己，便会堕入地狱，万劫不复。相反，明白它只是一部疯狂运作的机器，你有自由保持距离，有能力挑选极少数真正有益的想法，那就是天堂。

为何思想总是倾向于如此负面呢？我们已经知道思想的唯一运作原则就是不断运作下去，而要运作下去，它一定要靠我们的注意力来供应能量。很不幸，我们接受的教育、成长的经验，都令大部分人的负面情绪比正面情绪更强大。负面情绪比正面情绪常见和维持得较长。负面情绪通常都会比正面情绪更能吸引我们的注意力。于是思想便因势利导，倾向于制造更多的负面思想来吸引我们的注意力。

大家以后不妨留意一下，其实脑海每时每刻都有很多负面思想闪过。处于正面的情绪状态时，我们会对这些念头一笑置之，甚至根本不留神，任它飘过。可是当我们陷入负面情绪时，便会特别注意这些负面思绪，特别执着于它们。思想不会为你的利益着想，它只会顺势制造更多的负面想法，好去吸噬你的能量（注意力），于是你更不高兴，陷入恶性循环，被情绪（思绪）控制着。所以，负面情绪这么顽强，也令你非常疲累，因为它不断吸噬虚耗你的能量。

3. 你是自由的觉知

真正的你，其实有能力和自由超越情绪（思绪）的那个觉知。究竟如何能够超越呢？我们现在明白为什么很难通过思维去超越情绪，正如不能靠魔鬼来赶走魔鬼。

身体，正是最直接，又人人可行的途径。记住，思想是 nobody（没有人），也是 no body（没有身体）。只要我们一开始思考，便会忘记自己的身体。思想和身体，是注意力的两极。你越留意思绪，便越忘记自己的身体。相反，你越专注于身体上，思绪便越安静。当你全然回归身体，脑海会一片宁静，你会自然进入 flow 的状态。

人最大的痛苦不是完全忘记身体。如果真的能够完全忘掉身体，完全沉没于思绪之流中，反而不会感到痛苦。最痛苦的是把百分之九十以上的注意力集中在思绪上，百分之十放在身体上，而这百分之十，正是负面情绪在身体引发的痛苦感觉！这百分之十，已经足够把你折磨得死去活来。人的痛苦，正是源于被这恶性循环两边撕裂。

4. 情绪的炼金术

第一步是培养对身体的敏锐觉知。怎样做呢？就是前面介绍的通过感觉呼吸胀缩来放松，来重新发现身体里面的微妙感觉。然后，我们可以尝试在身体里面觉知情绪的生理反应。不妨从愤怒开始。下次当你感到愤怒时，提醒自己留意那个愤怒在身体哪个地方。这听起来很奇怪。人愤怒的时候当然知道自己是正在愤怒，但如果问他：你的愤怒具体是在身体哪个地方呢？大部分人都不晓得。因为我们愤怒的时候，会失去百分之九十九对身体的觉知。注意，我不是叫你压抑愤怒，那只会有反效果。我只要叫你留心愤怒时身体哪个部位感觉最强烈。通常是在太阳神经从（即心口对下腹部以上的地方）。如果你真的在具体的部位里很留心地注意那愤怒的感觉，不要尝试压抑它，只是看着它，很有趣，那个愤怒会骤然消失，因为情绪失去了继续运作的燃料。更有趣的是，如果你够专注，那愤怒的感觉随着愤怒情绪消失时，会突然转化为某种很强烈的舒服感觉，就在你刚才感到强烈愤怒的身体部位里，甚至向四周扩散。**这是情绪的炼金术。**

以后，每当你处于负面情绪时，立即提醒自己注意身体的呼吸。你有百分之二十的觉知放在身体上，情绪（思绪）便减弱至百分之八十，一直到百分之十，然后百分之九十的觉知在身体上，思绪和情绪越来越无法打扰你。但是要当心，思想是一部进化了几十万年，习惯纵容了数十年，身体上最活跃的机器。为了要继续运作下去，尤其是面临威胁时（譬如你再不注意它），它会挣扎得更厉害，会用尽办法，制造更厉害、更难受的念头来重新吸引你的注意力。你会不断被情绪（思绪）拉扯，你必须动员意志来抗拒它，只管专注在身体的感觉上。

我们总以为人都不喜欢负面情绪，有办法的话，都乐意避免负面情绪。错了！**其实人都是负面情绪的 emotion junkie（瘾君子）**。情绪是很深的瘾，我们总是不自觉地陷入情绪里自我沉沦。人总是习惯性地跳进情绪的毒瘾里，不能自拔。

所以我们必须培养对身体的觉知，用意志把注意力从思绪转移到身体去。这只是习惯的问题。多来年你已习惯把所有注意力集中在情绪（思绪）上，成为它们的奴隶。现在你明白了。只要改变习惯，重新留意身体，渐渐地你的注意越来越大部分集中在身体上，不为情绪（思绪）所动。

当你习惯放松专注身体，越来越发现它的精微感觉后，慢慢你可以清晰察觉到有一条界线。你会进入某种特别而又清醒的意识（类似 flow 的状态）。为了方便，我们姑且称这种意识为 the second body（第二身）。就像一道门槛，外面是肉体上的感觉，更远的是情绪（思绪）。只要你进入第二身里，一切情绪反应都会像望着窗外的风风雨雨，丝毫不能影响屋里的你。同样，你会不断被情绪（思绪）拉扯。你要懂得退一步，退回身体和第二身，与情绪（思绪）保持距离，然后，你便可以享受真正的自由。

总之，一切都只不过是习惯的问题。我们习惯了以为自己就是情绪（思绪），习惯被它们吸引，习惯向它们供应源源不绝的能量，习惯跟随它们不断转动，习惯让自己堕入情绪里万劫不复。

所以，我们要培养新的习惯，从体会身体的呼吸开始，在任何时候（甚至在上洗手间或临睡前），感受自己的身体随呼吸胀缩，把这种感觉扩大，直至感觉整个身躯被一团温柔的能量包围着，渐渐你会发现另一种意识状态。带着这种觉知，尝试用这种实在的感觉去经历生命，不用多久，你便能享受快乐和自由。

素黑：很对。我们要让注意力从头脑转移到身体，才能定心，感到平静和快乐。刚才我们试过返回呼吸的膨胀和收缩去感受身体，我们应多练习，尽量给自己空间，一个人去练习，去感觉。现在我再多教几个方法让大家达到定心的效果。

○　○　○

自爱、定心的练习

收心，是返回一个让你静下来的定心点。

1. 收心练习

定心的第一步，就是让注意力从头脑转移到身体，我们可由寻找能量中心的一个点开始。那就是我们的“心”。

我们常听人说“修心养性”，其实这真正的源头是佛学里说的“收心养性”，到底什么是“收心”呢？

我们平日面对人事、工作，面对感情、关系，都是把“心”流放出去，就是把心放走、游走的意思，好像很自由，其实正是引发焦虑不安的源头，让你感到无法“放心”。

要保护和重整自己的能量，必须先从收心养性开始。心除了能转移情绪，还是一个爱的位置，所以有“爱在心里”的说法。我们往往忽略了**心是平静、和平的泉源**。心是一个让我们感觉平静，让自己安定下来的场所。能够定心，便能把放出去的、混乱了的能量收回。

收心，是返回一个让你静下来的定心点。想象把心掏空，然后把心注入感觉、注满爱，帮助自己完完全全地返回这个静心点内，让心膨胀，收缩。

女性是很感性和敏感的，可惜很多时候被典型化为神经质、欠缺理性，被忽略了正面的作用。例如，女性的皮肤感觉很强，也是女性最强的性器官，所以为何性交并不容易让女性感到最大的快感？因为对女性而言，最大的快感来自做爱前的拥抱和抚摸，纯粹皮肤的膨胀和收缩，缺乏做爱前奏的女性容易变得紧张不安，影响分泌，减低快感。这一点往往被男性忽略了，因此在性爱中女性比较难得到满足。

收心的练习很简单：寻找身体最敏感的部位，把能量、意念收回来，放在这个身体的点上，感受那里的膨胀和收缩。男性可以放在丹田的位置。收心对男性来说比较难，因为大部分男性的感觉重心都在丹田位置上。而男性把气回归丹田是较容易掌握的，因为那里原来就是很强大的气场。

至于女性，可以从“气穴”这个穴位开始，找回微妙的空间感觉。气穴在哪里呢？道家说：“气穴即血元也，即乳房也，在中一寸三分，非两乳也。”气穴在两个乳房之间，即心轮的位置。在心轮渐渐建立一个位置，掏空一个位置，忘记全身，那位置是平静、和平的源头，打开那里的皮肤，感觉那里注满平静，和平。**心是直接发放平静的地方。不要以为先从爱去寻找平静。**爱有时会给你平静，但更多时候会转移重心失去自己，所以容易勾起情绪波动，平静的爱很难持久，因为容易牵涉欲望，激发自我，容易受干扰。但心却是最中性的地方，那里本来就是身体的中心点，让我们安定、平衡的地方。

尽量给自己空间，一个人去练习和感觉，返回心直接取得平静，你便能平衡情绪和欲望，不再想占有，只想付出。

睡前做这个收心练习十分钟，能大大改善失眠毛病，优化睡眠质量，补充能量。

2. 和自己握手练习

这里还有一个定心、收心的小练习，让你可以不依赖别人，给自己爱的感觉。这个练习尤其是适合依赖性强的人，和刚失恋的朋友。我们都懂得和别人握手，却很少和自己握手。这个练习是学习和自己握手。或者当你想有被拖着手的温馨感觉时不用靠别人，可以直接和自己握手。

方法是这样的：把双手交叠在一起，左手和右手的掌心相连起来，然后尝试用不同角度去互相握手，不同的握法会有不同的层次和感觉。试试看，手是很敏感的器官，有很多感觉。握手时，我们会感到热量交流，有爱的感觉，感到爱返回心中。握着自己的手，和自己谈一场恋爱，给自己爱，直接和实在，自己感觉自己，将自己的心融化。

3. 把心拉开练习

最后，试着做这个练习：

幻想把自己的心轻轻拉出来，放在距离我们胸前约一米的地方，在心上投射一个很爱自己的伴侣，然后，像拖着小孩子的手，或者像抱着最爱的宠物时的感觉，又或者是拥着爱人的感觉一样，跟自己做个手拉手的知己朋友，和自己聊聊天，拍拍拖，放下自己，顺应地被它拖着你向前走。走在街上、上楼梯、散步、跑步时，都可以用这方法，把心拉开，让它拉着你走。

把心拉开以后，你的眉心也会逐渐拉开。让心走在你前面，每走一步都是由爱你的心带领你，那是一种温馨的，恋爱的感觉，也是你和你的心最亲密纯洁的融合。

最后，感谢自己走出这一步，感谢宇宙供养你的一切，感谢身边默默支持你的人。这，就是爱。

○ ○ ○

柒 向海学习爱，修养爱（完美版新增）

如果我们希望爱别人的话，
我们应先爱好自己，
就好像你要工作的话，
要先去吃饭，
要不然会没力气，
这是基本的燃料，
没有这个燃料的话，
你说的爱也是无力的。
所以爱的基本功，
就是必须要自爱。

海是最好的治疗师

假如你是海，你必须打开自己。

在这一讲，我想转换场景和风景，谈关于海的智慧。

我在香港的家，窗前面便是一条长长的海岸线。临在大海大山旁边，随时放飞自己，静心养息。

当年出走英国南部的海边小镇布莱顿，是改变我人生的转折点。一个可爱的太阳，一望无际的海滩，北半球紧贴水平线的弧形大天空，在海前的小屋窗前看日出日落，就是这些最单纯的自然定律，点悟了曾经执着、负面能量强大的我。从那一刻开始，我的人生改变了，真正踏入自爱和正能量的生命轨迹。

海拥有独特的振频，海跟人的振频相呼应，因为人的生命需要流动性。

海是最好的治疗师，它的能量阴阳共融，人在海前能减压、放松、洗涤、清理、豁开、达观，把过去现在，身心内外清洁干净，激活能量。

每个人都有一种独特的振频，跟能与这种振频产生共鸣的地方和人在一起，自然会感到舒服、解脱、放松、像活回前生一样的熟悉，像回归母亲子宫一样的安全，感到被爱，和世界再度融合，让自己回家，活得自在。

哪里来的力量能推动大海？这是宇宙的能量和爱，在大海面前人太卑微，只能谦卑。人必须谦卑，幸福感和爱的感觉才会渗出来。

我经常鼓励情绪管理和自疗的方法之一，便是靠近海边，或者多到海岸线旁边，让海浪独特的摇摆振频疗愈自己，强化生命能量。摇摆，或者说“起伏”，是一种生命能量的特性，一个健康的身体是不断地在“摇摆”的。譬如我们的体温、血压、脉搏次数、血糖值、胆固醇值等，都在一定的幅度内摇摆变化。

摇摆是一种节奏，生命是依从某种独特的节奏才能运行畅顺的。大自然有摇摆的规律和节奏，如海洋的潮涨和潮退。假如人的内在节奏契合大自然的节奏，便会产生和谐的生态，优化生命。人类的呼吸和波浪的节奏很相近，人听到海浪声会自然感到舒泰，就像婴孩在摇篮内会感到安全，或返回到母体内感受到子宫的收缩节奏一样。

地球大部分面积都是海。海的力量很强大，它跟月亮和宇宙有亲密的关系。没有海，风和氧气不能交换，也不能孕育和滋养生物。海的特性是能静能动，能阴能阳。水是阴性，汇聚成海便成阳性，阳跟阴融合一起，就是海洋的力量泉源。**海可以动，可以静，你会发现，同一个地方，海水的潮退潮涨每天都不一样，时间也不一样。如果我们跟它配合，跟它很靠近的话，其实也是跟我们自己身体里面的水靠近。**

我们身体内的水不是静止的，它不是湖，而是海，很流动，也可以随着情绪和身体变化而顺应变势。海不是河，不是溪，不是湖。水跟我们的心胸很有关系，假如你只是一条小河或小溪，可能会较小气，当然它们有它们的安静，它们的声音很好听。假如人是湖，便可能容易忧郁，因为它不动，虽然很安静。在西方有湖的地方风景都很好，很多人喜欢到那里退休，可在那里，人的自杀率也挺高的。

假如你是海，你必须打开自己。我们发现在海边生活的人，海边的文化都是打开的，是欢迎的，会跟你说“来吧，欢迎你”，很大方。在山区和大陆，多山，没海。山很好，你是山的话，相对于海，会比较封闭，没有那么打开，缺乏要往外开拓的情怀。海边的地方，往外交流、贸易的活动特别多，人也特别灵活，能变性强，富有弹性。你看中国沿海的城市，那里的人和文化都有类似的特性，就是容易接触外界，没有那么保守、封闭，因此能保持年轻、活力，具竞争性。世界上发生什么事情它们都马上知道，也愿意主动去知道，特别好学，喜欢交流。你可从这些地方的语言变化的历史便能得到佐证。

你看广东话，它是非常灵活多变和年轻的语言，因为它会不断改变，以很快的速度不断自我更新。假如你少看一阵子电视，少跟年轻人聊一阵子天，你可能已错过很多“潮语”，即新近创立的潮流新语。而这些潮语，会通过流行文化，如媒体传播到全中国和其他地区，让全球华人在短时间内马上学会，更新沟通方式和思维方式，不再落后。我如果没有看电视，没有上网的话，只要三个月，我就已追不上香港人，尤其是年轻人正在流行说什么。

看一种语言的进化，你会看到那种文化的进化速度，那些都是临海的地方。这里说的进化是指创新，这也正是海的另一个特性：创新。有创新就有能量。能放能收，收放自如，就像海一样，每天都有不规定的潮汐涨退，在不规则中蕴藏着内在的规律。

○　○　○

修养：当水点投进大海

一滴水可以把石头弄穿，渗透性超乎想象的强。这是水细腻和温柔的力量。

海原本就是水，一滴、两滴落入海里，水点还在吗？在，但是在哪里？我们无法分辨，因为水点已跟海同一了。还用问水还是海哪个较重要吗？

以自我为中心的人，当你跳进海里后，你便知道你什么都不是，你原来很渺小，但是你和海是一体的。如果我们抱有这样的心胸，便不会那么执着自己是什么，别人应怎样对待自己。如果你能像海一样，没有你、没有我，只有我们一起，不管发生什么事情也会在一起。这样的话，我们也不会自觉有没有什么了不起，我们不过是海里的一滴水，同时，没有这滴水，也没有一个海。

我们要看清自己的渺小，同时是宇宙的一分子，而且可以具有很大的力量，就像水的力量一样强大。

我们再看看自己。人体70%都是水。我们是水做的，所以自爱、养生的基本功是什么？就是调校好和水的关系，和水平衡地共存，要先喝好一杯水。

如果你问我什么才是修养，怎样才能爱自己，答案很简单，就是先喝好一杯水，先学懂尊重一杯水，珍惜每一滴，知道它得来不容易，别浪费。我们太幸运了，世上很多地方的人没有一滴干净的水饮用。我们不浪费一滴水，就是修养，因为水是整个宇宙的四大元素之一，如何平衡这些元素就是最基本的修养。所以，一开始我先从海开始谈，然后回到水的本质，再回头看看人，看看你自己，你便明白自爱真正的意思是什么了。自爱，可以说是学习对自己身体的水好一点。

现代人需要补湿护肤，处理水肿问题，其实是因为我们跟水的关系不够好，我们内心没有打开，甚至乱发脾气，让自己变成海啸那种能量，不懂得变成温柔的水。**温柔的水是什么，在哪里？它从生命的源头来，从子宫里面的水而来。水是生命最基本的源头，对水好就是对生命好。**

怎样才算是对水好？就是别浪费，用好它。喝好一杯水，慢慢喝，最好能品水，像品茶那样去品水。**能品尝最简单的水，你自能品尝人生。**

安静的时候，你不会大口大口地喝水，你会放慢速度、细细品尝，不然会容易伤身，更重要是，你会变得越来越粗心。因为第一，你没有看清楚这杯是什么便喝了，没有先看，先感觉，先闻，却关注了其他事情，忽略了最基本的，没有喝好这杯水。第二，你也看不到别人的需要。假如你很细心地喝好一杯水的话，你也会知道别人需要什么，先看到别人欠缺什么，你会变得细心。**你会慢慢进入一种水的渗透性状态**，一滴水可以把石头弄穿，渗透性超乎想象的强。这是水细腻和温柔的力量。

○　○　○

修成海边石头的温柔

海边的石头是温柔的石头，你能看得懂海边的石头，你便明白什么才是真正的温柔。

有机会去海边的话，去看石头。

在我们还没有出生，人类没有存在之前，石头已经存在了，地球有多久它便存在多久。石头看过的肯定比我们多，它经历风雨的能力肯定比我们强，我们要向它学习，还要学懂看到石头的温柔。

海边的石头为什么温柔？石头很硬，形状不规则，但是海边的石头却很光滑，圆圆的，为什么？因为它每天都被水爱抚着，再尖锐，再以自我为中心，水也能把它摸到纯滑、温柔。**海边的石头是温柔的石头，你能看得懂海边的石头，你便明白什么才是真正的温柔。**你必须亲身去感受。看水如何替生命洗礼，净化身心。连石头那么坚硬的东西也可以被水柔化，变得温柔，这就是水阴阳结合的力量。

而这种力量，也是一种阴性的、母性的力量，也是爱的力量。

女人应该回归水渗透性和温柔的力量。可是不幸的是，很多女人现在只剩下石头的坚硬，失去女性阴柔的力量：那是能抵御风雨的力量，不能硬碰，能抵受伤痛。

女性有一个特性，就是拥有温柔如水的外在条件。但是女人同时兼备一种比男性强大的力量，譬如抵御痛的能力肯定比男人强一百倍。**男人表面很强，女人却是真有内劲的坚强。**女性有温柔和强大如水的优点，应该把坚强转化成管用的能量，无须复制成男人，和他们硬碰。女人擅用心，但若过分用心，便变成“离心”，容易受别人影响，失去安全感。现在很多女人都很能干，撑起整个家，什么都能拥有，可外表强硬的女人，却压抑了阴柔的底蕴。假如女人要变成一个男人去打拼，她可能会很成功，但其实不过是成功地变了性。

所以很多女人跟爱人、孩子在一起时，会变得很硬，不能转弯，不能退，失去像水一样收放自如的能力，只能强争面子。很多孩子害怕女强人妈妈，因为她们不讲理，或者很强硬地压迫你。因为她压抑了自己，其后会陷进跟自己能量对抗的状态，变得不快乐，脾气像老虎一样凶。这些女人的更年期也越来越早来，而且也非常难生孩子，生育之后也会出现很多后遗症，正是因为把母性的阴柔压下来。

女人要向海边的石头学习，把自己的女性活出来，保留和珍惜阴性的本能。

○　○　○

爱，在关系里体现

如果必须说爱是什么的话，能活着就是爱。

然后，你可以进入爱的课题。

我们都需要爱，但爱是什么呢？我们不能抽象地谈爱。爱其实非常具体，就是存在于具体的生活上，从尊重一杯水开始。你能做到，你便进入爱之门。

先看一下别人需要什么，同样也看到自己需要什么。这就是爱。

很多人只要求别人给你什么，或者过分为别人付出，把能量花在别人身上，怪不得活得、爱得那么累，那么痛苦，经常感到没有回报，因为错误地用了很多能量去服务别人，却忘记了自己。**你要先爱你自己，若不懂得爱自己的话，你给别人的爱也不可能是好的能量。**

关于爱的具体，必须要在关系里面体现。我如何去爱地球，如何跟水、食物建立爱和尊重的关系，都是非常具体的。爱的条件是，我们必须很尊重它，爱不是一个让你得到所需要的东西的工具。可惜我们现在所谓的爱却带着强烈的目的性，满足自己的欲望。有些父母的爱是希望孩子考进重点学校给自己添光彩，然后到自己为其安排的企业去上班。这不是爱，这只是交易关系，并没有真心想知道孩子真正需要什么，也没有尊重他们的想法和意愿，没商没量，这就是没有尊重的关系，并不能有爱。反过来也一样，孩子没有尊重父母的想法，也不关心他们的处境，只管自己想要什么他们一定要给，不给就是不爱我了。

如果必须说爱是什么的话，能活着就是爱。你能活、你还活着，已经有爱了。如果要爱，要先爱好自己，没有比这个更重要的。不过，**别断章取义地以为我在说必须先懂得自爱才能爱别人，这里没有必然的前后次序，爱自己和爱别人是应该同步修行的，**当然会有步伐的快慢，有时我们需要先爱自己，有时也可以通过爱别人来学习爱自己。我们永远在学习中，永远在学习自爱和他爱。很多时候我们通过学习爱别人来看清楚原来并没有爱好自己，我们通过爱别人来学习爱。不过，**如果我们希望爱别人的话，我们应先爱好自己，就好像你要工作的话，要先去吃饭，要不然会没力气，这是基本的燃料，没有这个燃料的话，你说的爱也是无力的。所以爱的基本功，就是必须要自爱。**

如果你说“我很爱你，但是我不爱自己”的话，你并不诚实，或者你不知道你在说什么。

自爱的同时也可以去爱别人，彼此一起学习，哪怕跌倒了，受伤了，伤害了别人也没关系，从实际困难和挫败中学习处理和善后，得到教训，爱自能成长。

○　○　○

面对自己，别怕痛

疗愈的过程肯定是会痛的，这是常态。就像涂药膏会痛，喝药会苦一样，可是，疗愈以后，便是放松和解脱。

不要害怕犯错误，别介意感到惭愧，诚恳地对自己和别人说“对不起，我真的做错了”，但是别活在过去。每个人都会犯错误，别因为害怕犯错误而不去爱。回想我们是怎样学会走路的呢，有没有人没有跌过便能走得稳？为什么那时候不怕跌倒，现在却怕得要死呢？我们是进步了还是退步了？

有读者说，最初读我的书感到害怕，因为怕看穿自己的弱点，发现原来自己害怕跌倒。其实他们害怕面对的是他们自己，不是我的书。因为**你真的要面对自己，你不是来看我，你是看你自己。**

人真的要面对自己是很痛苦的，就像用一把刀把自己割裂一样，发现这个“我”原来是这样的，比想象中更难以接受。但是，吸一口气，过了这一关，你便能疗愈自己。**疗愈的过程肯定是会痛的，这是常态。就像涂药膏会痛，喝药会苦一样**，可是，疗愈以后，便是放松和解脱。

面对自己确实不容易，尤其是看到自己的黑暗面，靠自己走出来便更艰难。譬如在恋爱里，你看到最多的其实就是自己丑陋的一面。你会羞愧，原以为是他不好，可镜子放在面前，原来你也一样。又譬如我们常常埋怨父母怎么不好，但其实我们也经常重复他们所做的，我们不过是彼此的镜子。或者成熟了，你会发现不好的是你而不是别人。发现的一刻会前所未有的痛，像被一把刀子插下来一样痛。但是超越了这关，你便有力量重生，所以自疗很值得，因为这样的生命才能成长。

成长是生命的目的，过程会痛，痛过便是爱。别害怕痛，阵痛后而新生，它是爱和成长的前奏。

○　○　○

附录

答问

1. 很多人研究相学，以为可以掌握未来，可往往在知道命运后很害怕，但不问不知也很害怕，为何会是这样呢?

让我告诉你一个读者的个案作为参考。

有位读者爱上了有妇之夫，她为此自责，但同时爱得不能自拔。于是她便求神问卜，发现那位占卜师说的话很灵验，并且表示她的真命天子会在两三天内出现，现在那位有妇之夫不是她真正喜欢的。这位读者听后又悲又喜，写信给我说：“我才不理会是否有真命天子，只要我可以和现在的那个走在一起，要我短十年命也不成问题。”这位读者是一位二十五岁的小姑娘。她问我意见，我告诉她她根本不爱现时这个男人，她只是想拥有一个名分。她马上认同说：“素黑你说得对，我其实只不过是想有一个名分而已，不是很过分的要求吧，为何上天要这样对我呢！”

这个故事的发展却充满戏剧性。

不到一个月，她又给我发电邮：“素黑，中了。真命天子果然出现，他人品、职业什么都很理想，唯一的缺点是他经常出差，这是他认识我以后公司才有的安排，真倒霉。但他说出差只会维持半年左右，不会很久，半年后他回来就会娶我。但我总认为，经常出差的男人十个男人九个花，不可靠。”

这位读者似乎很健忘，一个月前还发誓愿宁愿短命十年跟那有妇之夫男友在一起，现在对他只字不提，她的心已被另一个男人轻易占据了。她最关心的是如何能占有这个男人，而不是成全对方的事业或意愿。

很多人在感情上根本不知道自己需要什么，像这位年轻读者一样，她当初以为自己很爱那位有妇之夫，但现在又有新目标了，可能三个月后有另一位男士出现时，她会再次移情别恋，并说是天意。

我对求神问卜不感兴趣。我相信宇宙间有超越人的智慧和奥秘存在。但是，在我们还没有把心定下来，清楚自己正在做什么、需要什么前，占卜便变得很危险，让人一方面依赖，另一方面又对未来失去信心。因为当你知道你将受到严峻的考验时，还没有心理准备承担这消息，于是占卜所带来的结果是压力与负担多过帮助和安心。因为你的心太乱了，现在的你还没有定心，却妄想去安定自己的未来，这是不可能的。

假如我对你说：“我一看你便可以看穿你的前世。看，你前世杀了你的男朋友，所以你现在的男朋友对你这样差是应该的。这叫一命赔一命。”你知道自己的前世今生会安心一点，还是更心慌呢？如果你在前世真的杀了人，现在你的男朋友要杀你，那你是否应该感谢他？

没有任何占卜师需要保证你的未来，钱已收了，话已说了，大家的缘分便告终，命运结论如何，始终还是要你自己去承担的。

所以，求神问卜有其危险性，因为始终没有帮到你从心彻底打开自己，当你还未定心时，求神问卜很容易变成迷信。你可以视占卜为一种调剂生活的娱乐，像看八卦新闻一样未尝不可，但可别太认真。一次在朋友家，大伙儿在浏览关于星座的网页，他们分别输入自己的出生日期，看自己的性格分析。理性上他们都知道那些资料不是完全准确，但内心又希望那些不能掌握的信息说中自己，希望应验。到底他们在期待什么呢？这就是人性软弱的一面。对命运想知道又害怕知道，知道了又扫兴无助。

我们做任何事时都要保持清醒，只有清醒时所做的决定和行动才不致造成很大的不便或伤害，因为当你清楚知道需要承担后果，你便会克制自己。

2. 你的文章经常提及我们要观照自己，到底什么是观照呢？

“观照”这个词来自佛学。我不精通佛学，但我很喜欢“观照”这个字眼。先不要理会佛学如何解释观照，让我们从这方面看这两个字。

日常生活中我们是眼看耳听的，但我们有否想过能逆转感官呢？所谓观照，最简单的理解是**看着这一刻的心**。我们要学习看到自己此时此刻的心，不管正在想什么，先去感受。我们往往只会思考如何处理，却不懂如何看穿，这个“看”就是感受。

我们的心是充满能量的，由心发出的电波比大脑发出的强大五十至七十倍，我们的大脑会消耗很多氧气、体力和血液。但心所需的能量较少，却可以发出强大的力量，所以我们一旦用心不正，或者发放爱的力量时，其影响力是不可言表的。

观照，即是看得十分清楚，同时不失感觉。不是“噢，我知道自己现在很痛苦”这种知性，不是单纯的知，而是感受，像看到光一样，不只是看见，而是同时用心感受光的温度所带来的心灵变化。观照是明澈冷静的观感，让你看穿自己的内心，也看穿人事世态甚至宇宙的奥秘。我们都懂得观看，至于如何去看呢？这是一个大学问，很多修行中的人穷其一生都在探索这门学问。很多人看不到自己，却花了很多心神去看，问题是他们用脑袋去看，去思考，去判断，去评价所看的，而没有打开心。

听过这样一个故事：有一位僧人，他找到一棵很好的树，决定在树下修行。其间，他因为有三急，便走开了，谁知当他回来时，发现有人占用了那棵树，这位僧人便跟他吵起来，说："这是我最先找到的地方，它是我的。"嘿，这个故事告诉我们，很多人都以为自己在修行，静心，观照生命，其实他们可能打坐几十年，结果还是心乱如麻，自我强硬。我曾经试过用心率协调仪为一位自认已入定颇深的朋友测量他的定心状态，谁知出来的数据却是一团糟。你说他一直是怎样静心观照呢？

我们原来十分自以为是。观照是高层次的智慧，如果没有达到定心的状态，我们将无法看得清楚，无法感受生命深层的奥秘。

我们要观照自己，因为我们太混乱了。我们这一代人拥有最优越的生活条件，同时也是最空虚的一群人，太容易得到物质，心灵却虚空无一物，所以更需要学习观照生命，看穿自己，保持清醒，沉住气不乱动乱怒，也就是要学习**管理情绪**。我们活在富庶的都市，自当有优越的条件修好自己，向前多走一步，不然只会更加痛苦，因为我们饱暖后只懂动脑，打电脑，思前想后，道德自困，愁困安危，空出的时间便胡思乱想，自寻烦恼。

这就是学习观照的理念，但不是每个人都需要观照的；同样，不要强迫别人信奉你的信条。为什么要强迫别人呢？当人有需要时便自然会开展人生探索的道路。路是自己有需要时自动向前走的，走自己的路就行了。不要多管人家的路，装饰自己的苦闷。

3. 很多活在贫穷地方的人，心灵和精神生活都很富庶。反之，生活条件较优越的人，心灵生活却比较失落，为什么呢？

你说得很对，你的问题回应了我刚才说关于“另一半”的观点。为何西藏有这么多人修行？而香港有多少人修行呢？东京呢？上海呢？物质条件优越的人很少会想到去修行，因为物质永远不满足，旧的欲望很快会被新的欲望取代，你将无止境地追求满足欲望。除非你已超级富有，富有到金钱已不再有意义的地步。所以你会发现非常富有的人会去修行，甚至放下一切，因为他们追求更难得到的东西，这就是内心的平静，或者想知道生命中更神秘的东西。

这也是时间的问题。如果你有很多充裕的时间，物质生计已无法满足你，无法为你带来快乐，可能是你拥有太多或拥有太少，你便有提升灵性的需要。很多事情都和“不足”有关，你不足的话便要去求，或者去修。我们似乎活在很富庶的环境里，但我们内心还是感到不足、爱得不够。这是现代人必须面对的灵性关口。我们不一定要去修行，但要学习收心养性，修补和强壮自己的心。遗憾的是，学校和生活环境都没有提供修心的空间。我们只得自己找寻，需要时间磨炼，心急不来。修心、观照都是理性的投资。

4. 如何处理分手后的情绪?

那要先看看分手是什么原因，分手的理由是否正好反映你的缺点和缺失，反映你人格上有哪些不足的地方。分手有时是一件好事，我们要接受现实，转化能量，将分手变成正面的动力。

5. 记不起从什么时候开始，我已失去了自己，不再相信自己，也不再相信别人，所以很累，应该怎么办呢?

失去自己是什么意思？是无法掌握和抓紧自己的生命，所以很惊慌，抑或情感已到了麻木的地步，没有感觉，也没有感情，甚至没有新的冲击了？又或者，经历过爱情而跌倒，被人否定了，所以觉得失去自己呢？

当你说失去自己时，只是失去了一面镜子，是别人不再反照你的结果，而不是你看不见自己了。当别人不注意你，忽视你，认为你不中用时，你便感到失落，觉得做人没意义，你把自我的价值观贬得很低，因此你连自己都不敢相信。可能你受过伤害，所以你不再相信别人，但为何信任别人对你来说是一项负担呢？这正是能量分配不好的问题，原来你已失去能量接受冲击。相信别人时是要付出的，要投资，若信错了人怎么办？会理亏。正如我刚才所说，你要量力而为，如果超越了你的负担能力，你当然会受伤，因你付出过多了，于是失去了自己。解决的方法是你必须继续向前行，别却步，重建信念，用我以上教过你的定心方法试着勇敢走下去。

6. 朋友的老公做事没有原则，也不愿意为决定的事负责任，可是对家庭很照顾，愿意做家务，但在感情交流方面很贫乏，做妻子的很气愤和无奈，请问她应如何面对老公呢？

男人的思想和行动很少能马上满足女人的需求，你认为他不愿意负责任，可是他内心可能正希望负责任而不去随便决定事情。我不是为男人狡辩，而是告诉你我们要了解男女双方在沟通上有很大的鸿沟，我们只能用心尝试进一步沟通，学会透视对方的心，尽量先关怀对方的感受，而非理论，或计算谁是谁非。这点是很重要的，因为这样才能掌握如何跟他谈下去的技巧。

沟通不是目的，沟通只是工具，一种相处的方式，到了某个情感层次可以不用再靠语言沟通，双方已有默契，可以相处得很好。但一般人却以为沟通是两性共融的方案，其实强调沟通只是近代文化史上的观念，太多语言政治的把戏，已变相跟权力扯上关系，离感情和爱很远了。这点在此不做详谈，重点是你问自己，当你认为老公不负责任时，你能清楚要求老公应该负什么责任吗？你的要求合理吗？注意到他的感受了吗？有尝试先了解他的想法吗？你对他的了解还很浅薄。在判断他之前，请先安定自己的心，才有清晰的思维表达自己的想法，并进行沟通，问对问题，不致一开口便勾起人家的情绪，令人反感。很多人都不懂得表达自己，或者过分自我保护，因为面子问题，或因为有苦衷难以表达，有些人甚至不知道自己真正的想法。男人的思维是线性的，不会转弯抹角，女人的思维却是网络式的，很多枝节，不够清醒便会乱作一团，没有人（包括自己）能理解或追踪来龙去脉。多用心了解对方再下道德判断，人总比自己想象的武断。

7. 我试着你教的方法看黑，在黑暗中感觉心跳声很大，这是什么原因呢？

在黑暗中，我们会变得更敏感。试想原始人没有灯，他们却能感知到有猛兽出现，因为在黑暗中，我们全身的能量都会集中起来，聚合到各个感官上，所以五官变得很敏感，会听到平时听不到的声音，万籁有声，一切都有生命的节奏。平时我们无法静下来，受到很多官能上的刺激，大部分都是用不着，甚至多余的信息，令我们的感官变得麻木、迟钝。也因为我们已过分习惯用脑袋思考，忘记身体，失去对自己身体的觉知，亦即失去对生命、感情的敏感度和觉知性，变得麻木不仁。

8. 你觉得坊间应该多办感情疗伤聚会，让一些有情伤的、心灵受伤不开心的人有机会坦诚讨论问题，通过分享互相扶持和开解，平复心情吗？

我不反对，但也不特别支持。因为这种分享会很容易演变成发泄会，人在集体交流时容易产生和应效果，尤其是在分享负面经验时更容易一触即发，感染负面能量，认同痛苦经历，同病相怜，制造更大的负面磁场，这可是危险的。假如没有拥有思绪清晰和正面能量的带领者在场，便会沦为纯粹情感发泄的聚会，例如谈及失婚、情伤等问题时，很容易出现“男人都不可靠”“天下男人没一个好的”的负面结论。

这种分享会是否有意义，关键在于主办者是否对治疗有正确和正面的意识，如果带有目的性，如有利可图，甚至可能只是在宣传宗教，这样就会变成另一回事。我认为最重要不是分享，这只是表达自己、宣泄情绪的环节，更核心的宗旨应是先跟自己建立良好关系，先相信自己，相信自己内在有一个神圣的空间，相信自己有能力改善自己，感激自己的身体对自己不离不弃，默默为你付出很多，散发内在的慈悲。在肯定这些后，你的心胸会开阔，不再埋怨和执着，不再在意负面的陈述和记忆，这样的话，你才可以有正面能量跟别人分享你的经历。心术和能量很对劲的人，才有资格当治疗师，辅导别人，带领群体朝向各自的内在潜能，开发自己，而不寄情分享，激发情绪。我不否定分享，我们现在也是一定程度的分享，有一定的正面意义。但我们要清醒，别纵容负面情绪的抒发，像坊间不少情绪、潜能提升课程一样，勾起负面情绪或潜意识后又没有及时修补和纠正，后果可能很危险。

9. 请问你认为宗教和信仰之间有何分别呢？

宗教跟信仰是很不同的层次。每个人都有信仰，就如信念一样，是内在的精神价值。宗教则大多以超越人的神灵作为崇拜目标，建立一套终极道德价值体系。我的看法是，你先找回自己，肯定自己的人性，才可以明白你所信仰的那位神灵的意义，才明白他感召你的旨意是什么，否则你只是盲从，借一个神失去自己。你要先做回一个坚信自己内在力量的人，否则你的信仰很虚弱，承担不起任何信仰的要求，你会变得容易质疑自己，最后质疑信仰。真正有信仰、有信念的人不会活在忧虑中，他的存在本身就是神灵的见证，无须依赖表面化、仪式化的证明。经常活在恐惧中，证明你离开你的神已经很远。

10. **自私和自爱有何分别呢？**

自私是负面地感染自己和别人，自爱是正面地感染自己和别人，这是唯一的分别。当你不是一个心能安定的人，或者不能看透问题时，你很难分辨两者，你会混淆它们。你以为自己很自爱，其实可以很自私。当人家不明白你、怨你太自私时，可能你很自爱，自私的是对方。当你纯粹为了满足自己的欲望时，你的爱是自私的，也会影响别人，但当你为追求自爱时，所散发的爱便很不同，可以分享。不要执着介怀别人的评语，我们要先分辨出自己的心态，知道什么对自己真正好和不好，有没有剥削别人和自欺欺人。你需要用慧眼去认清两者的分别。这也是修行的过程。

11. 什么是心结呢？

心结即执着，心结即是我们的能量运行不顺畅，受到干扰，或受到别人负面能量影响后，无法解决问题而勾起的负面情绪状态。很多心结都是无法平衡欲望，欲望管理失当的结果，过度的思前想后，或沉溺在苦想中不能自拔，以为光靠想便可解决问题，问题却不会因为冥想苦思而得到解决。

12. 出走的真正意义，是否是找回真正的自己？

出走的真正意义是更新自己，而不是执着于寻找一个所谓真正的自己。人应该流动，随机变化。当你能随机应变，安于变幻时，便无所谓是否建立一个固定的自己、真正的自己。只要你愿意接受自己一切的变幻，保持觉知，激活能量的话，你就是充满生机和流动的你。这也是出走的作用。

13. 有意义的出走是放下束缚，做一个为行为负责的成熟的人吗？

成熟的人是对自己负责任的人，条件是先定心，定心是给自己一个节奏，然后便能找到无限的可能性。出走也是这个意义，当感官敏锐了，你看所有的事物也就不同了，原本的问题也不成问题，你才得到自由，不再执着。

14. 如何知道自己是否真正爱自己，以及只是在头脑里想爱自己，其实并不爱自己呢？

有一个指标是可以自我检查的，就是在你以为正在爱自己时，有没有什么事能令你恐惧呢？如果有的话，可以先以刚才教的 let in 方法，面对你所害怕的，当你变成一个勇敢的人，你有能量爱自己，不再被害怕打倒，你将能包容一切，没有人或事再能伤害你。你的爱将变得扎实，坚定不移。

15. 如何知道自己是错爱了？

检查是否错爱的一个方法是这样的：检阅自己的能量，和你身边的人或你所爱的人的能量，是否从容、平静。问自己这一段时间经常为自己着想还是经常想着为别人付出呢？你有没有爱到失去自己，全为别人牺牲？你有没有爱到身体越来越差，关系越来越紧张？这些都是其中的指标，但最重要的是检查你自己的心，是否爱到心乱如麻、失去方向、心悸不安、没勇气离开、无法改变自己的想法和习惯呢？心定是首要的条件，你不能处变不惊，无法冷静面对问题和变幻时，便是爱的方式有问题，需要调校。多观照丹田，将浊气往脚下沉，帮助自己清理自己，不要老是想，你只可以想出很多完美的哲学和荒谬的真相，可是最终无人能拯救你。闭塞的爱是不可能让你如愿以偿的。

16. **出走真的可放下一切吗？在出走之前怎样做才可令身边的人放心？**

能不能放下一切要你自己问心，是否真的放得下，这个讲座正是教你放下。至于别人能否放心让你走是别人的事，你只要做妥分内事就行了。只要你能量正面，坚定不移，就会感染别人，让人安心的，或者让别人不可能不放心。当你可以真正放下时，不会因别人的情绪表现影响自己，不然顾虑太多便无法出走。**每个人都要承担自己的生命，没有人必须靠你才能活得好**，不让你离开的人的理由合理吗？最终，不让你走，无法放下的人永远是你自己。

17. **到底什么是付出？为人而活会不会失去自己，牺牲了自己？不可以追求自己的快乐吗？在付出与个人得失之间该如何取舍和平衡？**

我们若无条件付出太多会被人说愚笨，付出太少则被人说计较，那我们应如何订下付出的尺度？应付出多少？何时停止，何时继续？

正如女人常问：我爱到哪里便要收回，付出到哪个地步便不要再付出？

答案很简单：反问自己，当你为某人付出时是希望在这段关系中得到什么吗？你的出发点是为了什么？是为满足自己的欲望吗？举个例子，你觉得已为爱人付出很多感情，你只要求爱人能多些时间陪你，但对方做不到，你觉得自己付出比他多，你会想分手吗？这样做对吗？是否太自私，不够体谅和包容呢？

问到这里，你便应检阅你所付出的是否只为欲望回报，因为他不陪你让你害怕和生闷？若你只想到这些，证明你的付出其实只是一种渴望回报的欲望，希望通过和一个人在一起的感觉填补自己害怕寂寞的虚位而已。然后再细想，他是否无法多陪你呢？他在忙什么呢？爱情最重要的意义便在此：通过与对方相处修行自己，让自己成长，不再放纵。有些女孩很依赖别人，要人陪伴、宠爱、送花送礼物。如果可以超越这些欲望，爱将会提升，变得纯粹，顾己及人，问心无愧，即使双方最终因种种事端要分手，你的爱还是伟大可贵的，因为你通过爱成长了。

另一种平衡付出和个人得失的态度可以是这样：问自己为他牺牲值

得吗？注意这里指的牺牲不是欲望，而是尊严和自由。那到底如何计算和衡量，怎样才算牺牲、怎样才算包容呢？

回答这问题要分两方面：

1. **欲望**：考虑自己是否应舍弃的东西若失去了，会不会为自己造成损伤、死亡、侵犯和侮辱呢？不会的话，它大概只是欲望，可以学习放下，借此机会修行自己，超越欲望。为人家而活可以修行自己，乐在其中。

2. **幸福**：考虑应舍弃的东西是不是你自己的幸福，即是说，它是否能带给你在人格上、精神上、灵性上的正面力量，能维持自尊、自主性和自处性呢？舍弃了它们，是否抵触了你做人的原则？若是的话，请不要为了迁就别人而牺牲和放弃自己的幸福。

假如为成全别人而抵触了你的欲望，请你不要太介意，要把它当作磨炼自我和超越欲望的功课，为人着想，为人而活，感受到施与比接受更有福的快乐。

假如你要牺牲当下的幸福去满足别人或自己的欲望时，则要三思，小心盲目的付出和包容，最后变成了包庇，致使流失能量，害己害人。

那到底什么才是真正的幸福呢？

先别从感觉方面检查幸福，因为感觉可以是盲目、迷失和执着的结果，可以是假的，先检查你的行为和反应有没有带给自己和别人正面利益或好处，例如你不断借钱包庇他的贪欲，令他变本加厉继续不务正业，或者他经常打你而你还不舍得离开，等待他终有一天会醒悟，这样的话，你们双方都没有得到任何好处，你便不能否认你的行为和反应不会带来幸福，只能满足你被虐待的欲望，和不自爱的病态。

我们以为当欲望被满足了便是幸福，事实上并不如是，事实是我们只是被纵坏了，变得贪得无厌，无法得到深刻的满足，这样的人生不可能幸福，因为资源有限，贪念不可能得到全部的满足。相反，当别人不住向你索求，你得看清是否牺牲自己的幸福去满足别人的欲望。尤其是传统妇女，以为不断做无条件的牺牲，维持一个已婚女人的名分便是幸福，其实那是假象。例如对方嗜赌，你还不断向他送钱，为他还赌债，其实你是牺牲自己应有的幸福去纵容和满足对方的欲望，这并不是幸福，这是堕落。

当你为了他丧失自尊，失去自由，你的付出便是盲目失当。你要懂得衡量和取舍，重点是保存自己的能量，别为了别人流失全部能量，令自己活得疲累。因为没有安全感，害怕一无所有，而继续固执死守着一段不值得保留的关系，这种想法是逻辑上的谬误，因为你根本从未拥有过，你正在被拖累着。你要懂得说不，争取自由，拒绝绝望。

人最大的幸福，便是能让自己感到自在、自由和喜乐，保持清醒和觉知，心安理得。

18. **如何做个自由的人呢？**

懂得管理欲望的人才有真正的自由，而真正拥有自由的人必然是快乐的人，不可能忧心不安和痛苦。自由的人不再被情绪和欲望支配。所谓快乐并不是借纵欲而得的短暂快感，或只为自己而活不理其他人。刚才说过，人不只为自己而活，当你可以为别人放下自己的欲望，你便有机会去爱，当你为了自己的欲望而去剥削和牺牲别人时，你便助长自大，最后成为欲望的奴隶，最终还是得不到自由，无法感受怡然自得的爱，亦不懂得自爱，容易放纵，自我放弃。

自由是问心，对自己诚实。问自己有什么正在隐瞒他？有什么不想让自己知道？你宁愿自欺欺人逃避现实吗？

当你能做到无须隐瞒什么，接受一切的发生，保持觉知，你便自由了。这时才真正体会深层次的爱。在此以前，所谓的爱只能算是“还未成形”“测试中”的爱。

先将心安定下来，当心能安定下来，我们便不会心虚，不心虚便不惊慌，不慌惊便能站得稳，能站得稳便不会失去重心，被单一的欲念和思想占据所有能量，例如不会只去关注爱情问题而忘记人生还有其他有意义的方面。我们将多走几步，放眼世界，寻求更大的爱，而不泥执于关系。当你还未愿意放下，还未走向定心的自疗之路，你将无法了解什么才是真爱，只会不断追问，不断否定，在外寻找，不求于心。我们必须先强壮自己的心，否则变得虚弱，绝望痛苦，一事无成，人生全无意义。

命是选择，跟天意无关。

19. 为何女人容易以哭来威胁男人呢？

女人容易哭是正常生理现象，因为女人擅长以情绪表达内心所想所感，但以哭作为威胁便是很大的问题。还是那句：己所不欲勿施于人。以哭威迫是惹人讨厌的行为，正如男人做了错事死不肯认，还反过来将责任推向女人一样无赖。将自己的弱点转化为攻击对方或占便宜的工具，是男女关系的无耻攻略，以哭、病或死来威迫缠绕对方，为了挽回所谓的爱，变相乞求对方，这是恃弱行凶，即使赢回对方短暂的停留，也彻底输掉了尊严。

20. 我发现男友是个不成熟或软弱的人，虽然他很爱我，但是我是否应继续和他交往呢？我会不会牺牲了自己的幸福呢？

沿用刚才谈到衡量是否幸福的方法，看继续和他交往是否带给你人格上、精神上、灵性上负面的力量，会否影响你的自尊、自主性和自处性？若是的话，请不要为了迁就他而牺牲自己的幸福。再看看，他若知道因为自己软弱所以希望依赖你、不想改进自己的话，那更不应为满足他不想上进的欲望、心瘾或惯性固执而勉强自己继续和他在一起。爱是很误导的一个字，在没有对等交流和沟通的关系下，在双方心智差异太大的情况下，两个人走在一起很难借爱情得到精神满足和提升。深刻的爱情是互相提升的，不然便是拖累和纠缠，结果会腐朽。能否帮助他提升自己，鼓励他进步和成熟一点呢？若已给予他机会改善而没有结果的话，便不要再浪费时间了。

21. 女人能否选择不谈恋爱呢？我觉得谈恋爱很花时间，但又怕被人说自己变态。我也搞不清楚是否太任性，是否应像一般女人一样结婚生孩子。

要不要谈恋爱是个人选择，在文明的社会里不应该就此选择定下任何道德标准。投入爱情当然要花时间，但若对象适合的话是值得的，不能太计较。别人的评语有他们的理据和盲点，但并不重要，最重要是你觉得一个人轻松自在无压力便可以了。

若你为了得到别人的认同而去结婚生子的话也是你的选择，不过后果自负，尤其是要向下一代负责任，在你还没有在心理上准备好前生育的话便是不负责任的行为。

人只能活一世，假如你觉得其实自己一个人活更自在的话，便随心所欲吧，或许在你五十岁时遇到愿意去爱的人，到时你还可以恋爱，可以结婚。记住，命运是你选择的结果。我们可以为别人而活，但不要为满足别人而违背自己的原则和意欲，不然你将失去幸福。

22. 如何能够维系一段感情，减少淡化的感觉?

当你得到一个人的爱或性的时候，感情突然变淡了的感觉难受吗?这感觉跟我们渴望得到，所以便拼命追求，但得到以后又发现不外如是的感觉很相似。为何有这样的感觉呢? 因为欲望的能量是浅薄的，所以当满足了欲望以后会感到失落。问题的关键在于，你是否能找到**深刻的满足**。假若你所追求的东西本身没有内涵，只是表面轻浮的肉欲满足，它不会令你的心定下来，所以即使得到了很多，还是会感到缺失、不足够、焦虑、难受。

学习成熟地处理感情问题，尊重他人，照顾别人的感受。不要一直埋怨别人不理解自己，因为别人同时也认为我们不了解他，在大家都希望对方为自己改变时，争执便会发生。分手难，离婚也难，在于两性极端互相负面化。两个人相处，好来好去。问心，问问自己有什么缺失、有什么恐惧、有什么仍然无法满足呢？很多吧，原来一切都是因为你还没有找到让自己定下来的定心位，所以感情和感觉会转淡、轻浮。因此要懂得返回内心，返回身体，积集能量。你的能量下跌，感觉也会淡化，欲望的形成也是因为能量减低，导致感情失控和欲望放纵。厌倦了一段关系，是因为你把心流放在外的缘故，不能收心定情。人是软弱的，所以要觉知，让自己定下来。问题在自己处，不在别人那儿。希望有扎实稳定和深刻的爱情，保持新鲜感，必须先返回自己的身体，先定心。

23. 可否解释一下你的这句话："痛苦是真的，恐惧是真的，危机是真的，欲望是真的，无助是真的，不被理解是真的，他令你受苦是真的，你自作自受是真的……但这一切的理由却是假的。"

情绪变化的确令人感到很痛苦，它会在第一时间被人否定。但这不要紧，记得思绪总喜欢干扰我们。所有负面感觉本身都是真实的情绪反应，这点不容否认，不过痛苦、恐惧等等的理由却不一定是真的，因为那是在情绪干扰下自动运作的思绪活动，可以跟事实无关。负面情绪出现时，我们先不要抗拒它，让它进来，不用抗拒也不要抑压，就请它进来坐坐，招呼它，为它倒杯茶，让它放松下来。情绪一旦发现留在你身上没意思，无法吸引你的注意力，看到你没加反应的话会觉得很闷，便会自行离开。

处理情绪问题时不妨大方接受情绪，不用否定它，看着它，让它进来，最后它会自动离开。所谓痛苦其实是自作自受的，**你解释痛苦的一切理由都是假的，因为思想并不是你，不要太执着。**执着一直跟着凌乱的思绪行动，你越在乎它，越会留下一堆负面浊气，像盛夏时你回家不洗澡一样，留下一阵臭味，挥之不去。

○　○　○

点心话

1. 欲望是思维的蠢动，自我膨胀，得而易厌，贪图新鲜，永不满足，是自我不断滚动运作的机器。

2. 欲望无法被完全满足，纵欲容易沉溺成瘾，助长自我。纵欲令你不断耗损能量，需要吮吸别人的能量，你将忘形索求，难以付出。爱你的人即使留守在你身边什么也不做，情感上已感到很疲累，要承担无法满足你、没什么可做的孤苦。你将无可避免伤害或剥削为你付出或爱着你的人。因为欲望，因为懦弱，你失去灵魂。

3. 纵欲能干扰爱的能量，观照的能力。你无法付出，无力去爱，却依赖别人的包容和迁就。纵欲令你变成爱的强盗、无赖或乞丐，失去尊严。你还要自大自辩自我保护的话将令爱你的人更难受，你也走到能量便秘的绝路。

4. 得到以后感觉不外如是，失落感胜过短暂的满足感，才最教人心酸难受，因为你已失去深刻感受的能力，你跟你所追求的东西一样变得肤浅有价，无心欣赏，只知品评。没有一个纵欲的人能得到真心的满足和快乐。

5. 当你得到一个人的爱或性后，感觉很快淡化，容易厌闷，嫌弃对方，那是很可悲很肤浅的欲望行为，因为你已物化了对方，也物化了爱和性，忘记尊重，你的爱和性变得苍白浅薄，失去能量。

6. 问有没有错爱，首先要问自己有没有爱到失去重心，迷失自己，能量乱置，有心无力，虚弱地慈悲。错爱不一定是对象有问题，更多是你爱错方法和贪欲的结果。检查所谓承担或牺牲有没有带着自我，自己的心有没有在计算、叫苦、埋怨、迁怒。先反问自己到底为何那么辛苦也不放手，到底执着什么，需要什么。回归自己，找回重心，爱便不会错。

7. 痛苦是真的，恐惧是真的，危机是真的，欲望是真的，无助是真的，不被理解是真的，他令你受苦是真的，你自作自受是真的……但这一切的理由却是假的。

8. 改变他，问题不一定得到解决；离开他，问题也不一定得到解决；压抑自己，问题依然未解决。

9. 人孤单和痛苦，是因为受伤害或被否定时无奈地发现脆弱的自己，无法借着改变别人令自己释怀。

10. 人焦虑、不安和恐惧，是因为人情世事难预测，却无能力改变现实，困局没打开，看不到出口。问题是人情世事大多不了了之无法解决，但没解决并不重要，重要的是先解脱内心的枷锁，从改变自己的心态开始。

11. 打开自己，回归一个固定安全的能量中心点，这个中心点，让仁爱、满足、平静和神圣成为可能。

12. 别再费劲压抑或否定欲望和思绪，你需要的是观照它，将欲望能量循环，转化为滋润生命，孕育爱的有机动能。

13. 别助长自我。看穿自己的软弱和盲点，谦虚，接受，沉默，定心。替生命找个定心点，从观照身体入手。

14. 别做感情的乞丐，求知的奴隶，认知别人的经验不能成为你自己的体验。从已知的出发，离开，继续寻找，开发自己。

○ ○ ○

做个情感健全、负责、成熟的人

你是情感健全、负责、成熟的人吗？请做出选择：

1. 转化欲望为正面有用的能量 VS 纵欲任性失去自己

2. 心是最诚实的道德 VS 自欺欺人

3. 爱人如己 VS 自伤伤人

4. 爱是神圣优雅自足尊严要感谢的礼物 VS 乞求感情死缠烂打爱得丑陋

5. 性的赤裸不在身体而在尊重和坦诚 VS 危险、剥削、发泄、自私的性

6. 顾己及人下放自己 VS 只顾自己的感受和享受

7. 欠缺自省和自信才需要自辩 VS 用生理论、性别论等替纵欲自辩

8. 宇宙浩大你算老几 VS 自己永远是对的

9. 先聆听体会对方感受 VS 太快下判断、定论、评语，好胜

10. 别人总有比你优胜的价值 VS 否定别人肯定自己

11. 减少对别人的负累是人生的成就 VS 依赖别人对自己的包容

12. 开放、大方的感情才真实永恒 VS 渴求爱人为你专一守节

13. 一切都要付出代价 VS 贪恋、利用别人的感情

14. 人生一场戏，给角色多一点弹性 VS 死顾面子，不甘心，执着不放手

15. 对言行负责任 VS 说完便算

16. 对自己的情绪负责任 VS 迁怒、埋怨别人

17. 将心比心，己所不欲勿施于人 VS 要别人承担自己的任性

18. 懂得感恩才算爱过 VS 理所当然享受幸福，忘记感谢

19. 有种地承担破碎感情关系后遗症 VS 要求对方最后决定、安排关系的去向

20. 观照欲望无须否定 VS 否认或美化欲望

21. 能做个合格的人已经很不错 VS 否认欲望但追求或要求神圣、修道

22. 能改变自己已经很有成就 VS 总想改变别人迁就私欲

23. 没有放下还未算拥有 VS 惧怕失去导致焦虑不安

24. 找个中心点，先定后思后行动 VS 乱心粗心贪心花心劳心伤心失去定位

25. 爱情是修行过程不是目的 VS 追求爱情对象迷信命定缘分

26. 自大和自卑都是自我膨胀的结果 VS 总觉得对方比我强感到自卑和压力

27. 放下自我和面子，主动奉献助人 VS 等别人要求才被动反应以为已很了不起

○　○　○

问心 checklist

游戏：答 yes 或选前项的得 2 分，答 no 或选后项的得 0 分，不清楚或没想过的得 1 分

提示：每条问题请用心而非用脑细嚼，最少深思三次才诚实回答。

记住：你是为爱自己而问而答，不是为谁，更不是为计分。

1. 你所爱的人有代替品吗（如宠物、子女、财富、情人、事业等）？

2. 你每天所想所做是为自己设想居多，还是为所爱的人或别人？

3. 你是否觉得很难纯粹为了令所爱的人好，不考虑自己而行动和付出呢？

4. 你有对你所爱的人隐瞒你的欲望行为（如偷情、偷性、购物、偷查通信记录等）吗？

5. 你有时不想向爱人坦白的原因，是因为觉得对方有错不明理，还是自己感到羞愧或无助呢？

6. 你对自己否认过或合理化你有某种纵欲倾向（如贪恋、贪性、操控、占有等）吗？

7. 你为自己纵欲辩护是想更正对方的思想，还是掩饰自己失控的脆弱？

8. 你的纵欲令爱你的人为承担你而受苦吗？

9. 对方的欲望令你不安是因为对方道德上犯错，还是纯粹在精神物质健康上你无力予以支持？

10. 你近期的性爱是为满足对方多一点，还是自己多一点？

11. 在大部分情况下，你是生理需要去做爱，还是希望令对方开心满足感受你给予的爱？

12. 你说“对不起”，通常是为了平息对方的情绪，还是感到悔疚或无助？

13. 你觉得自己有能力给别人很强大博大的爱，可以付出很多吗？

14. 你所爱的人感到满足和快乐，但你尚未感到满足，所以很难全情投入分享对方的快乐吗？

15. 你是否经常为了自己而忽略 / 牺牲 / 劳累了所爱的人，还是为了对方忽略 / 牺牲 / 劳累了自己？

16. 你会很快放弃，还是很难决定是否应放弃不值得你继续付出的人呢？

17. 你觉得大部分时间是因为别人才令你产生负面情绪（如愤怒、委屈、难过等）吗？

18. 你通常很少马上反省你对别人的理解或判断可能是错误或误会吗？

19. 你会将感恩藏在心里，还是欣然表达让对方知道呢?

20. 你能分得清楚你对自己好是纵欲还是自爱吗?

不是绝对参考值:

1. 得分越高越倾向自我中心，欲望过多，或不自量力，不懂沟通，不知可能正在剥削别人的爱，但尚算有自觉性。

2. 得分越低越倾向过分承担，虽有点自知之明，却有心无力，爱莫能助，可能令人感到有压力。

3. 答不清楚或没想过居多的话，反映觉知性不足，难以相处，失去生命重心，教爱你的人很辛苦，你也难于感到满足。

○ ○ ○

图书在版编目（CIP）数据

一个人不要怕：完美升级版 / 素黑著 .—长沙：
湖南文艺出版社，2013.12
ISBN 978-7-5404-5540-8

Ⅰ.①一… Ⅱ.①素… Ⅲ.①人生哲学 – 通俗读物
Ⅳ.①B821-49

中国版本图书馆 CIP 数据核字（2013）第 245586 号

上架建议：心灵成长 · 励志

一个人不要怕：完美升级版

作　　者：素　黑
出 版 人：刘清华
责任编辑：薛　健　刘诗哲
监　　制：陈　江　毛闽峰
特约策划：李　娜
特约编辑：杨　旸
营销编辑：肖云柯　袁　玥
特约设计：茵　曼
封面及插图摄影：新青年广告
出版发行：湖南文艺出版社
（长沙市雨花区东二环一段 508 号 邮编：410014）
网　　址：www.hnwy.net
印　　刷：三河市鑫金马印装有限公司
经　　销：新华书店
开　　本：880mm × 1270mm　1/32
字　　数：220 千字
印　　张：11.5
版　　次：2013 年 12 月第 1 版
印　　次：2015 年 1 月第 3 次印刷
书　　号：ISBN 978-7-5404-5540-8
定　　价：38.00 元
（若有质量问题，请致电质量监督电话：010-84409925）